메소포타미아의 죽음

메소포타미아의 죽음

2007년 10월 29일 초판 1쇄 발행

지은이   애거서 크리스티
옮긴이   유명우
펴낸이   이경선
편 집   정희주
펴낸곳   해문출판사

등록 1978년 1월 28일 제3-82호
주소 서울시 마포구 합정동 392-2 써니힐 202
전화 325-4721~2, 325-2277
팩스 325-4725
전자우편 haemoon21@yahoo.co.kr
홈페이지 www.agathachristie.co.kr

값 8,000원

ISBN 978-89-382-0450-9 04800
ISBN 978-89-382-0100-3 (세트)
※잘못 만들어진 책은 바꾸어 드립니다.

국립중앙도서관 출판시도서목록(CIP)

메소포타미아의 죽음 / 애거서 크리스티 지음; 유명우 옮김.—서울: 해문출판사, 2007 p.; cm.— (애거서 크리스티 추리문학 베스트;26)
원서명: Murder in Mesopotamia 원저자명: Christie, Agatha Mary ISBN 89-382-0450-9 04800 : ₩8000 ISBN 89-382-0100-3(세트)
843-KDC4 823.912-DDC21   CIP2007002796

Murder in Mesopotamia

차 례

차 례

시작하며_ 의학박사 길즈 레일리

이 이야기는 4년 전에 일어난 사건이다. 이제 상황이 많이 바뀌었으므로 사람들에게 이 사건에 대해 상세히 해명할 필요가 있다는 생각이 든다. 그동안 중요한 사건이 비밀에 부쳐졌다는 이상한 소문이 퍼졌고, 또 그와 관련된 엉뚱한 추측이 난무했다.

그러한 오해는 특히, 미국의 신문지상에서 두드러졌다.

이 사건에 대한 해명이 당시 발굴단원에게서 나온다는 것은 바람직한 일이 못 된다. 왜냐하면 그 사람은 편견에 사로잡힐지도 모르기 때문이다. 그래서 나는 에이미 레서런 양에게 이 일을 맡아달라고 부탁했다. 그녀는 이 일을 하는 데 적임자이다.

레서런 양은 고도의 전문적인 자질을 가진 사람이다. 따라서 이라크의 피츠타운 대학 발굴단과 한때 인연이 있었다고 해서 편견을 가질 사람이 아니고, 그녀만의 뚜렷한 관찰력과 지적인 안목으로 임할 것이라고 믿는다.

레서런 양에게 이 일을 맡아달라고 설득하는 것은 쉬운 일이 아니었다. 사실 그녀를 설득하는 것은 내가 내 직업을 고수하는 것보다 훨씬 어려운 일이었다. 심지어 설득한 뒤에도 그녀는 내가 자신의 원고를 보는 것을 꺼려했다.

그것은 단편적으로나마 그녀가 내 딸 실러에 대해 몇 마디 좋지 않은 말을 썼기 때문이라는 것을 뒤늦게 알았다. 나는 그녀에게 자식들이 거리낌 없이 글로써 자기 부모를 비난하는 시대에, 부모 역시 자식이 꾸중을 들어야 할 때가 오면 오히려 기뻐한다는 말로 그녀를 안심시켰다.

그녀가 내 제안을 거절한 또 다른 이유는 문체이다. 하지만 그것은 지나친 겸손이다. 그녀는 내게 문법이라든지 그 밖의 것을 수정해 달라고 부탁했다. 나는 그러기커녕 단어 하나도 바꾸지 않았다.

내 생각으로는 레서런 양의 활력 있고 독특한 문체는 이 사건을 해명하는 데 매우 적절한 것 같다. 어떤 문장에서는 에르큘 포와로를 '포와로'라 하고, 또 다른 곳에서는 '포와로 씨'라고 했는데, 그렇게 다르게 부르는 이유 또한 흥미 있고 암시적이다.

말하자면 보통의 경우에는 그녀가 '예절을 유념하고 있으며(병원에서 근무하는 간호사들은 늘 예절이 깍듯하니까)' 또 특별한 경우에는 간호사라는 직업을 떠나 순수한 인간으로서 관심을 갖고 이야기를 진행시키고 있다는 의미이다.

나는 이 글의 처음을 내 자의적인 판단에 따라, 레서런 양의 믿음직한 친구 중 한 명이 제공한 편지로 시작하기로 했다. 제1장은 일종의 머릿그림과 같은 성격을 띠며, 내레이터로서 대강의 사건 윤곽을 보여줄 것이다.

제1장 머리말

바그다드에 있는 티그리스 펠리스 호텔의 사무실에서 한 간호사가 막 편지를 마무리하고 있었다.

그녀의 만년필이 편지지 위에서 힘차게 움직였다.

⋯⋯그래, 그곳은 정말 재미있을 것 같구나. 넓지는 않지만 그곳에 가본다는 것은 틀림없이 좋을 거야. 비록 영국이 언제나 내 마음속에 자리 잡고 있긴 하지만, 아무튼 고마워. 이곳 바그다드의 먼지와 매연을 넌 상상도 못할 거야.

아라비안나이트에서 생각하는 것 같은 낭만적인 분위기는 전혀 없어! 물론 강변은 정말 아름다워. 하지만 도시 자체는 무시무시하고 마땅한 상점도 없어. 켄세이 소령이 나를 바자회에 데리고 갔는데, 정말 이상한 나라에 와 있다는 생각이 들었어. 온통 쓰레기투성이인 데다 머리가 아플 정도로 구리 냄비를 마구 두들겨 대서 세탁을 해야겠다는 생각밖에는 아무 감흥도 없었어. 너도 구리 냄비의 녹청을 조심해야 할 거야.

레일리 박사께서 말씀하신 그 일에 대해서 다른 변동사항이 생기면 편지로 알려줄게. 그분 말씀으로는 미국인 신사는 지금 바그다드에 있는데, 오늘 오후에 나를 만나러 올지도 모른다고 했어. 그의 부인 때문이래. 레일리 박사는 '망상'에 사로잡혀 있다고 말씀하셨어. 박사께서는 더 이상의 증상에 대해서는 말씀하시지 않으셨지만, 물론 난 그것이 무엇을 의미하는지 알고 있어. 하지만 알코올 중독으로 인한 중풍성 섬망증만은 아니길 바라고 있어! 물론 레일리 박사께서 그렇게 말씀하시지는 않으셨지만 표정으로⋯⋯.

내 말이 무슨 뜻인지 알지? 레이드너 박사라는 사람은 고고학자인데, 미국의 몇몇 박물관을 대표해서 사막 어디에선가 발굴 작업을 하고 있다는 거야. 아, 이제 그만 써야겠구나. 지난번 들려준 귀여운 스트빈즈에 관한 이야기는 정말 훌륭했어. 메트론은 뭐라고 말하던?

그럼, 이만 안녕.

— 에이미 레서런

그녀는 편지를 봉투에 넣고는 런던 세인트 크리스토퍼 병원의 커쇼 간호사 앞으로 주소를 적었다.

그녀가 막 만년필 뚜껑을 닫았을 때, 원주민 하인 한 명이 다가왔다.

「어떤 신사분께서 좀 뵙자는데요. 레이드너 박사님이라고 합니다.」

레서런 간호사는 돌아섰다.

어깨가 조금 구부정하고 갈색 턱수염에 온화하면서도 피로해 보이는 듯한 눈을 한 중간 키 정도의 남자가 서 있었다.

레이드너 박사는 자신감 있는 태도로 몸을 꼿꼿이 한 채 바라보고 있는 서른두 살가량의 여자를 응시했다.

그녀는 약간 튀어나온 푸른 눈과 갈색 머리카락을 가진 인상이 좋은 여자였다. 그는 이 간호사야말로 정신질환자를 잘 보살필 사람이라고 생각했다. 쾌활하고, 건강하고, 빈틈없고, 평범한 사람 말이다.

그는 레서런 간호사가 적임자라고 생각했다.

제2장 에이미 레서런

나는 지금 쓰고 있는 것에 대해 모든 것을 알고 있다고 말하지는 않겠다. 단지 나는 레일리 박사의 부탁으로 이 글을 쓸 뿐이다. 레일리 박사가 뭔가를 부탁한다면 아무도 그것을 거절할 수 없을 것이다.

나는 거듭 호소했다.

「오! 하지만 박사님……, 저는 글 쓰는 덴 소질이 없어요. 전혀 문장력이 없단 말이에요.」

그가 말했다.

「당치 않소! 환자들의 기록부를 쓰듯이 쓰면 돼요.」

물론 여러분도 그런 식으로 생각할지도 모른다.

레일리 박사는 텔야리미아 사건의 진실을 해명할 필요가 있다고 말했다.

「만일 사건과 관련된 사람이 글을 쓴다면 설득력이 없을 거요. 그 사람들은 어떤 식으로든 편견에 사로잡힐 테니 말이오.」

물론 그 말은 사실이다. 나는 그 사건에 관련되어 있기는 하지만 방관자였다.

내가 물었다.

「그러면 박사님께서 쓰시지 않고요?」

「나는 현장에 없었잖소. 하지만 당신은 거기 있었어요. 게다가…….」

그는 한숨을 쉬며 덧붙였다.

「내 딸이 내가 쓰도록 가만히 내버려 두지 않을 거요.」

레일리 박사 같은 사람이 그런 조그만 계집아이에게 꼼짝하지 못한다는 것은 솔직히 부끄러운 일이다.

나는 그렇게 말하려고 입을 달싹이다가 박사의 두 눈이 빛나는 것을 보았다. 그것은 좋지 않은 징조였다. 그럴 때 박사는 농담을 하는 건지 아닌지 전혀 분간할 수 없었다. 그는 항상 우수에 젖은 목소리로 천천히 말했다. 하지만 그 깊은 내면에는 번뜩이는 무언가가 있었다.

　나는 우물거리는 말투로 대꾸했다.

　「글쎄요, 하려고 마음먹으면 할 수도 있죠.」

　「물론 당신은 할 수 있소.」

　「하지만 어떻게 시작해야 할지 엄두가 나지 않아요.」

　「그것에 대한 좋은 선례가 있소. 처음부터 시작해서 끝까지 밀고 나가는 거요. 그리고 마침표를 찍으면 되지 않겠소?」

　나는 걱정스러운 듯이 말했다.

　「하지만 어디서부터, 또 시작이 무엇이었는지조차 기억나지 않아요.」

　「자, 레서런 간호사. 시작의 어려움은 어떻게 끝내야 할지를 아는 어려움에 비하면 아무것도 아니오. 내가 해줄 수 있는 말은 그것밖에 없는 것 같소. 지금 누군가가 내 코트 자락을 잡고는 힘차게 밀어내는 것 같구려.」

　「오! 농담도 잘하시네요, 박사님.」

　「지금 난 매우 심각하다오. 그러면 이제부터 어떻게 할 생각이오?」

　또 다른 것이 나를 괴롭히고 있었다. 잠시 머뭇거리다가 말했다.

　「박사님, 사실 저는 두려워요. 저는 개인적인 경향이 있거든요.」

　「좋아요, 개인적이면 개인적일수록 더 좋아요. 이것은 사람에 대한 이야기요, 마네킹에 대한 이야기가 아니라! 개인적이어야 하오! 편견을 가지고, 심술도 품고, 무엇이든 좋을 대로 하시오. 당신 자신의 방식대로 쓰면 되는 거요. 나중에 필요 없는 부분은 삭제하면 그만이니까! 지금 당장 시작하도록 해요. 당신은 지각 있는 사람이오. 나는 당신이 그 사건에 대해서 가장 적절한 해명을 해줄 수 있으리라고 믿소.」

사실 그건 그랬다. 나는 최선을 다하겠다고 약속했다.

이제 시작해야 할 텐데, 아까 이야기한 것처럼 어디서부터 시작해야 할지 모르겠다. 우선 내 자신에 관한 소개를 하는 게 순서일 것 같다.

이름은 에이미 레서런, 나이는 서른두 살이다. 세인트 크리스토퍼 병원에서 간호사 교육을 받았고, 그 뒤 2년 동안 산부인과에서 일했다. 얼마 동안 개인 사업을 하다가 데번셔에 있는 미스 벤딕스 요양소에도 4년 동안 있었다.

나는 켈세이 부인과 함께 이라크로 왔다. 그녀는 남편과 함께 바그다드로 갈 예정이었는데, 그곳에서 아이를 돌봐줄 유모와 합류할 계획이었다. 유모는 켈세이 부인의 절친한 친구의 아들을 몇 년간 보살펴 온 사람으로, 아이가 혼자서도 학교와 집을 오갈 수 있을 만큼 자라자 켈세이 부인의 집에서 지내기로 했다.

켈세이 부인은 몸이 약해서 장거리 여행을 힘겨워했다. 그래서 켈세이 씨는 부인의 출산을 도왔던 내게 이라크까지 동행하여 아기와 부인을 돌봐줄 것을 부탁했다. 그리고 돌아오는 길에 간호사를 필요로 하는 사람을 만나지 못할 때는 돌아오는 여비를 부담하겠다고 말했다.

켈세이 부부에 대해서는 더 이상 언급할 필요가 없을 것 같다. 아기는 귀여웠으며, 켈세이 부인은 조금 신경질적인 성격이긴 했지만, 아름다운 여자였다.

여행은 대단히 즐거웠다. 나로서는 그렇게 긴 바다 여행은 처음이었다. 레일리 박사는 갑판 위에서 만났다. 그는 검은 머리카락에, 길쭉한 얼굴을 가진 사람으로서, 나지막하고 우울한 목소리로 우스갯소리를 잘했다. 그는 나를 곧잘 놀려댔으며, 어떤 때는 지나치게 엉뚱한 말을 하여 내가 그것을 어떻게 받아넘기는가를 지켜보기도 했다. 그는 바그다드에서 하루 반 정도 걸리는 하사니에라는 마을의 민간인 외과의사였다.

내가 그를 만난 것은 바그다드에 온 지 일주일이 지난 뒤였다. 그는 내게 켈세이 부부 곁에 언제까지 머물러 있을 예정인지 물었다.

나는 그에게 일이 묘하게 되었다고 말했다. 왜냐하면 라이트 부부(내가 언급했던 켈세이 부인의 친구)는 예상한 것보다 일찍 떠나게 되어 유모가 언제든지 올 수 있었던 것이다.

그는 라이트 부부에게 소식을 들어서 나에게 물어보는 것이라고 설명했다.

「사실은 레서런 간호사에게 일자리를 하나 소개할까 하는데요」

「어떤 환자인데요?」

그는 얼굴을 찡그리고 잠깐 생각에 잠겼다.

「환자라고는 할 수 없소. 어떤 부인인데……, 말하자면, 망상에 사로잡혀 있다고나 할까?」

「오!」

사람들은 대개 망상이라는 것이 알코올이나 약물 중독이라고 알고 있다! 레일리 박사는 더 이상 설명해주지 않았다.

그는 매우 신중한 사람이었다.

「음, 레이드너 부인이란 사람이오. 남편은 미국인인데, 정확히 말해서 스웨덴계 미국인이죠. 대규모 미국 유적 발굴단의 단장을 맡고 있소」

그리고 나서 레일리 박사는 그 발굴단이 니네버(아시리아의 옛 수도)와 비슷한 아시리아인들의 거대한 도시 유적지를 발굴하고 있다고 말해주었다.

발굴단의 숙소는 하사니에서 그리 멀지 않은 곳이었지만, 인적이 드물기 때문에 레이드너 박사는 항상 아내를 걱정하고 있다는 것이다.

「그 사람이 모두 얘기하지는 않았지만, 아내가 주기적으로 신경성 발작 증세를 보이는 모양이오.」

「그럼, 부인은 원주민들 사이에서 하루 종일 혼자 지내는 건가요?」
내가 물었다.

「아니, 사람들은 꽤 있소. 일고여덟은 될 거요. 그러니 그녀가 집에서 혼자 있지는 않을 거요. 그녀는 공연히 자신을 이상한 상태로 흥분시키는 모양이오. 레이드너 박사는 막중한 책임을 떠맡고 있긴 하지만, 그의 아내에게도 헌신적인 사람이오. 그래서 그녀가 그러한 상태에 놓여 있다는 사실에 대해 몹시 괴로워하고 있소. 만일 전문적인 지식이 있고, 책임감 있는 사람이 아내를 돌봐준다면 그의 마음이 조금은 놓일 거요.」

「그런데 레이드너 부인 자신의 생각은 어떤가요?」
레일리 박사는 진지하게 대답했다.

「레이드너 부인은 매우 좋은 사람이오. 그녀는 결코 어떤 것에 대해서도 같은 생각을 이틀 이상 계속하지 않아요. 하지만 대체적으로 그녀는 그런 생각 자체를 즐기는 것 같소.」
그는 덧붙였다.

「한마디로 이상한 여자요. 가식투성이인 데다 대단한 거짓말쟁이라는 생각이 들지만, 레이드너 박사는 그녀가 무슨 이유에서인지 뭔가를 두려워하고 있다고 믿는 것 같았소.」

「그녀가 박사님께는 뭐라고 말했나요?」

「오, 그녀는 나를 찾아오지 않았소! 그녀는 나를 좋아하지 않아요. 몇 가지 이유 때문에 말이오. 그녀의 남편이 나를 찾아와서 얘기해주었지. 음, 레서런 간호사, 간호사 생각은 어때요? 귀국하기 전에 시골에서 뭔가 배울 수 있을 거요. 그들은 앞으로 두 달 동안 발굴 작업을 계속할 테니까. 발굴 작업은 매우 흥미 있는 일이오.」

나는 생각을 정리하느라고 잠시 머뭇거렸다.

「글쎄요……」 내가 입을 열었다.

「해볼 만한 것 같아요.」

레일리 박사가 일어서며 말했다.

「좋소, 레이드너 박사는 지금 바그다드에 있소. 그에게 연락해 당장 와서 당신과 일을 결정지을 수 있는지 말해 보겠소.」

그날 오후 레이드너 박사가 호텔로 찾아왔다.

그는 예민해 보이는 중년으로, 어딘지 주저하는 듯한 태도를 풍겼다. 온화하고 친절한 면이 있기는 했지만 한편으로는 무기력해 보였다.

레이드너 박사는 아내에게 매우 헌신적인 듯했다. 하지만 그녀에게 무슨 문제가 있는지 구체적으로 알고 있는 것 같지는 않았다.

「아시다시피……」

그는 매우 당황한 태도로 턱수염을 만지작거리며 말했다. 나중에 알게 된 것이지만, 그것은 일종의 버릇이었다.

「내 아내는 정신 건강이 좋지 못합니다. 나는 그것 때문에 몹시 걱정이 됩니다.」

내가 물었다.

「신체적으로는 건강한가요?」

「예, 그래요. 건강하다고 생각합니다. 신체적으로는 아무런 문제가 없다고 생각해요. 그런데 아내는……, 음, 뭔가 망상에 빠져 있어요!」

내가 물었다.

「구체적으로 어떤 종류의 것인가요?」

그러나 그는 쑥스러워하며 머뭇거렸다.

「별것 아닌 것을 가지고 흥분하지요. 도대체 무엇 때문에 그렇게 두려워하는 건지 모르겠단 말이오.」

「두려워하다니요, 레이드너 박사님?」

그는 모호하게 말했다.

「음, 바로 신경성 공포감이랄까.」

나는 그것이 십중팔구 약물 중독이라고 생각했다. 그런데 그 사실을 깨닫지 못하다니! 많은 사람들이 그랬다. 그들은 왜 자신의 아내가 그렇게 신경질적이고 이상하게 변해 가는지 의아해하기만 했다.

나는 레이드너 부인이 내가 가는 것을 허락할지 물어보았다.

그의 얼굴에 생기가 돌았다.

「그렇고말고요. 놀랍게도 아내는 매우 좋은 생각이라고 했어요. 또 훨씬 더 안전함을 느낄 거라고도 했어요.」

그 단어가 이상하게 마음속에 와 닿았다.

더 안전하다고? 그것은 좀 기묘한 단어였다.

나는 레이드너 부인이 정신질환자일 거라고 추측하기 시작했다.

레이드너 박사는 소년처럼 열정을 가지고 계속 말을 이어갔다.

「난 당신이 아내와 잘 지내리라 확신합니다. 아내는 정말 매력적인 여자입니다.」

그는 천진스럽게 웃었다.

「아내는 당신에게서 위안을 느낄 겁니다. 당신을 보는 순간 나 역시 그랬으니까요. 이런 말을 해도 될지 모르지만, 당신은 굉장히 건강하고 분별력 있는 사람이란 생각이 듭니다. 루이즈에게는 적임자일 거예요.」

나는 유쾌하게 말했다.

「글쎄요. 한번 해 보지요, 레이드너 박사님. 제가 부인에게 진심으로 도움이 되었으면 좋겠네요. 혹시 부인이 원주민이나 유색인종들에게 신경질적인 반응을 보이는 건 아닐까요?」

그는 그 말에 놀라면서 고개를 저었다.

「오, 그렇지 않소. 내 아내는 아랍인들을 굉장히 좋아해요. 그녀는 그들의 순수함과 유머를 좋아한답니다. 그녀가 이곳에 온 지 이제 겨우 계절이 두 번 바뀌었을 뿐인데—우리는 결혼한 지 2년도 채 안 되었죠— 그녀의 아랍어 실력은 수준급이랍니다.」

나는 잠시 아무 말도 하지 않고 있다가 마지막으로 한 번 더 물어보았다.

「부인께서 두려워하는 것이 무엇인지 말해주실 수 없나요, 레이드너 박사님?」

그는 망설였다. 그러고는 천천히 입을 열었다.

「나는……, 아내 스스로 당신에게 말해줄 거라 믿습니다.」

이것이 내가 들은 말의 전부였다.

제3장 소문

나는 그 다음 주에 텔야리미아로 가기로 되어 있었다.

켈세이 부인은 알위야의 집에 정착했고, 나는 그녀의 짐을 조금이나마 덜어줄 수 있게 되어서 기뻤다. 그동안 레이드너 박사의 발굴단에 대해서 한두 가지 소문을 들을 수 있었다.

켈세이 부인의 친구인 젊은 공군 소령이 혀를 차며 말했다.

「사랑스런 루이즈! 그녀가 그렇게 되다니!」

그는 나를 바라보며 말했다.

「그건 그녀의 별명입니다. 우리는 그녀를 언제나 사랑스런 루이즈라고 불렀죠.」

「그녀가 그렇게도 예쁜가요?」

공군 소령이 말했다.

「본인이 그렇게 말했으니까요. 그녀는 자신이 사랑스러운 여자라고 생각하고 있지요!」

켈세이 부인이 말했다.

「존, 너무 비꼬지 마세요. 그녀 자신만 그렇게 생각하는 건 아니잖아요. 많은 사람들이 그녀에게 홀딱 반해 있다고요.」

「그건 그렇지요. 치아가 조금 길긴 하지만 그래도 매력적인 여자예요.」

켈세이 부인이 웃으면서 말했다.

「당신도 완전히 빠졌군요.」

공군 소령은 얼굴을 붉히고는 부끄러운 듯이 말했다.

「정말 그녀는 처신을 잘하지요. 남편인 레이드너는 그녀가 보는 땅까지도 숭배할걸요. 그리고 나머지 발굴단원들도 마찬가지예요! 난 그

렁게 될 줄 알았습니다!」

내가 물었다.

「발굴단원은 모두 몇 명이나 되는데요?」

공군 소령은 신나는 듯이 말했다.

「각양각색의 사람들이 모여 있죠. 영국인 건축가가 한 사람 있고, 카르타고에서 온 프랑스인 신부가 한 사람 있습니다. 그는 석판에 쓰인 비문을 해석하지요. 그리고 존슨 양이 있는데, 역시 영국 사람이에요. 주로 자질구레한 일을 맡아서 합니다. 사진을 담당하는 조금 통통한 미국인이 있고, 그리고 머캐도 부부가 있지요. 하지만 그들 부부의 국적이 어디인지는 아무도 모릅니다. 머캐도 부인은 매우 젊고, 뱀 같은 인상을 주는 여자죠. 오, 그런데 그 여자가 사랑스런 루이즈를 미워하지 뭡니까! 그리고 젊은이들이 몇 명 있고, 대충 그 정도입니다. 이상한 사람도 있긴 하지만 대체로 좋은 사람들이지요. 그렇지 않습니까, 페니먼 씨?」

그는 코안경을 만지작거리며 생각에 잠겨 있는 늙수그레한 남자에게 동의를 구했다.

노인은 깜짝 놀라 쳐다보았다.

「그럼, 그럼요. 정말 좋은 사람들이지요. 한 사람, 한 사람 알고 보면 모두 착한 사람들입니다. 물론 머캐도가 약간 이상하긴 하지만…….」

켈세이 부인이 한마디 거들었다.

「그는 이상한 턱수염을 기르고 있죠. 나약하고 특이한 사람이에요.」

은퇴한 페니먼 육군 소령은 그녀의 말에 개의치 않고 계속 말을 이어갔다.

「젊은이들도 좋은 친구들이죠. 미국인이 말이 없는 데 비해, 영국인은 좀 수다스럽지요. 대개 그 반대인 법인데, 재미있는 일입니다. 레이드너도 좋은 친구예요. 겸손하고 교양도 있지요. 한 사람, 한 사람을 보면 모두 명랑한 사람들입니다. 그런데 지난번에 보니까 뭔가 잘못된 일이 있었던 모양입니다. 무슨 일인지 정확하게는 모르겠지만 모두 이상해 보이더군요. 묘한 긴장감이 감돌았어요. 서로 지나치게 공손한 태도로 버터를 건네주었다고 한다면 내 말을 이해할 수 있을 거예요.」

나는 내 의견을 너무 많이 피력하기 싫어서 조금 시간을 끌다가 말했다.

「좁은 곳에 사람들이 많이 모여 있으면 신경질적이 되기 쉽죠. 저는 병원생활을 해 봤기 때문에 잘 알아요.」

켈세이 소령이 말했다.

「맞아요. 하지만 다 함께 모인 지는 얼마 되지 않아서, 그런 반응이 나타날 때는 아닌 것 같은데…….」

페니먼 소령이 말했다.

「발굴단에서의 생활도 아마 이곳 생활의 축소판일 거요. 파벌도 있고 적도 있고 질투도 존재하겠죠.」

켈세이 소령이 말했다.

「올해 새로 온 사람들도 있다고 들었어요.」

공군 소령이 손가락으로 그들을 세어보았다.

「콜먼이란 젊은 친구가 새로 왔고, 레이터도 그렇죠. 애모트는 작년에 왔고, 머캐도 부부도 마찬가지이고, 라비뉴이 신부도 새로 온 사람이죠. 그는 버드 박사 대신에 왔는데, 박사는 올해 아파서 올 수가 없었다는군요. 캐어리는 전부터 있었는데, 그가 온 지는 벌써 5년이 넘었어요. 존슨 양도 캐어리만큼 오래 됐을 거요.」

켈세이 소령이 말했다.

「나는 언제나 그들이 텔야리미아에서 잘 지내고 있다고 생각했는데……. 마치 그들은 단란한 한 가족 같았으니까요. 실제로 그들의 사람 됨됨이를 알게 된다면 놀랄 일이죠! 레서런 간호사는 내 말을 이해할 거요.」

나는 말했다.

「글쎄요. 전 잘 모르겠어요. 제가 병원에 있을 때 보면 차 한 잔을 놓고도 종종 언쟁을 벌이더군요.」

페니먼 소령이 말했다.

「바로 그거요. 사람들은 철저한 공동 사회 속에서 옹졸해지는 경향이 있는 것 같소. 난 이번 경우에도 틀림없이 무언가가 있을 거라고 생각하오. 레이드너는 뛰어난 재능을 가진 온순하고 겸손한 사람이오. 그는 언제나 발굴단원들을 즐겁게 해주려고 애썼고, 서로서로 친하게 지냈소. 그런데 일전에는 이상한 긴장감이 감돌고 있었단 말입니다.」

켈세이 부인은 웃었다.

「이유를 모르세요? 금방 알아차렸어야지요!」

「무슨 말씀이세요?」

「물론 레이드너 부인을 말하는 거예요.」

「오, 이것 봐, 메리.」 그녀의 남편이 말했다.

「그녀는 매력적인 여자야. 절대로 싸움을 일으키는 사람이 아니라고.」

「그녀가 싸움을 일으킨다고는 말하지 않았어요. 그녀는 싸움을 일으키는 원인이에요!」

「어떤 식으로? 왜 그렇다는 거지?」

「왜냐고요? 왜냐하면……, 그녀는 지쳐 있어요. 그녀는 고고학자가 아니라, 단지 고고학자의 아내일 뿐이죠. 그녀는 따분하고 아무런 즐거움도 가질 수 없는 곳에 갇혀 있어요. 그래서 그녀는 지금 연극을 하는 거라고요. 다른 사람 사이에 싸움을 일으키게 하고는 그 부산물인 즐거움을 취하는 거죠.」

「메리! 당신은 아무것도 모르는군. 그건 단지 당신 개인적인 생각일 뿐이잖소.」

「물론 제 생각이에요! 하지만 제 말이 옳다는 걸 알게 될 거예요. 루이즈는 결코 모나리자가 아니라고요. 그녀는 다른 사람에게 해를 끼칠 생각은 없지만, 트러블을 일으키고, 그걸 바라보는 것을 좋아해요.」

「그녀는 레이드너를 사랑하고 있소.」

「오! 저는 그런 뜻으로 한 말이 아니에요. 하지만 그녀는 색골(色骨)이에요. 그런 여자라고요.」

켈세이 소령이 말했다.

「여자들끼리는 서로 친절할 수가 없는 모양이지.」

「알아요. 고양이, 고양이 같다고 말하려는 거죠? 하지만 우리 여자들끼리는 서로 공정하게 판단해요.」

페니먼 소령이 생각에 잠긴 듯 말했다.

「아무래도 좋습니다. 켈세이 부인의 무자비한 생각이 모두 사실일지라도 그 이상한 긴장감만은 설명될 수 없을 거라고 생각합니다. 천둥이 치기 전 같았거든요. 금방이라도 폭우가 퍼부을 듯한 인상을 받았어요.」

켈세이 부인이 말했다.

「레서런 간호사를 겁주지 마세요. 사흘 뒤에는 그곳으로 갈 테니까요. 건강하게 그녀를 보내야죠.」

내가 웃으면서 말했다.

「오, 전 두렵지 않아요.」

나는 전해 들은 얘기들에 대해서 줄곧 많은 생각을 했다. 갑자기 레이드너 박사가 자신의 부인이 더 안정감을 갖게 될 거라고 한 말이 떠올랐다.

그녀의 정신을 뒤덮는 두려움이 단원들에게 영향을 끼치는 것은 아닐까? 그렇지 않으면 실제로 원인 불명의 긴장감이 있어서 그녀의 신경에 영향을 미치는 것은 아닐까?

나는 켈세이 부인이 말한 '색골'이라는 단어를 사전에서 찾아보았지만, 아무것도 얻어내지 못했다.

'이제 기다려 봐야겠군.' 하고 나는 혼자 생각했다.

제4장 하사니에에 도착하다

사흘 뒤에 나는 바그다드를 떠났다.

켈세이 부인과 아기와 헤어지는 일은 아쉬웠다. 귀여운 아기는 놀라울 정도로 매주 몸무게가 부쩍부쩍 늘고 있었다. 켈세이 소령이 역까지 나와서 배웅해주었다.

나는 다음 날 아침까지 키르쿠크에 도착할 예정이었고, 거기에서 누군가가 마중을 나오기로 했다. 나는 잠을 잘 이루지 못했다. 기차에서도 제대로 잠을 자지 못하고 비몽사몽 했다.

다음 날 아침, 차창밖을 내다보니 날씨가 매우 화창했다. 나는 앞으로 만나게 될 사람들에 대해 흥미와 호기심을 느꼈다.

플랫폼에 내려 주위를 둘러보며 머뭇거리고 있는데, 한 청년이 다가왔다. 분홍빛의 동그란 얼굴을 가진 그는 P. G. 우드하우스(1881~1975; 영국의 해학 소설가)의 작품에 나오는 사람과 너무나도 똑같았다.

그가 말했다.

「여보세요, 여보세요. 이것 보세요. 레서런 간호사이십니까? 그렇죠. 틀림없을 거예요. 하하! 저는 콜먼이라고 합니다. 레이드너 박사님이 저 혼자 나가보라고 하셨습니다. 기분이 어떠세요? 지독한 여행이었지요? 기차는 생각도 하기 싫습니다! 참, 아침식사는 하셨나요? 이게 당신 짐입니까? 굉장히 겸손하신 분인 것 같은데요? 레이드너 부인께서 오실 때는 여행가방이 네 개에 트렁크가 한 개, 모자 상자는 말할 것도 없고 이상한 베개도 하나 있었지요. 그리고 이것저것 물건이 많았답니다. 내가 너무 말이 많죠? 저쪽에 낡은 차 한 대가 대기하고 있습니다.」

밖에 스테이션왜건(접었다 폈다 하는 좌석이 있는 자동차)이 한 대 세워져 있었다. 그것은 유람마차와 비슷하게 생겼는데, 어떻게 보면 트럭 같기도 하고, 또 어떻게 보면 자동차 같기도 했다.

콜먼은 운전석 옆에 앉으면 덜커덕거리는 진동이 적다고 하면서 내가 그곳에 오르는 것을 도와주었다. 나는 이 이상하게 생긴 차가 산산조각이 나지 않을까 두려웠다.

길다운 길이라곤 전혀 없었다. 온통 바퀴 자국과 웅덩이뿐이었다.

동방에 축복을! 나는 영국의 훌륭한 간선도로를 생각하면서 향수에 젖었다.

콜먼이 몸을 앞으로 기울이고 내 귀에다 대고 큰 소리로 외쳤다.

「오늘은 길이 양호한 편입니다.」

우리가 거의 차의 천장에 부딪힐 정도로 자리에서 튀어오르고 난 뒤에 그가 소리쳤다. 그는 꽤 진지하게 말하고 있었다.

「건강에 좋아요. 간이 튼튼해지거든요. 알고 있죠, 간호사?」

「머리가 부서지면 간이 아무리 튼튼해도 소용없어요.」

나는 냉랭하게 대꾸했다.

「비가 온 뒤에 이곳에 한 번 와봐야 하는데! 얼마나 미끄럽다고요. 대부분 몸을 비스듬히 눕힌 채 가야 하죠.」

이 말에 나는 아무런 대꾸도 하지 않았다.

우리는 곧 강을 건너야 했으며, 아주 형편없는 나룻배를 이용했다. 내 생각으로는 무사히 강을 건넜다는 사실만으로도 축복인 것 같았다.

하지만 다른 사람들은 당연한 일이라는 듯 아무렇지 않은 얼굴이었다. 하사니에까지 가는 데 약 4시간이 걸렸다.

하사니에는 놀라울 정도로 넓은 곳이었다. 강 이쪽에서 맞은편을 바라볼 때는 하얗고 요정 같은 뾰족탑이 서 있는 모습이 매우 아름다워 보였다.

하지만 다리를 건너 막상 그곳으로 들어갔을 때는 조금 달랐다. 왜

소하고 모든 것이 쓰러질 듯 위태로웠으며 곳곳이 진흙투성이로 지저분했다.

콜먼 씨는 나를 레일리 박사 댁으로 데려갔다.

레일리 박사가 나와 점심을 같이하려고 기다리고 있었다. 레일리 박사는 여전히 친절했고, 그의 집은 욕실과 모든 것이 깔끔하게 정돈되어 있었다. 시원하게 목욕을 하고 제복으로 갈아입은 뒤 다시 내려왔을 때는 기분은 말할 수 없이 좋았다.

곧 점심이 준비되었고 우리는 식사를 시작했다. 레일리 박사는 언제나 늦는 자기 딸에 대해 양해를 구했다. 우리가 막 요리한 먹음직스러운 계란을 먹고 있을 때 그녀가 들어왔다.

레일리 박사가 말했다.

「레서런 간호사, 내 딸 실러요.」

그녀는 손을 흔들며 내게 즐거운 여행이 되었기를 바란다고 말했다. 그리고 단숨에 모자를 벗고는 콜먼에게 가볍게 목례를 한 뒤 앉았다.

그녀가 말했다.

「빌, 요즈음 어때요?」

그는 클럽에서 있었던 파티나 다른 행사에 대해 얘기해주었다.

나는 그녀를 눈여겨보았다. 그녀에게서 많은 인상을 느끼지는 못했다. 뭔가 칭하기에는 조금 차가운 여자라는 생각이 들었다.

얼굴은 예뻤지만 제멋대로 행동하는 그런 처녀였다. 검은 머리카락에, 푸른 눈, 다소 창백해 보이는 얼굴과 늘 립스틱을 바르는 듯한 입술 등 그녀의 차갑고 냉소적인 모습이 나는 몹시 거슬렸다.

한때 내 밑에 그녀와 같은 견습생이 한 명 있었는데, 일은 잘했지만 그녀의 태도 때문에 나는 언제나 불쾌했다.

콜먼은 그녀에게 꼼짝 못하는 것 같았다. 그는 조금 더듬거리며 말했다. 그의 말투는 조금 전보다 더 바보스러워진 듯했다. 저럴 수가! 그는 꼬리를 흔들며 아양을 떠는 몸집이 커다란 우둔한 개처럼 보였다.

점심식사 뒤 레일리 박사는 병원으로 갔고, 콜먼은 시내에서 살 것이 있다면서 나갔다. 레일리 양은 내게 시내를 한 바퀴 둘러보고 싶은지, 아니면 그냥 집에 머물러 있고 싶은지 물었다.

그녀는 콜먼은 한 시간쯤 뒤에야 나를 데리러 올 거라고 덧붙였다.

내가 물었다.

「볼 만한 곳이 있나요?」

레일리 양이 말했다.

「그림 같은 곳이 몇 군데 있어요. 하지만 당신이 좋아하실지 모르겠네요. 아주 지저분하거든요.」

그 말에 나는 화가 났다. 여태껏 지저분하지만 그림 같은 곳은 본적이 없기 때문이다. 결국 그녀는 클럽으로 나를 데려갔다. 강이 내려다보이는 쾌적한 곳이었으며, 영자 신문과 잡지들이 비치되어 있었다.

우리가 집으로 돌아왔을 때까지 콜먼은 돌아와 있지 않았다. 우리는 잠시 앉아서 얘기를 나누었다. 어쨌든 편안하지는 않았다.

레일리 양은 레이드너 부인을 만나보았느냐고 물었다.

「아니요, 그녀의 남편 분만 만났어요.」

그녀가 말했다.

「오, 당신이 그녀를 어떻게 생각할지 궁금해요.」

난 그 말에 아무런 대꾸도 하지 않았고, 그녀는 말을 계속했다.

「난 레이드너 박사님을 굉장히 좋아해요. 모든 사람들이 그를 좋아하지요.」

그 말은 그녀가 그의 아내를 좋아하지 않는다는 것처럼 들렸다.

난 여전히 아무 말도 하지 않았다. 그러자 그녀가 불쑥 물었다.

「그녀에게 무슨 일이 있죠? 레이드너 박사님께서 무슨 말씀을 하시던가요?」

도착하기도 전에 환자에 대해 어떤 험담이 나도는 것이 싫어서 나는 얼버무렸다.

「그녀가 건강이 별로 좋지 않아서 간호를 받아야 한다는 걸로 알고 있어요」

그녀는 웃었다. 그것은 딱딱하고 퉁명스러운, 천박한 웃음이었다.

「자비로우신 하나님! 이미 아홉 사람이 그녀를 돌보고 있지요」

「다 자기 할 일에 바쁘겠지요」 내가 말했다.

「할 일? 물론 그들도 할 일이 있지요. 하지만 루이즈가 먼저예요. 그녀도 그것을 알고 있어요」

나는 혼잣말로 속으로 중얼거렸다.

'아니, 당신은 그녀를 좋아하지 않아.'

레일리 양은 계속했다.

「어쨌든 그녀에게 전문적인 간호사가 왜 필요한지 도무지 알 수가 없군요. 오히려 그녀에게는 보조원이 필요하다고 생각해요. 체온계를 입 속에 쑤셔 넣지도 않고, 맥박도 재지 않으며, 만사를 쉽게 생각하는 그런 사람 말이에요」

그래, 나도 그것을 인정하는 바이다. 하지만 나는 호기심이 동해서 물었다.

「당신은 그녀가 아무렇지도 않다고 생각하나요?」

「물론 그녀는 아무렇지도 않아요! 그 여자는 황소처럼 튼튼하다고요. '루이즈가 잠을 자지 못했다.', '그녀의 눈두덩이 시커멓다.' 그래요, 그녀가 푸른 연필로 눈 밑을 그리는 거라고요! 관심을 끌기 위해서, 사람들이 그녀 주위에 모여들도록 일부러 야단법석을 떠는 거예요!」

물론 무언가 이상한 게 있었다. 나는 온 집 안 가득 손님을 초대하여 춤추는 것을 즐거움으로 아는 우울증 환자를 본 적이 있다.

어떤 간호사인들 접해 보지 않았을까만! 그러면서 의사나 간호사가,

「당신은 아무 이상이 없습니다!」라고 말하면 그 말을 믿지 않고 오히려 화를 벌컥 냈다.

레이드너 부인도 아마 그런 부류의 환자일 것이다. 그럴 경우 대개 남편들이 가장 먼저 속아 넘어가게 된다. 내가 알고 있기로는 남편들은 병에 관한 한 무지하다.

하지만 레이드너 박사가 한 말은 그동안의 내 경험과 딱 일치하는 것은 아니었다. 말하자면, '더 안전하다'는 말과는 어울리지 않았다. 우습게도 그 말이 마음속에서 떠나지 않았다.

나는 그 점을 염두에 두고 물었다.

「레이드너 부인은 신경질적인가요? 이를테면 도시에서 멀리 떨어져 사는 것에 대해 초조해한다거나, 그런 것 말이에요.」

「초조해할 게 뭐가 있어요? 보세요, 그곳에는 사람이 열 명이나 있다고요! 게다가 경비원도 있어요. 발굴된 유물을 감시하기 위해서죠. 오, 아니에요! 그녀는 신경성 환자가 아니에요, 적어도……」

그녀는 갑자기 어떤 생각이 떠올랐는지 말을 멈추었다가 잠시 뒤에 천천히 계속했다.

「이상한 말을 하더군요.」

「뭐가요?」

「지난번에 나는 제비스 공군 중위와 드라이브를 했어요. 아침이었죠. 대부분의 발굴단원들이 작업에 한창이었고요. 레이드너 부인은 앉아서 편지를 쓰고 있었는데, 우리가 오는 것을 모르는 것 같았어요. 마침 당신을 데려왔던 콜먼이 없어서 우리는 곧장 베란다로 올라갔어요. 그때 그녀가 벽에 비친 제비스 공군 중위의 그림자를 보았는지 갑자기 비명을 지르지 않겠어요. 물론 사과를 했죠. 그녀 말로는 낯선 사람인 줄 알았대요. 그게 조금 이상하거든요. 설령 낯선 사람이라고 하더라도 왜 그렇게 흥분했을까요?」

나는 고개를 끄덕였다.

레일리 양이 묵묵히 있다가 느닷없이 말했다.

「아무래도 올해 안에 그들에게 무슨 일이 일어날 것만 같아요. 모두들 안절부절못하고 있거든요. 존슨 양은 시무룩해 가지고는 도무지 입을 열지 않아요. 데이비드도 되도록이면 말을 피하는 것 같고, 물론 빌은 지칠 줄 모르고 떠들어대죠. 그 바람에 다른 사람들은 더욱더 우울해하는 것 같아요. 캐어리는 마치 금세 뭔가를 낚아채 버릴 듯한 표정을 하고 다녀요. 그리고 서로가 서로를 감시하는 듯하고요. 마치……, 오, 난 모르겠어요. 하지만 이상해요.」

나는 서로 전혀 다른 레일리 양과 페니먼 소령이 똑같은 기분을 느꼈다는 것이 이상하다고 생각했다.

바로 그때 콜먼이 부산을 떨며 들어왔다. 부산을 떤다는 말은 이런 경우에 적절한 표현일 것이다. 그의 혀가 길게 나와 있었거나, 꽁무니에서 꼬리가 하나 달려 살랑살랑 흔들렸다고 해도 아무도 놀라지 않았을 것이다.

그가 말했다.

「여보세요, 여봐요. 나처럼 물건을 잘 사는 사람도 없을 겁니다. 레서런 양에게 아름다운 도시를 구경시켜 드렸나요?」

레일리 양이 차갑게 말했다.

「별로 마음에 들지 않는 모양이에요.」

콜먼이 진심에서 우러나온 어조로 말했다.

「그렇겠지요. 금방 쓰러질 듯이 보잘것없는 곳이니까요.」

「당신은 그림이나 골동품 애호가는 아니죠, 빌? 그런데 왜 당신 같은 사람이 고고학자가 되었는지 알 수가 없어요.」

「그런 식으로 나를 비난하지 말아요. 내 보호자를 비난하라고요. 그는 학구적인 사람이었어요. 목욕탕에서도 책을 읽었으니까요. 그런 사람이었죠. 나 같은 녀석을 데리고 있다는 데 충격을 받았을 거예요.」

레일리 양은 쏘아붙이듯이 말했다.

「좋아하지도 않은 직업을 남의 강요 때문에 선택하다니, 당신도 굉장히 어리석은 사람이군요.」

「강요당한 게 아니에요, 실러. 그런 게 아니란 말이오. 그 노인네가 내게 마음에 두고 있는 특별한 직업이 있는지 물어보더군요. 나는 없다고 했죠. 그랬더니 교묘하게 꾀어서 나를 여기까지 오게 했어요.」

「당신은 정말 하고 싶은 일이 없나요? 그렇다면 한심한 사람이군요!」

「물론 있지요. 하지만 잘 이루어질 것 같진 않아요. 내가 하고 싶은 것은 돈을 많이 벌어서 자동차 경주에 한번 참가해 보는 거예요.」

「정말 터무니없군요!」 레일리 양은 매우 화가 나 있는 것 같았다.

「오, 하지만 나는 그것이 불가능하다는 걸 깨달았소.」

콜먼은 신나는 듯이 말했다.

「그래서 하루 종일 사무실에 처박혀 있는 일이 아니라면, 무슨 일이든 거리낄 것 없이 하겠다고 생각했죠. 나는 이 일로 세계여행을 할 수 있게 되어 아주 만족스러워요. 그래서 '가겠습니다.' 하고는 이내 따라온 거죠.」

「하지만 당신은 별로 쓸모가 없을 텐데요!」

「천만의 말씀. 나는 발굴하는 구덩이 위에 서서 사람들에게 '알라' 하고 소리칠 수 있죠! 그리고 나는 제도하는 데 꽤 재능이 있어요. 남의 글씨를 흉내 내는 것은 학교 다닐 때 내 주특기였죠. 일류 위조자였어요. 오, 당신에게 말해줄 것이 있어요. 만일 당신이 버스를 기다리고 있을 때 롤스로이스가 당신에게 흙탕물을 튀기고 지나가더라도 나를 용서해 달라는 거예요.」

레일리 양이 차갑게 말했다.

「그만 떠들어대세요. 이제 출발할 시간이 되지 않았나요?」

「친절도 하셔라, 그렇죠. 레서런 양?」

「레서런 간호사는 틀림없이 그 집으로 가는 것이 두려울 거예요.」

「당신은 언제나 모든 것을 그렇게 단언한단 말씀이야.」

콜먼이 히죽 웃어 보이며 대꾸했다.

나는 콜먼의 말이 맞다고 생각했다. 그녀는 말괄량이인 데다 독선적이었다.

나는 차갑게 말했다.

「이제 그만 출발하는 게 좋을 것 같군요, 콜먼 씨.」

「좋습니다, 레서런 양.」

나는 레일리 양과 악수를 하면서 고맙다고 말하고는 곧 출발했다.

콜먼이 말했다.

「실러는 지독하게 매력적인 처녀랍니다. 하지만 남자들을 보면 늘 몰아세운단 말이에요.」

우리는 도시를 빠져나와 푸른 들판 사이로 나 있는 길로 들어섰다. 그 길은 매우 울퉁불퉁하고 바퀴 자국이 많이 나 있었다.

30분쯤 뒤, 콜먼은 앞에 보이는 강둑의 큰 제방을 가리키며 말했다.

「텔야리미아입니다.」

개미처럼 움직이는 작은 사람들이 보였다. 그때 그 사람들이 갑자기 제방 쪽으로 달려 내려오기 시작했다.

콜먼이 말했다.

「일이 끝나는 시간입니다. 해 지기 한 시간 전에 하루 일과를 끝마치죠.」

발굴단 숙소는 강에서 조금 뒤쪽으로 떨어져 있었다. 차는 모퉁이를 돌아 매우 좁은 아치형 문을 통과하며 덜커덕거리다가 곧 멈췄다.

집은 안뜰을 에워싼 채 지어져 있었다. 원래는 동쪽에 조그만 건물이 몇 채 있고, 안뜰의 남쪽에만 건물이 있었다고 한다. 그러던 것을 발굴단이 북쪽과 서쪽에 건물을 새로 지은 것이다. 그 집의 설계도는 나중에 특별한 의미를 갖게 되므로 아래쪽에 대충 스케치해 두겠다.

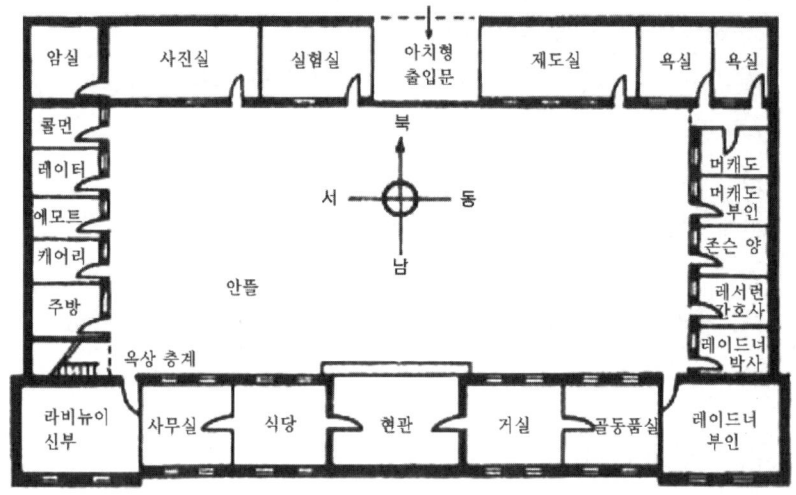

<건물 배치도>

모든 방문은 안뜰 쪽으로 나 있었고, 창문도 마찬가지였다. 본래부터 있었던 남쪽 건물만은 예외적으로 바깥쪽으로 난 창문이 있었다. 그러나 이런 창문들도 바깥쪽에 창살을 대어놓고 있었다.

남서쪽 구석에는 계단이 나 있어서, 다른 세 방향의 건물보다 높은 남쪽 건물의 옥상으로 올라가게 되어 있었다.

남쪽 건물의 끝에서 끝까지 이어져 있는 기다랗고 평평한 옥상은 난간 벽으로 둘러쳐져 있었다.

콜먼은 안뜰의 동쪽을 따라 죽 가다가 돌아서 남쪽 건물의 가운데 있는 커다란 베란다 쪽으로 나를 안내했다. 베란다의 옆에 있는 문을

밀어서 열고, 우리는 여러 사람이 탁자에 둘러앉아 있는 방으로 들어
섰다.

　콜먼이 말했다.

「안녕하쇼! 여기가 세이리 캠프입니다.」

　식탁의 상석에 앉아 있던 부인이 일어서며 반갑게 나를 맞았다.

　나는 첫눈에 그녀가 루이즈 레이드너라는 것을 알아차렸다.

제5장 텔야리미아

레이드너 부인의 첫인상이 뜻밖이었다는 것을 인정하지 않을 수 없다. 우리는 남들이 어떤 사람에 대해 얘기하는 것을 듣고 그 사람의 모습을 상상해 볼 것이다. 나도 마찬가지로, 레이드너 부인은 암울하고 불평이 많은 그런 종류의 여자일 거라고 머릿속에 그리고 있었다.

신경질적이고 날카로운 여자, 게다가 좀 더 솔직히 말해서 조금 천박한 여자일 거라고 생각했다. 그러나 그녀는 내가 상상했던 것과는 전혀 다른 여자였다! 우선 그녀는 매우 아름다웠다. 남편과 달리 스웨덴인은 아니었지만, 겉으로 보기에는 꼭 그런 느낌이 들었다.

그녀는 정말 보기 드문 스칸디나비아인 특유의 아름다운 금발을 가지고 있었다. 젊지는 않아서 30대에서 40대 사이로 보였다. 얼굴은 해골처럼 야위었고, 몇 가닥의 흰 머리칼이 아름다운 금발에 섞여 있었다. 하지만 두 눈은 초롱초롱했다. 보랏빛 눈이라는 말을 들어본 적이 있는데, 바로 저런 눈을 두고 하는 말 같았다. 커다란 눈 아래에는 희미한 그림자가 드리워져 있었다.

몸매는 금방이라도 부서질 듯이 가냘팠지만, 만일 내가 그렇게 말하면 발칵 화를 낼 것 같은 활기에 차 있었다. 이 말은 어울리지 않을지 모르지만, 여하튼 그런 인상을 받았다. 또 그녀는 완벽한 숙녀라는 인상마저 풍겼다. 그런데 요즈음에는 숙녀라는 말에 특별한 의미가 담겨 있는 것 같다. 그녀는 손을 내밀며 미소를 지었다.

그녀의 목소리는 미국인 특유의 느릿느릿하고 부드러운 어조였다.

「와줘서 정말 기뻐요, 레서런 간호사. 차 한 잔 들겠어요? 아니면 먼저 당신 방에 가보겠어요?」

나는 차를 마시겠다고 말했고, 그녀는 식탁에 앉아 있는 사람들에게 나를 소개시켜 주었다.

「이쪽은 존슨 양이에요. 그리고 레이터 씨, 머캐도 부인, 에모트 씨……. 라비뉴이 신부님, 남편은 곧 나올 거예요. 여기 라비뉴이 신부님과 존슨 양 사이에 앉으세요.」

명령에 따르듯이 나는 자리에 앉았다.

존슨 양이 내 여행이라든지 여러 가지에 대해 물었다. 나는 그녀가 좋았다. 그녀를 보자, 간호 견습생 시절 우리들 모두 존경하고 따랐던 한 간호부장이 생각났다. 그녀는 50대에 접어들었으며, 짧게 자른 철회색의 머리에 좀 남성적인 여자였다. 퉁명스러우면서도 쾌활한, 굵은 목소리를 가지고 있었다.

그리고 우스울 정도의 들창코를 가진 볼품없는 얼굴이었는데, 골치 아픈 일이 있거나 당황스러울 때면 신경질적으로 코를 문지르는 버릇이 있었다. 또 남자 옷 같은 트위드 외투나 셔츠를 즐겨 입었다. 그녀는 내게 요크셔 토박이라고 거리낌 없이 말해주었다.

라비뉴이 신부에게서 나는 조금 놀라운 점을 발견했다. 그는 매우 검은 수염과 날카로운 코를 가진 키가 큰 남자였다. 켈세이 부인이 프랑스 신부가 한 사람 있다고 말한 것을 들었는데, 라비뉴이 신부가 하얀 양모로 만든 사제복을 입고 있는 것을 보았다. 나는 수도원에 한번 들어간 수도사들은 절대로 세상 밖으로 나오지 않는다는 걸로 알고 있었기 때문에 조금 충격을 받았다.

레이드너 부인은 라비뉴이 신부에게 대부분 불어로 얘기했지만, 나에게는 유창한 영어로 말했다. 사람들의 얼굴로 시선을 던지는 그의 두 눈동자는 날카롭고 빈틈없었다.

내 맞은편에는 서로 상반된 세 사람이 있었다. 레이터 씨는 뚱뚱한 체격에 안경을 쓴 잘생긴 젊은이였다. 곱슬곱슬한 머리칼은 제법 길었으며, 동그랗게 푸른 두 눈을 가지고 있었다. 어렸을 때는 매우 귀여웠겠지만 지금은 그렇게 보이지 않았다. 사실 그는 조금 돼지 같은 인상을 주었다.

또 다른 청년은 머리카락을 짧게 깎고 우스꽝스러운 긴 얼굴을 갖고 있었는데, 치아가 아름다워서 웃을 때는 매력적으로 보였다. 그는 말수가 적어 다른 사람이 하는 말에 고개만 끄덕이거나 짤막하게 대답할 뿐이었다. 그는 레이터 씨와 마찬가지로 미국인이었다.

나머지 한 사람은 머캐도 부인이었다. 내가 그녀 쪽으로 시선을 돌릴 때마다, 그녀는 굶주린 듯한 시선으로 나를 바라보고 있었기 때문에 나는 그녀를 자세히 볼 수가 없었다. 그녀는 간호사가 이상한 동물이라도 되는 듯한 눈매로 뚫어지게 쳐다보았다.

그녀는 매우 젊었으며(기껏해야 스물다섯) 침울하고도 교활해 보이는 얼굴을 가지고 있었다. 어떻게 보면 매우 아름다웠지만, 어머니가 입버릇처럼 말씀하시던 대로 '흑인의 피가 섞여 있는' 듯했다.

그녀는 화사한 색깔의 스웨터를 입고 있었고, 손톱도 스웨터 색과 똑같은 색으로 칠하고 있었다. 그녀는 커다란 두 눈에 새처럼 홀쭉한 얼굴을 가지고 있었고, 꼭 다문 입은 시기심이 많아 보였다.

차는 적당하게 섞은 것이 훌륭했다. 켈세이 부인이 항상 마시던 그 고약한 중국차와는 질이 다른 것이었다. 토스트와 잼, 그리고 과자와 잘라놓은 케이크가 한 접시 놓여 있었다.

에모트 씨는 매우 공손한 태도로 내게 그것을 건네주었다. 그는 조용히 있으면서도 내 접시가 비는 것을 주시하고 있는 듯했다. 곧 콜먼이 부산을 떨며 들어와서 존슨 양의 맞은편 자리에 앉았다. 그는 분별력이 없는지 마치 이 방에 지금의 배나 되는 사람이 있는 것처럼 큰소리로 떠들어댔다.

레이드너 부인이 하품을 한 번 하고는 피로한 듯한 눈치를 보냈지만, 아무 효과가 없었다. 그는 대부분 머캐도 부인에게 말하고 있었는데, 그녀는 오히려 나를 주시하는 데 바빠서 제때 대답해주지 않았다.

차를 거의 다 마셔갈 때쯤 레이드너 박사와 머캐도 씨가 발굴 작업장에서 돌아왔다. 레이드너 박사는 부드럽고 친절한 태도로 나에게 인사했다. 그리고 재빨리 궁금한 눈으로 아내 얼굴을 확인하고는 안도감을 느끼는 것 같았다.

그는 식탁의 다른 쪽 끝에 앉았고, 머캐도 씨는 레이드너 부인의 옆 빈자리에 앉았다. 머캐도 씨는 키가 크고 말랐으며 우울해 보이는 사람으로, 그의 아내보다 훨씬 나이가 들어 보였다. 혈색이 나쁜 얼굴에 부드럽고 맵시 없는 수염을 기르고 있었다.

그가 들어오자 나는 마음이 놓였다. 나를 주시하던 머캐도 부인의 시선이 이상해 보일 정도로 조바심을 치며 자신의 남편에게로 옮겨갔기 때문이다. 그는 꿈이라도 꾸듯 차를 휘저으며 아무 말도 하지 않았다. 그는 접시에 놓여 있는 케이크에는 손도 대지 않았다.

아직도 자리가 하나 비어 있었다. 이내 문이 열리더니 한 남자가 들어왔다. 리처드 캐어리를 보는 순간 나는 내 생애 처음으로 보는 미남이라는 생각이 들었다. 하지만 곧 정말로 그런지 의심스러웠다.

미남이라는 말과 동시에 볼품없다고 하는 말은 지나친 표현이겠지만, 그것은 사실이었다. 그의 두부(頭部)는 뼈 위에 가죽을 씌워놓은 것 같았는데, 그 뼈대가 실은 보기에 괜찮았던 것이다.

턱과 관자놀이, 그리고 앞이마의 야윈 선이 너무나 뚜렷해서 마치 청동상을 보는 것 같은 느낌이었다. 야윈 갈색 얼굴에는 내가 지금까지 보지 못한 초롱초롱하고 푸른 두 눈이 있었다. 키는 6피트(183㎝)쯤 되는 것 같았고, 나이는 마흔이 채 안 되어 보였다.

레이드너 박사가 말했다.

「레서런 간호사, 이쪽은 건축가인 캐어리 씨입니다.」

그는 밝지만 들리지도 않는 작은 목소리로 뭔가를 중얼거리더니 머캐도 부인의 곁에 앉았다.

「차가 식은 것 같군요, 캐어리 씨.」 레이드너 부인이 말했다.

캐어리가 말했다.

「오, 괜찮습니다, 레이드너 부인. 내가 늦게 와서 도리어 미안합니다. 벽 설계를 마저 끝내느라고요.」

머캐도 부인이 말했다.

「잼 좀 드릴까요, 캐어리 씨?」

레이터 씨가 토스트를 앞으로 내밀었다.

그때 나는 문득 페니먼 소령이 했던 말이 떠올랐다.

'서로 지나치게 공손한 태도로 버터를 건네주었다고 한다면 내 말을 이해할 수 있을 거예요.'

맞았어, 무엇인가 이상한 게 있었다.

지나칠 정도로 형식적인 것이 마치 이방인들의 모임 같았다. 사실 몇몇 사람은 여러 해 동안 서로 만난 적이 없는 사람들이었다.

제6장 첫날 저녁

차를 마신 뒤 레이드너 부인은 내가 묵을 방으로 안내했다. 아마 이곳의 방 배치에 관하여 간략히 소개해 두는 것이 좋을 것 같다. 너무나 간단해서 앞에 있는 설계도만 보아도 쉽게 이해할 수 있을 것이다.

활짝 트인 큰 현관 양쪽에는 두 개의 큰 방으로 통하는 문이 있었다. 오른쪽은 우리가 차를 마셨던 식당이고, 다른 한쪽은 식당과 똑같은 구조의 방으로 거실과 일반적인 작업실로 사용했다.

나는 이 방을 거실이라고 불렀다. 이곳에서는 제도 작업(엄격히 건축적인 것을 제외하고는)과 발굴된 도자기 조각들을 맞추어 보기도 했다. 거실 옆은 골동품실이었는데, 이곳에서는 발굴지에서 나온 모든 출토품들이 운반되어 선반 위와 비둘기장 속에 보관되었고, 큰 탁자와 벤치 위에 놓이기도 했다. 거실을 통하지 않고서는 골동품실에서 나오는 출구는 없었다.

골동품실 옆은 레이드너 부인의 방이었는데, 안뜰로 향해 있는 문을 통해서 들어갈 수 있었다. 남쪽 건물에 있는 다른 방들과 마찬가지로 이 방에도 뒤꼍의 밭쪽으로 쇠창살이 달린 창문이 두 개 있었다.

레이드너 부인의 방을 지나 모퉁이를 돌면 레이드너 박사의 방이었는데, 서로 왕래할 수 없었다. 이 방은 동쪽 건물의 첫 번째 방이었으며, 그 옆이 내 방이었다.

그 다음으로 존슨 양, 머캐도 부인, 그리고 머캐도 씨 방이 차례로 있었다. 그 다음에는 욕실이 두 개 있었다(나는 얼마 전 레일리 박사에게 욕실에 대한 얘기를 나눴다. 그러자 그는 웃으면서 그 욕실은 욕실일 수도 있고, 아닐 수도 있다고 말했다! 욕조나 수도에 익숙한 사람이 드럼통을 들여놓은 진흙 방을 욕실이라고 한다면 이상한 생각이 들

것이다. 게다가 석유통으로 길어오는 물은 흙탕물이었다).

이쪽 건물은 본래 아랍식 집에, 레이드너 박사가 증축한 것이었다. 침실은 모두 똑같은 구조였는데, 창문과 출입문이 하나씩 안뜰로 향해 나 있었다. 북쪽 면을 따라서 제도실, 연구실, 사진실이 있었다.

베란다에서 서쪽으로 있는 방의 구조는 다른 것과 똑같았다. 식당 옆에는 사무실이 있었는데, 그곳에서는 서류를 보관하고 목록을 작성하고 타이핑을 했다.

레이드너 부인의 방과 반대되는 곳에 라비뷰이 신부의 방이 있었는데, 그는 가장 큰 침실을 차지하고 있었다. 그는 그 방에서 비문을 해독하기도 했다. 남서쪽 구석에는 옥상으로 올라가는 계단이 있었다. 서쪽 건물의 첫 번째 방은 주방이었고, 계속해서 캐어리, 에모트, 레이터, 그리고 콜먼의 방이 나란히 있었다.

북서쪽 구석에는 암실이 있었는데, 그 방은 사진실을 통해서만 들어갈 수 있었다. 바로 옆방은 연구실이었다. 그리고 유일한 출구인 우리가 들어왔던 커다란 아치문이 있었다. 바깥쪽에는 원주민 하인들이 기거하는 숙소가 있었고, 군인들이 있는 경비실, 그리고 물소 외양간 등이 있었다.

제도실은 아치 출입문의 오른쪽에 자리 잡고 있었는데, 북쪽 건물의 나머지를 전부 차지하고 있었다. 내가 이렇게 자세하게 집 구조를 설명한 것은 이후로는 다시 집의 구조에 대해 반복하고 싶지 않기 때문이다.

내가 말한 대로 레이드너 부인은 나를 안내하여 건물을 빙 돌고는 마지막으로 침실로 데려갔다. 그녀는 내가 편안하도록 원하는 것이 모두 갖춰져 있었으면 좋겠다고 말했다. 그 방은 검소하게 꾸며져 있었지만 훌륭했다. 침대, 장롱, 세면대, 그리고 의자가 하나 있었다.

「하인들이 점심, 저녁식사 전에 따뜻한 물을 가져다줄 거예요. 물론 아침에도 그렇지요. 만일 다른 때 따뜻한 물이 필요하면 밖으로 나와서 손뼉을 치세요. 하인들이 오면 '지브 마이 하르'라고 말하면 돼요. 기억하시겠어요?」

나는 기억하겠다고 말하고는 더듬거리면서 그 말을 따라했다.

「맞아요. 꼭 기억했다가 그렇게 말하세요. 아랍인들은 아무리 쉬운 영어도 알아듣지 못해요.」

내가 말했다.

「말이란 게 참 우스워요. 그렇게 서로 다른 언어들이 존재하는 걸 보면 이상한 생각이 들어요.」

레이드너 부인은 씩 웃었다.

「팔레스타인의 어떤 교회에는 주기도문이 각각 다른 언어로 쓰여 있는데, 90개나 된다는군요.」

내가 말했다.

「어머나! 숙모님께 그 이야기를 편지로 써 보내야겠군요. 매우 재미있어하실 거예요.」

레이드너 부인은 무심코 물주전자와 세면대를 만지작거리다가 비눗갑을 3~4㎝가량 뒤로 밀어버렸다. 그녀가 말했다.

「즐겁게 지냈으면 좋겠군요. 따분하지 않아야 할 텐데.」

나는 그녀를 안심시켰다.

「난 절대로 따분해하지 않을 거예요. 우리 인생은 그렇게 허비해 버릴 만큼 길지 않잖아요.」

그녀는 여전히 세면대를 만지작거리면서 잠자코 있었다.

그때 갑자기 그녀는 어두운 보랏빛 눈을 내 얼굴에 고정했다.

「레서런 양, 남편이 당신에게 정확히 무슨 말을 했죠?」

우리는 보통 그런 질문을 받을 때면 늘 비슷한 식으로 대답한다.

나는 거침없이 말했다.

「부인께서 건강이 좀 안 좋다고 하셨어요. 그게 전부예요. 그래서 부인을 돌보고 부인의 두려움을 없애줄 사람이 필요하다고 하셨어요.」

그녀는 천천히 무엇인가를 생각하듯이 고개를 숙이며 말했다.

「그래요, 좋아요. 그렇게 되면 좋겠군요.」

그 말이 조금 이상하게 들렸지만 나는 캐묻지 않았다. 대신 이렇게 말했다.

「제가 필요하다면 어떤 일이든지 도와드리고 싶어요. 저는 한가하게 있으면 더 피곤하거든요.」

그녀는 살짝 미소를 지었다.

「고마워요, 레서런 양.」

그러고는 침대 위에 앉더니 놀랍게도 내게 자세한 것을 물어보는 것이었다. 하지만 이상하게도 그녀를 응시한 순간, 레이드너 부인이 진짜 숙녀라는 느낌이 들었다. 경험상 보통의 숙녀는 좀처럼 남의 사생활에 호기심을 나타내지 않는데 말이다.

그러나 레이드너 부인은 나에 대해서 모든 것을 알고 싶어하는 눈치였다. 어디서 얼마나 교육을 받았으며, 왜 동양에 오게 되었는지, 어떻게 레일리 박사가 나를 추천했는지, 심지어는 내가 미국에서 살았던 적이 있는지, 그리고 미국에 친척이 있는지조차 물었다.

한두 가지 또 다른 질문이 이어졌는데, 그때는 아무렇지 않게 생각했지만, 나중에 생각해 보니 중요한 의미가 담긴 질문이었다. 그러다가 그녀는 태도를 바꾸어 온화하고 따뜻한 미소를 지었다. 그러고는 매우 부드럽게, 내가 와서 기쁘며 자신에게 큰 위안이 될 거라고 했다.

그녀는 침대에서 일어나더니 말했다.

「옥상에 올라가서 일몰 광경을 보지 않겠어요? 이때쯤이면 정말 아름다워요.」

나는 기꺼이 동의했다.

방을 나오면서 그녀가 물었다.

「바그다드로 오는 기차에 사람들이 많던가요? 어떤 사람들이었어요?」

나는 특별히 주의해서 보지 않았다고 말했다. 전날 밤 식당차에서 프랑스 사람을 두 명 만났고, 그들의 일행으로 보이는 세 사람을 만났는데, 주고받는 얘기로 보아 보급선에서 일하는 것 같았다고 말했다.

그녀는 고개를 끄덕이며 가볍게 한숨을 내쉬었다. 어쩐지 안도의 한숨처럼 들렸다. 우리는 함께 옥상으로 올라갔다.

머캐도 부인이 난간에 앉아 있었고, 레이드너 박사는 허리를 굽히고 바닥에 놓인 깨진 도자기와 토기들을 들여다보고 있었다. 그는 그것들을 손절구, 절굿공이, 그리고 돌도끼라고 불렀다. 또 이상한 모양을 하고 있는 심하게 부서진 도자기도 있었다.

머캐도 부인이 불렀다.

「이쪽으로 와보세요. 정말 아름답지 않아요?」

일몰 광경은 아름다웠다. 지는 해를 배경으로 멀리 보이는 하사니에는 정말 천국 같았다. 티그리스 강은 넓은 둑 사이로 꿈처럼 아득하게 펼쳐져 있었다.

레이드너 부인이 말했다.

「아름답지요, 에릭?」

박사는 멍청한 눈으로 올려다보고는 중얼거렸다.

「정말 아름답군.」

그렇게 한마디를 던지고는 계속해서 깨어진 도자기 조각들을 골라냈다. 레이드너 부인이 웃으며 말했다.

「고고학자들은 오로지 발밑만 볼 줄 알아요. 그들에게 하늘이나 천국은 존재하지도 않지요.」

머캐도 부인이 깔깔 웃으며 말했다.

「그래요, 정말 이상한 사람들이에요. 당신도 곧 알게 될 거예요, 레서런 간호사. 당신이 오게 되어서 우린 정말 기뻐요. 레이드너 부인을 얼마나 걱정했다고요. 그렇잖아요, 루이즈?」

「그랬던가요?」

그녀의 목소리는 공감하는 듯한 어조가 아니었다.

「그래요. 부인은 정말 건강이 나빴어요, 레서런 양. 아무 일도 아닌 것에 놀라고 비명을 질러댔죠. 어떤 사람은 그저 신경과민일 뿐이라고 하더군요. 하지만 나는 신경과민은 큰 병이라고 생각해요. 신경은 사람의 가장 중요한 부분이 아니겠어요?」

나는 그녀가 제법 웃기다고 생각했다.

레이드너 부인이 냉담하게 말했다.

「이제 나에 대해서는 더 이상 신경 쓸 필요가 없어요, 마리. 레서런 양이 날 돌봐줄 테니까요.」

나는 명랑하게 맞장구쳤다.

「물론이죠. 분명히 좋아질 거예요.」

머캐도 부인이 말했다.

「우리는 부인이 의사에게 진찰을 받고 치료를 받아야 한다고 생각했어요. 부인의 신경이 매우 예민했거든요. 그렇잖아요, 루이즈?」

레이드너 부인이 말했다.

「마치 당신 같은 신경을 가지고 있어야 한다는 뜻 같군요. 내 고질병보다는 좀 더 재미있는 이야기를 하는 게 어때요?」

나는 레이드너 부인이 쉽게 적을 만들 수 있는 그런 종류의 여자라고 생각했다. 그녀의 어조는 머캐도 부인의 창백한 얼굴을 붉어지게 할 만큼 쌀쌀맞고 거칠었다.

머캐도 부인은 뭐라고 중얼거렸지만, 레이드너 부인은 일어서서 옥상의 맞은편에 있는 남편에게로 가버렸다. 그는 그녀가 다가오는 것을 알아차리지 못했다.

그는 그녀가 자기 어깨 위에 손을 올려놓자 얼른 고개를 들어 쳐다보았다. 그의 얼굴에는 애정과 갈망하는 듯한 표정이 깃들어 있었다.

레이드너 부인은 가볍게 고개를 끄덕였다. 이윽고 그녀는 그의 팔을 잡고서 난간 끝으로 걸어가서 곧 계단을 내려가 버렸다.

머캐도 부인이 말했다.

「저 사람은 부인에게 홀딱 빠져 있어요, 안 그래요?」

내가 말했다.

「그래요. 보기가 좋은데요.」

그녀는 이상한 곁눈질로 나를 흘끔흘끔 쳐다보았다.

「레서런 양은 그녀에게 무슨 문제가 있다고 생각하세요?」

그녀는 목소리를 조금 낮추어서 물었다.

「오, 대단한 것은 아니라고 생각해요.」

나는 활기차게 말했다.

「몸이 조금 허약해진 것뿐이에요.」

그녀는 차를 마실 때처럼 나를 뚫어지게 쳐다보고 있었다. 그러다가 불쑥 이렇게 말했다.

「당신은 정신과 간호산가요?」

나는 말했다.

「오, 아니에요! 왜 그런 생각을 하셨죠?」

그녀는 잠시 동안 침묵을 지키고 있다가 물었다.

「그녀가 어떤 이상한 행동을 했는지 알고 있나요? 레이드너 박사님이 말씀해주시던가요?」

나는 내 환자에 대해서 수군거리는 것을 좋아하지 않는다. 또 내 경험에 비추어 보면 환자의 측근에게 진실을 알아낸다는 것은 대단히 어려운 일이다. 예전에 진실을 알아낼 때까지 어둠 속에서 종종 소용없는 짓을 되풀이했던 적이 있다. 물론 담당의사가 있는 경우에는 상황이 달라진다. 담당의사는 간호사가 알아야 할 사항을 일러준다. 하지만 이번 경우에는 담당의사가 없었다.

레일리 박사는 직업적인 문제로는 한 번도 이 집에 방문한 적이 없었다. 또 레이드너 박사는 틀림없이 내게 모든 것을 털어놓지 않았다. 남편이란 때때로 본능적으로 과묵할 때가 있는 법이다. 그런 점에서 그를 존경한다.

하지만 내가 상황을 자세히 안다면 어떤 조치를 취해야 할지 더 잘 말해줄 수 있을 것이다. 머캐도 부인은(나는 그녀가 심술궂은 여자라고 생각했다) 무언가 분명히 말해주고 싶어서 못 견딜 지경인 듯했다.

솔직히 말해서 나는 직업적인 측면에서보다 인간적인 측면에서 그녀의 말을 더 듣고 싶었다.

나도 그저 그런 호기심에 눈이 먼 보통의 여자인 모양이다.

「레이드너 부인이 요즈음 정상이 아니라는 얘기를 들었는데요?」

머캐도 부인은 불쾌하게 피식 웃었다.

「정상이라고요? 우리는 무서워서 죽을 지경이에요. 지난 어느 날 밤에는 손가락이 그녀의 방 창문을 두드리더래요. 그런데 그것이 팔도 없는 손이었데요. 그리고 어떤 누런 얼굴이 창문에 꼭 달라붙어 있더라는 거예요. 그래서 그녀가 창가로 달려가 보았더니 아무것도 없더랍니다. 그런 얘기를 들으면 무서워서 등골이 오싹해요.」

내가 말했다.

「아마 누군가가 장난을 친 거겠죠.」

「오, 아니요. 그것은 모두 그녀의 망상이었어요. 그리고 사흘 전 저녁 식탁에서—그때 1마일쯤 떨어진 마을에서 불꽃놀이를 하고 있었죠 — 그녀가 펄쩍 뛰면서 외마디 비명을 지르지 않겠어요. 우리는 깜짝 놀라서 죽을 뻔했다니까요. 그러자 레이드너 박사님이 그녀에게 달려가서 정말 우스꽝스러운 행동을 했어요. '여보, 아무것도 아니야. 아무것도 아니라고.' 그는 계속해서 그렇게 말했어요. 레서런 간호사, 남자들은 그렇게 병적으로 흥분하는 여자들에게 원기를 불어넣어 주잖아요. 그런 것은 오히려 더 해를 끼친다고요. 망상은 용기를 준다고 해서 해결되는 것이 아니잖아요.」

내가 차갑게 말했다.

「망상이 아닐 거예요.」

「그럼, 뭐예요?」

나는 뭐라고 말해야 좋을지 몰라서 아무 대꾸도 하지 않았다. 아무튼 재미있는 일이었다. 발포 소리에 비명을 지르는 것은 이해할 수 있었다. 왜냐하면 신경이 예민한 사람들은 그럴 수 있기 때문이다.

하지만 그 괴이한 얼굴과 손에 대한 이야기는 달랐다. 난 둘 중 하나라고 생각했다. 즉, 레이드너 부인이 꾸며낸 것이거나(일어나지 않았던 일을 거짓말로 꾸며내서 다른 사람의 주의를 끌려고 하는 애들처럼) 아니면 내가 말했듯이 누군가가 장난을 친 것이 분명하다.

그것은 콜먼처럼 상상력이 풍부하지 못한 사람들이 재미있어할 것 같은 장난이었다. 나는 그를 자세히 관찰해 보기로 했다. 신경성 환자들은 터무니없는 장난에도 쉽게 상처를 받는 법이다.

머캐도 부인은 나를 흘끗 보더니 말했다.

「아름다운 여자죠. 레서런 양, 그렇잖아요? 그런 여자에게는 사고가 일어날 수 있죠.」

내가 물었다.

「그녀에게 사고가 많이 있었나요?」

「글쎄요, 그녀가 스무 살 때 첫 남편이 전쟁에서 죽었대요. 낭만적인 얘기 아니에요?」

내가 차갑게 말했다.

「거위를 백조라고 부르는 격이군요.」

「오! 레서런 양, 어떻게 그런 말을!」

그것은 사실이다. 많은 여자들이 이렇게 말했다.

'도널드가, 또는 아더가, 아니면 어떤 사람이던 간에 살아 있기만 했더라면······.' 나는 만일 그가 살아 있다면 틀림없이 뚱뚱하고 멋없는 성급한 중년 남편이 되었을 거라고 생각했다.

날이 어두워지자 나는 내려가자고 했다. 머캐도 부인도 그러자고 하면서 연구실에 가보지 않겠느냐고 제안했다.

「우리 남편이 거기에서 일을 하고 있을 거예요!」

나는 보고 싶다고 했고, 이내 우리는 연구실로 향했다. 연구실은 램프가 켜져 있었지만 아무도 없었다. 머캐도 부인은 복원 중인 토기와 청동 장신구 및 왁스로 얇게 칠해져 있는 뼈들을 보여주었다.

머캐도 부인이 말했다.

「조지프는 어디 있지?」

그녀는 제도실 안을 살펴보았다. 제도실에서는 캐어리가 작업을 하고 있었다. 그는 우리가 들어가도 쳐다보지 않았는데, 그의 얼굴이 이상한 만큼 긴장하고 있는 것을 보고 나는 깜짝 놀랐다.

갑자기 이런 생각이 들었다.

'이 사람은 궁지에 몰려 있는 것 같아. 금방이라도 무엇인가가 덮칠 것 같아.'

그리고 나는 누군가가 그와 똑같은 긴장 상태에 놓여 있다는 것을 기억해냈다. 밖으로 나오면서 나는 다시 한 번 그를 쳐다보았다.

그는 입술을 꾹 다문 채 여전히 제도 용지에 몸을 구부리고 있었다.

뼈만 앙상한 그의 얼굴은 마치 '죽은 사람의 얼굴' 같은 인상을 풍겼다. 물론 망상이지만, 그는 죽음을 각오하고 전쟁터에 나가는 옛날 기사처럼 보였다. 그리고 나는 또 한 번 그에게서 묘한, 뭐라고 설명할 수 없는 매력을 느꼈다.

머캐도 씨는 거실에 있었다. 그는 레이드너 부인에게 새로운 작업 내용을 설명해주고 있었다. 그녀는 아름다운 비단에 꽃수를 놓으면서 곧은 나무 의자에 앉아 있었다. 나는 그녀의 이상하고 연약한, 그러면서도 신비스러운 모습에 다시 한 번 탄복했다. 그녀는 피와 육체를 가진 인간이 아니라 요정처럼 보였다.

머캐도 부인이 귀가 찢어지는 듯한 날카로운 목소리로 말했다.

「오! 여기 있었군요, 조지프. 우리는 당신이 연구실에 있는 줄 알았다고요.」

그는 자기 아내가 들어오자 마치 마력이 풀린 듯 깜짝 놀라 벌떡 일어서며 당혹한 표정을 지었다.

그는 더듬거리며 말했다.

「이제……, 그만 가봐야겠어. 하던 일이 있어서.」

그는 말을 채 끝내지도 못하고 돌아서서 문으로 향했다.

레이드너 부인은 특유의 부드럽고 느릿느릿한 말투로 말했다.

「다음번에 마저 얘기해주세요. 정말 재미있었어요.」

그녀는 우리를 올려다보며 한결 부드러운 미소를 짓고는 이내 비단으로 고개를 숙였다.

잠시 뒤에 그녀가 입을 열었다.

「레서런 양, 저기 책이 몇 권 있어요. 좋은 책들만 모아놓은 거예요. 한 권 골라서 가져오세요.」

나는 책꽂이 쪽으로 갔다. 머캐도 부인은 잠깐 동안 서 있다가 홱 돌아서서 나가버렸다. 그녀가 곁을 지나갈 때 나는 그녀의 얼굴을 보았는데, 차라리 보지 않았더라면 하는 마음이 들었다. 그녀는 격노한 들짐승 같은 표정이었던 것이다.

나는 문득 켈세이 부인이 레이드너 부인에 대해서 했던 말이 떠올랐다. 나는 레이드너 부인을 좋아하기 시작했으므로 그 말을 믿고 싶지 않았지만, 그 이면에는 한 가닥 진실이 들어 있을지도 모른다는 생각이 들었다.

나는 모든 것이 그녀의 잘못이라고 생각하지 않지만, 못난 존슨 양과 평범하면서 신경질적인 머캐도 부인이 외모로 보나 매력으로 보나 레이드너 부인과는 아예 상대가 되지 않는다고 생각했다. 어차피 세상 남자들은 모두 똑같은 법이다.

나는 직업상 그런 경험을 자주 봐왔다.

머캐도는 빈약한 남자였다. 그래서 그가 아무리 레이드너 부인을 연모해서 두 번이나 소동을 피웠다고 해도 그녀는 그에게 관심을 기울이지 않을 것이다. 하지만 그런 일에 그의 부인은 무관심하지 않을 것이다. 내가 잘못 보지 않았다면, 그녀는 적의를 품고 레이드너 부인에게 해를 끼치려 하고 있었다.

나는 의자에 앉아서 아름다운 꽃을 수놓고 있는 레이드너 부인을 쳐다보았다. 그 모습은 왠지 저 멀리 동떨어져 있는 듯했다. 어쨌든 난 그녀에게 몇 마디 주의를 주어야겠다고 생각했다. 그녀는 질투와 증오가 얼마나 어리석고 도리에 어긋나며 격렬한지 모르는 것 같았다. 또한 그러한 것들이 얼마나 쉽게 행동으로 옮겨지는지도 모르는 것 같았다.

나는 내 자신에게 말했다.

'에이미 레서런, 넌 바보야. 레이드너 부인은 아무것도 모르는 철부지가 아니야. 그녀는 마흔이 다 됐어. 알 것은 다 안다고.'

그래도 나는 왠지 그녀가 아무것도 모른다는 기분이 들었다. 그녀는 이상하리만큼 무표정한 얼굴을 하고 있었다.

나는 그녀가 어떻게 살아왔는지 궁금해지기 시작했다. 그녀와 레이드너 박사는 2년 전에 결혼했다고 한다. 그리고 머캐도 부인의 말에 따르면, 그녀의 첫 남편은 20년 전에 죽었다고 한다.

나는 책 한 권을 들고 그녀 가까이에 앉았다. 그리고 얼마쯤 뒤에 저녁식사를 하기 위해 손을 씻었다. 저녁은 아주 맛있었다. 특히 카레는 훌륭했다. 사람들은 모두 일찍 잠자리에 들었다. 나도 피곤했으므로 일찍 잠자리에 들고 싶었다.

레이드너 박사는 나를 따라 내 방으로 와서는 부족한 게 없는지 살펴주었다. 그는 악수를 하고 진지하게 말했다.

「레서런 간호사, 내 아내는 당신을 무척이나 좋아해요. 금세 당신에게 빠진 모양이오. 나도 정말 기쁩니다. 이제 모든 일이 잘될 모양이구려.」

그는 소년처럼 진지한 태도였다.

나도 역시 레이드너 부인이 나를 좋아하고 있다는 것을 느꼈고, 그렇게 되었다는 사실이 기뻤다. 하지만 난 그의 확신을 전적으로 받아들일 수 없었다.

나는 그가 모르고 있는 사실이 더 있을 것 같다는 생각이 들었다. 막연히 내가 아직 알지 못하는 무언가가 더 있는 듯한 느낌이었다.

침대는 편안했으나 잠이 오지 않았다. 나는 이상한 꿈을 꾸었다. 어린 시절 억지로 외웠던 키츠의 시구가 머릿속을 어지럽혔다. 자꾸 잘못 외워서 괴로웠던 것이다.

나는 그 시가 싫었다. 그것은 아마 원하든 원하지 않든 그 시를 외워야 한다는 강박관념 때문일 것이다. 문득 어둠 속에서 깨어났을 때, 처음으로 나는 그 시 구절에서 일종의 아름다움을 발견했다.

「오, 갑옷을 입은 기사여. 무엇이 그대를 아프게 하는가―그 다음이 무엇이더라?―. 창백한 모습으로 방황하고 있다니!」

나는 비로소 기사의 얼굴을 마음속에 그려보았다. 그것은 캐어리 씨의 얼굴이었다. 내가 어린 소녀였을 때 보았던 전쟁 중 불쌍한 젊은 장정처럼 험상궂고 초조해하는 청동상 같은 모습이었다.

난 그가 가엾다는 생각이 들었다. 이윽고 나는 다시 잠에 빠져들었다. 그 '무정한 숙녀'는 레이드너 부인이었으며, 그녀는 꽃수를 놓은 비단을 들고 말에 비스듬히 기대 있었다. 그때 말이 비틀거리며 넘어지면서 온통 왁스를 칠해놓은 뼈들이 흩어졌다.

나는 온몸에 소름이 끼쳐 부르르 떨면서 깨어났다. 그리고 밤에 먹은 카레가 소화가 잘 되지 않아서 그런 꿈을 꾸었다고 스스로를 위안했다.

제7장 창밖의 남자

이 이야기에 지방색을 드러내지 않을 거라는 점을 분명하게 밝혀두는 것이 좋을 거라는 생각이 든다. 나는 고고학에 대해서 아는 바가 전혀 없고, 또한 알려고 하지도 않았다.

땅속에 묻혀 이제는 말이 없는 사람들이나 주거지 등은 내게 전혀 의미가 없는 존재일 뿐이었다. 캐어리 씨는 내가 고고학에 전혀 관심이 없는 사람이라고 입버릇처럼 말했는데, 나도 그의 말이 옳다고 생각한다.

도착한 바로 다음날 아침에 캐어리 씨는 그가 발굴하고 있는 궁전에 가보지 않겠느냐고 했다. 그는 '발굴하고 있다'고 말했던 것 같다. 그렇게 오래전의 것을 어떻게 발굴할 수 있는지 나로서는 도저히 이해할 수 없었다. 그래서 나는 그곳에 가보고 싶다고 했으며, 솔직하게 말해서 어느 정도 흥미도 느꼈다.

그곳은 약 3천 년 전의 궁전인 듯했다. 그 당시의 사람들은 어떤 궁전에서 살았을까? 내가 언젠가 보았던 투탕카멘의 묘(이집트 테베 서쪽에 있는 이집트 왕 투탕카멘의 묘)에서 나온 부장품 사진과 비슷할 거라고 막연히 짐작했다. 하지만 그곳에는 진흙밖에 아무것도 없었다. 약 2피트(61㎝) 높이의 진흙 벽이 전부였다.

캐어리 씨는 나에게 여러 가지 이야기를 들려주며 이곳저곳을 데리고 다녔다. 이곳이 얼마나 큰 뜰이었으며, 여기에는 방이 몇 개 있었고, 2층에도 방이 있었으며, 그리고 여러 개의 방이 뜰의 가운데를 향해 지어져 있었다고 했다.

나는 줄곧 '그것을 어떻게 알 수 있죠?' 하고 생각했지만, 차마 그렇게 물을 수 없었다. 그것은 그에게 실망을 주는 질문이라고 생각했다.

그 모든 출토품들이 내게는 진흙으로밖에는 보이지 않았다. 대리석이나 금붙이 또는 예쁜 것이라고는 하나도 없었다. 크리클우드에 있는 나의 아주머니 집이 이보다는 훌륭한 폐허가 될 수 있을 것이다!

아시리아인들인가 하는 그 고대인들은 자기들을 세계의 왕이라고 여겼을 것이다. 캐어리 씨는 오래된 궁전을 다 보여주고 나서, 나를 라비뉴이 신부에게 데려갔다.

라비뉴이 신부는 나를 언덕의 다른 곳으로 안내했다. 그는 사제인데다 외국인이고, 또 목소리도 굵직해서 조금 두려운 느낌이 들었지만, 매우 친절했다. 물론 약간 모호한 느낌이 있기는 했지만, 그는 나보다도 더 이 유적에 대해서 실감이 나지 않는 눈치였다.

레이드너 부인이 나중에 그 점을 설명해주었다. 라비뉴이 신부는 '기록문서'에만 관심이 있다고 했다. 고대인들은 진흙 위에 이상하고 야만적으로 보이는 부호들을 기록해 놓았다. 심지어 학교에서 사용하는 칠판 같은 것도 있었는데, 한쪽 면에는 교사가 교과 내용을 적고 그 뒤쪽에는 학생들이 연습했던 판이었다. 그게 상당히 나의 관심을 끌었음을 인정한다. 말하자면 그것은 좀 더 인간적으로 보였다.

라비뉴이 신부는 나와 함께 작업장을 둘러보았다. 그는 나에게 사원과 궁전, 그리고 개인 주택들을 보여주었고, 또 초기 아카디아인의 공동묘지였던 곳까지 안내했다. 그는 재미있게 설명해주었는데, 출토물에 대해 몇 마디 설명해주고는 이내 다른 얘기로 화제를 돌렸다.

그가 말했다.

「당신 같은 사람이 여기 온 게 이상하군요. 레이드너 부인은 정말 병에 걸린 겁니까?」

「정확하게 말해서 병에 걸린 것은 아니에요.」

나는 조심스럽게 말했다.

「그녀는 좀 이상하긴 합니다. 위험한 여자인 것 같소.」

내가 말했다.

「그게 무슨 뜻인가요? 위험하다니요? 어떻게 위험하다는 거죠?」

그는 생각에 잠겨 고개를 흔들며 말했다.

「그녀는 잔인한 사람 같습니다. 그래요, 그녀는 아주 잔인하게 행동하는 것 같아요.」

내가 말했다.

「이런 말씀을 드려도 될지 모르지만……, 신부님이 잘못 생각하신 것 같아요.」

그는 고개를 저으며 말했다.

「당신은 나만큼이나 여자들에 대해서 몰라요.」

신부가 그런 얘기를 하는 것이 우습게 들렸다.

하지만 물론 그는 수많은 고해를 들었을 것이다. 그런데 신부들만 고해를 들을 수 있는 건지, 아니면 모든 성직자들이 고해를 들을 수 있는 건지……, 생각이 거기에 미치자 당황하지 않을 수 없었다.

나는 그가 양모로 된 긴 옷을 입고 있어 신부라고 생각했다. 세상의 온갖 더러움을 다 쓸어가는 옷과 묵주를 걸친 모습을 볼 때 말이다.

그는 생각에 잠긴 듯이 말했다.

「예, 그녀는 잔인하다고 할 수 있죠. 난 그것을 확신해요. 비록 그녀가 돌이나 대리석처럼 냉혹하다 해도, 어쨌든 그녀는 뭔가를 두려워하고 있어요. 그녀가 무엇을 두려워하는 걸까요?」

나는 '그것이 우리 모두가 알고 싶어하는 거예요' 하고 생각했다. 적어도 그녀의 남편은 알고 있을지 모르지만, 다른 사람은 전혀 알지 못할 거라고 생각했다.

그는 갑자기 검은 눈을 반짝이며 나를 자세히 쳐다보았다.

「여긴 이상한 곳이죠? 이상한 것은 없던가요? 아니면 아주 자연스러운가요?」

나는 신중하게 말했다.

「그렇게 자연스럽지는 않은 것 같아요. 시설물들은 아주 편리하고 안락해요. 하지만 편안한 기분은 들지 않아요.」

「나도 편안한 기분이 아닙니다. 나는 이런 생각이 들곤 합니다.」

그는 갑자기 외국 사람처럼 보였다.

「무슨 일이 일어날 것 같아요. 레이드너 박사도 제정신이 아닌 것 같습니다. 뭔가 걱정거리가 있어요.」

「부인의 건강 때문이겠죠?」

「글쎄, 그것 때문이겠죠. 하지만 더 있어요. 어떤, 어떻게 표현해야 할까……. 불안감이 있어요.」

바로 그것이었다. 어떤 불안감이 있었다.

우리는 더 이상 얘기하지 못했다. 그때 레이드너 박사가 우리 쪽으로 다가오고 있었다. 그는 방금 발굴된 어린아이 무덤을 내게 보여주었다. 그것은 좀 가엾은 생각이 들었다. 작은 뼈들과 단지가 한두 개, 또 작은 알맹이들이 있었는데, 레이드너 박사는 그것이 묵주 목걸이였다고 설명해주었다.

나는 그곳에서 일하는 사람들을 보고 웃음을 터뜨렸다. 그들은 마치 허수아비처럼 보였다. 모두 질질 끌리는 긴 스커트에 누더기 옷을 입고 있었으며, 두통이 있는 사람처럼 머리에는 수건을 동여매고 있었다.

그리고 가끔씩 흙이 담긴 바구니를 들고 이리저리 움직이며 노래를 불렀다. 그래, 노래를 부른다는 것이 적절한 표현이리라. 이상하고 단조로운 가락을 계속 반복했다. 그들의 눈은 끔찍할 정도로 더러웠는데, 모두 눈곱이 잔뜩 끼어 있었고 한두 명은 장님 같았다.

내가 정말 측은한 사람들이라는 생각을 하고 있을 때, 레이드너 박사가 이렇게 말했다.

「훌륭한 모습이죠, 안 그런가요?」

두 사람이 똑같은 광경을 보고 이렇게 다르게 느끼다니, 정말 야릇한 기분이었다. 뭐라고 잘 표현할 수 없지만, 독자 여러분은 내 말뜻을 이해하리라 믿는다.

잠시 뒤에 레이드너 박사는 집에 가서 차를 마실 거라고 했다. 그는 나와 함께 걸어가면서 여러 가지 얘기를 들려주었다. 그가 설명을 해주자 모든 것이 다르게 보였다.

나는 거리와 집들이 어떤 모습이었는지 이해할 수 있었다. 그는 고대인들이 빵을 구워 먹던 화덕을 보여주면서 아랍인들은 지금도 이와 같은 종류의 화덕을 사용하고 있다고 말해주었다.

집으로 돌아오니 레이드너 부인은 일어나 있었다. 그녀는 오늘은 불쾌해 보이지도, 지쳐 보이지도 않았다. 이내 차가 준비되었으며, 레이드너 박사는 오전에 작업장에서 발굴한 것에 대해 그녀에게 얘기해주었다. 그리고 그는 작업장으로 돌아갔고, 레이드너 부인은 지금까지 발굴된 유물들을 보고 싶으냐고 내게 물었다. 물론 나는 보고 싶다고 말했고, 그녀는 나를 골동품실로 데리고 갔다.

거기에는 많은 물건들이 놓여 있었다. 내 눈에는 대부분이 부서진 토기로밖에 보이지 않았다. 수리를 해서 서로 붙여놓은 것도 있었다. 팽개쳐져서 그렇게 부서진 모양이라고 생각했다.

내가 말했다.

「아깝게도 모두 깨졌군요. 이런 것들도 보존할 가치가 있을까요?」

레이드너 부인은 살짝 미소를 띠며 말했다.

「에릭이 있을 때는 그런 말 하지 마세요. 그는 다른 어떤 것보다도 토기에 신경을 쓰니까요. 이것들 중에는 우리가 갖고 있는 것 중에서 가장 오래된 것으로 약 7천 년 정도된 토기도 있죠.」

그리고 그녀는 어떤 것은 언덕의 밑바닥에 깔려 있었던 것인데 어떻게 파냈는지, 그리고 수천 년 전의 그때나 지금이나 다름없이 소중한 물건들이 왜 파손되었고, 역청(瀝靑)으로 어떻게 수리되었는지를 설명 해주었다.

「그리고 이번에는……, 더 흥미로운 것을 보여줄게요.」

그녀는 선반에서 상자를 하나 내려 손잡이 부분에 검고 푸른 돌이 박힌 황금 단도를 보여주었다.

나는 탄성을 질렀다.

레이드너 부인이 웃었다.

「그래요, 사람들은 모두 황금을 좋아하지요! 내 남편은 제외하고 말이에요.」

「레이드너 박사님은 왜 좋아하지 않죠?」

「글쎄요, 우선 값이 너무 비싸다는 거예요. 이것을 발견한 일꾼들에게 합당한 액수의 돈을 주어야 한대요.」

내가 소리쳤다.

「훌륭한데요! 그런데 왜 그럴까요?」

「오, 그건 관례죠. 첫째는 도난을 방지하기 위해서예요. 만일 일꾼들이 그 물건을 훔쳐간다면 그것의 고고학적인 가치는 사라지고 단지 금으로서의 가치밖에 없게 되는 거죠. 그들은 그것을 녹여버릴 테니까요. 그래서 일꾼들에게 그만큼의 돈을 주는 것이 가장 안전한 방법이래요.」

그녀는 또 다른 상자를 내리더니 숫양의 머리가 새겨져 있는 휘황찬란한 황금 술잔을 보여주었다.

다시 내가 탄성을 질렀다.

「정말 아름답지요? 이것들은 어떤 왕자의 무덤에서 나온 거예요. 다른 왕족들의 무덤도 발굴했지만, 대부분이 이미 도굴되었더군요. 이 술잔은 우리가 발굴한 것 중에서 가장 훌륭한 거예요. 세계 어느 곳에서 발견된 것 중에서도 가장 뛰어나다고 하더군요. 초기 아카디아인들이 쓰던 거라는데, 아주 독특해요.」

갑자기 이맛살을 찌푸리면서 레이드너 부인은 술잔을 눈 가까이로 가져가서 손톱으로 살짝 긁었다.

「어머나! 촛농이 묻었네요. 누군가가 촛불을 들고 여기에 들어왔던 것이 틀림없어요.」

그녀는 촛농을 긁어내고는 술잔을 제자리에 놓았다.

그 다음에 그녀는 이상하게 생긴 작은 흙 인형을 보여주었는데, 나머지 것들은 대부분 조잡했다. 옛날 사람들은 음란한 마음을 가지고 있었던 모양이라고 생각했다.

우리가 현관으로 돌아가니 머캐도 부인이 앉아서 손톱을 다듬고 있었다. 그녀는 손톱을 앞으로 들어 올리고서 만족스러운 듯이 바라보았다. 나는 그 붉은 오렌지색보다 더 끔찍스러운 색은 없을 거라고 생각했다. 레이드너 부인은 골동품실에서 여러 조각으로 깨어진 작고 얇은 접시 조각을 가지고 나와서 그것을 이어 맞추었다.

나는 그녀는 잠시 바라보다가 도와주겠다고 말했다.

「오, 이런 것은 많이 있어요.」

그녀가 깨진 도자기 조각들을 많이 가져왔기 때문에 우리는 본격적으로 일을 시작했다.

나는 곧 그 일에 익숙해졌으며, 그녀는 잘한다고 칭찬해주었다. 그녀는 간호사들은 대개 손재주가 있는 모양이라고 말했다.

머캐도 부인이 말했다.

「사람들은 모두 바쁜데, 나만 게으름을 피우는군요. 물론 나는 원래 게으름뱅이지만요.」

레이드너 부인이 말했다.

「당신만 좋다면 게으름을 피워도 상관없어요.」

그녀의 목소리는 매우 무관심한 것이었다.

우리는 12시에 점심을 먹었다. 식사 뒤에 레이드너 박사와 머캐도 씨는 몇몇 도자기에 염산 용액을 부으면서 씻어냈다. 하나는 아름다운 짙은 보라색이었으며, 다른 하나는 황소뿔 무늬가 새겨져 있었다. 정말 숨이 막힐 정도였다. 떨어지지 않고 말라붙어 있던 진흙을 비눗물로 씻은 다음, 더운 물에 넣고 헹어냈다.

캐어리 씨와 콜먼 씨는 작업장으로 나갔고, 레이터 씨는 사진실로 들어갔다.

레이드너 박사가 부인에게 물었다.

「무엇을 하겠소, 루이즈? 조금 쉬는 게 좋을 듯한데.」

나는 레이드너 부인이 매일 오후에는 누워 있다는 것을 알았다.

「한 시간 정도 쉬겠어요. 그러고는 산책을 좀 할까 해요.」

「좋아, 레서런 간호사도 함께 가는 게 좋지 않을까?」

「물론 가야죠.」 내가 말했다.

레이드너 부인이 말했다.

「아니, 아니요. 혼자 가고 싶어요. 레서런 양은 언제나 나를 따라다녀야 하는 의무감을 가질 필요는 없어요.」

「오, 하지만 전 가고 싶은데요.」 내가 말했다.

그녀는 반쯤 고집스럽게 말했다.

「아니에요, 정말 그러지 마세요. 난 가끔 혼자 있어야 해요. 나에겐 그것이 필요해요.」

물론 나는 더 이상 고집을 부리지 않았다. 그러나 낮잠을 자려고 나가다가 문득 이상한 생각이 들었다. 그렇게 무서움을 타는 레이드너 부인이 아무 보호자 없이 혼자 산책을 하고 싶어하는 것이 이상했다.

내 방에서 3시 반쯤 나왔을 때 안뜰에는 커다란 구리통에서 도자기를 씻고 있는 소년과 그것을 골라내어 정돈하고 있는 에모트 씨만이 있었다.

내가 그들 쪽으로 다가가는데, 레이드너 부인이 아치문으로 들어왔다. 그녀는 여느 때와는 달리 생기 있어 보였다. 그녀의 눈은 반짝였고 무척 기분이 좋은 듯한 얼굴이었다.

레이드너 박사가 연구실에서 나와 그녀에게 다가갔다.

그는 황소뿔이 새겨진 커다란 접시를 보여주며 말했다.

「선사시대 사람들은 비범할 정도로 생산적이야. 올해는 수확이 좋은 편이야. 처음 시작하자마자 바로 그 무덤을 발견한 것이 행운이었던 것 같소. 라비뉴이 신부만이 불평을 하고 있소. 지금까지 아무 기록문도 발견하지 못했거든.」

레이드너 부인이 차갑게 말했다.

「그는 우리 일에 별 도움이 되지 못하는 것 같아요. 그는 훌륭한 비문 판독가일지는 모르지만 게으른 사람이에요. 오후 내내 잠만 잔다고요.」

레이드너 박사가 말했다.

「버드가 생각나는군. 그 신부는 정통파 같지 않아. 물론 내가 그 사람을 평가할 만큼 알지는 못하지만. 하지만 그가 해독한 한두 문장은 조금 이상했소. 그가 그 분야의 전문가인지 믿을 수가 없군.」

차를 마신 뒤 레이드너 부인은 나에게 강가로 산책을 나가지 않겠느냐고 물었다. 오후에 내가 그녀를 따라가겠다는 것을 거절해서 내 기분이 상해 있지나 않은지 걱정스러운 모양이었다.

나는 그녀에게 내가 그렇게 속이 좁은 사람이 아니라는 것을 알려주기 위해 즉시 승낙했다.

쾌청한 오후였다. 보리밭 사이로 오솔길이 나 있었고, 그 길 양 갈래로 꽃이 만발한 과일 나무가 즐비했다. 마침내 우리는 티그리스 강 어귀에 이르렀다. 바로 왼쪽은 텔야리미아였으며, 이상하고 단조로운 일꾼들의 노랫소리가 들려왔다.

우리 오른쪽 조금 옆에는 커다란 물레방아가 이상한 신음 소리 같은 것을 내며 돌아가고 있었다. 처음에는 초조해하며 이를 악물었지만, 나중에는 그 소리가 좋아졌으며, 야릇하게도 마음을 어루만져 주는 듯했다. 강 건너편에는 마을이 있었는데, 대부분의 일꾼들이 거기에서 살고 있었다.

레이드너 부인이 말했다.

「아름답지요, 안 그래요?」

내가 말했다.

「정말 평화스럽군요. 모든 것에서 멀리 떨어져 있는 것 같은 기분이 들어요.」

「모든 것에서 떨어져 있는 것 같다……」

레이드너 부인이 계속했다.

「그래요. 이곳은 적어도 안전하죠.」

나는 그녀를 예리하게 주시했다.

그녀는 나에게보다는 자기 자신에게 얘기하는 것 같았으며, 자신이 그렇게 말하는 것을 의식하지 못하는 듯했다.

우리는 돌아서서 집으로 다시 걸어왔다. 갑자기 레이드너 부인이 내 팔을 너무 세게 붙잡는 바람에 나는 거의 비명을 지를 뻔했다.

「저게 누구죠? 무얼 하고 있는 거죠?」

앞쪽으로 조금 떨어진 발굴단 숙소로 이어지는 오솔길에 한 남자가 서 있었다. 유럽사람 같은 옷을 입은 그는 발꿈치를 들고 어떤 창문 안을 엿보고 있었다. 그는 주위를 둘러보다가 우리가 지켜보는 것을 알아차리고 황급히 우리 쪽으로 걸어왔다.

레이드너 부인은 더욱 세게 내 팔을 붙잡았다.

그녀가 속삭였다.

「레서런 양!」

「괜찮아요, 부인. 괜찮아요.」

나는 안심시키듯이 말했다.

그 남자는 죽 길을 걸어와서 우리를 지나갔다.

그는 이라크 사람이었다.

그가 옆을 지나가자마자 레이드너 부인은 안도의 한숨을 내쉬며 말했다.

「이라크 사람이군요.」

우리는 계속 걸었다. 나는 지나가면서 창문들을 흘끗 올려다보았다.

창살이 붙어 있을 뿐 아니라 지면보다 높아서 안에 누가 있는지 볼수 없었다. 왜냐하면 바깥쪽 지면이 안뜰의 지면보다 상당히 낮았기 때문이었다.

내가 말했다.

「단지 호기심에서 그랬을 거예요.」

레이드너 부인은 고개를 끄덕였다.

「그랬겠지요. 하지만 그 순간 나는…….」

그녀는 내 팔을 놓았다.

나는 혼자 생각했다.

'이 여자가 대체 무슨 생각을 하는 거지? 그걸 알아야겠는데……, 무슨 생각을 하고 있을까?'

그 순간 나는 한 가지를 알아차렸다.

레이드너 부인은 누군가를 몹시 두려워하고 있다는 사실이다.

제8장 공포의 밤

내가 텔야리미아에서 보낸 1주일간에 대해서 정확히 뭐라고 써야 할지 종잡을 수 없다. 지금 모든 것을 알고 있는 관점에서 돌이켜 보건대, 그 당시에는 전혀 알아차리지 못했던 조짐이나 징후들이 여러 가지 있었던 것 같다.

이제 이야기를 적절하게 이끌어 나가기 위해서는 그때 내가 가졌던 느낌들을 다시 되찾아야 한다는 생각이 든다. 그때의 나는 당황했고 불안했으며 무언가 잘못되어 가고 있다는 느낌을 받았다.

한 가지 확실한 것이 있었는데, 그 긴장감이나 압박감은 단순한 상상이 아니라 실제였다는 것이다.

가장 무디다는 빌 콜먼조차도 비슷한 말을 꺼냈다.

「아무래도 이상하군.」

나는 그가 그렇게 말하는 것을 들었다.

「이곳 사람들은 언제나 저렇게 얼굴을 찌푸리고 있나?」

그는 데이비드 에모트에게 이렇게 말했다.

나는 에모트 씨에게 훨씬 더 호감을 가졌다. 그는 과묵하기는 했지만 불친절한 것 같지는 않았다. 다른 사람이 무슨 생각을 하고, 무엇을 느끼는지 알 수 없는 분위기 속에서도 그에게는 건실하고 안정감을 주는 면이 있었다.

그는 대답했다.

「아니, 작년에는 이렇지 않았소.」

그러나 그는 더 이상 얘기를 확대하지 않았다.

「도대체 무슨 일일까요?」

콜먼은 기분 나쁜 듯한 목소리로 말했다.

에모트는 어깨를 으쓱할 뿐 아무 대꾸도 하지 않았다.

나는 존슨 양과 흥미 있는 대화를 나누었다. 나는 그녀가 무척 좋았다. 그녀는 능력 있고 경험이 많고 이해심이 있는 여자였다.

그녀는 레이드너 박사를 거의 영웅처럼 존경했다. 그녀는 레이드너 박사가 젊었을 때부터의 얘기를 해주었다. 그녀는 그가 발굴한 유적지나 그곳에서 나온 유물들을 낱낱이 알고 있었다. 심지어 그가 한 강연의 내용까지도 인용할 수 있었다. 그녀는 그가 현존하는 고고학자들 가운데 가장 훌륭한 사람이라고 말했다.

「그리고 그분은 순수해요. 세속과는 완전히 거리가 먼 사람이죠. '자만심'이라는 단어는 전혀 몰라요. 정말 위대한 사람들만이 그렇게 순수할 수 있을 거예요.」

내가 말했다.

「그건 사실이에요. 위대한 사람들은 자기 자신을 드러내지 않는 법이죠.」

「그리고 아주 쾌활하세요. 얼마나 재미있는 일이 있었는지 말할 수도 없어요. 그와 리처드 캐어리, 그리고 나. 우리가 여기에 온 첫해였지요. 우리는 아주 행복했어요. 리처드 캐어리는 팔레스타인에서도 그와 함께 일했어요. 그들은 10년 남짓 친분을 맺어왔죠. 그리고 내가 그를 안 것도 7년이나 되었고요.」

내가 말했다.

「캐어리 씨는 아주 미남이던데요.」

「예, 정말 미남이에요.」 그녀는 무뚝뚝하게 말했다.

「그런데 그는 너무 조용한 것 같아요. 그렇게 생각하지 않으세요?」
존슨 양이 재빨리 말했다.

「전에는 그렇지 않았어요. 그런데 그 뒤로는…….」

그녀는 갑자기 말을 멈췄다.

「그 뒤라니요?」 내가 얼른 되받았다.

「오, 글쎄요」 존슨 양은 특유의 몸짓으로 어깨를 으쓱했다.

「요즈음 너무 많이 변했어요」

나는 대답하지 않았다. 난 그녀가 계속해서 얘기하길 바랐다.

그녀는 얘기를 계속했다. 그러나 얘기의 중요성을 얼버무리려는 듯 살짝 미소를 짓고 있었다.

「내가 고리타분한 여자라서 그런지는 몰라도, 고고학자의 부인이 고 고학에 대해 관심이 없다면 발굴단을 따라다니지 않는 것이 현명하다 는 생각이 들어요. 자주 마찰을 일으키는 원인이 되니까요」

내가 물었다.

「머캐도 부인 말인가요?」

「오, 그녀라니!」 존슨 양은 얼굴을 붉히며 내 물음을 피했다.

「난 사실 레이드너 부인에 대해 말하고 있었어요. 그녀는 매력적인 여자지요. 속되게 표현해서 레이드너 박사가 그녀에게 빠진 것도 이해 할 수 있어요. 하지만 이곳은 그녀에게 어울리지 않아요. 그녀는 분위 기를 불안하게 만든단 말이에요」

존슨 양도 긴장된 분위기에 대한 책임이 레이드너 부인에게 있다고 한 켈세이 부인의 의견과 일치했다.

그런데 레이드너 부인의 신경성 공포증은 무엇 때문일까?

「박사님도 몹시 불안해하고 있어요」 존슨 양이 진지하게 말했다.

「물론 나는……, 그래요. 나는 성실하지만 질투심이 많은 늙은이예 요. 나는 그분이 그렇게 힘을 잃고 괴로워하는 모습을 보고 싶지 않아 요. 그분은 작업장에 정신을 쏟아야지, 아내의 바보 같은 두려움 때문 에 괴로워해서는 안 된다고요! 이렇게 외진 곳에서 살기가 불편하면 미국에 그냥 머물러 있어야죠. 난 이런 곳까지 따라와서 불평만 하는 사람들은 도저히 참을 수가 없어요!」

그리고 자기가 지나치게 말했다고 생각했는지 몇 마디 덧붙였다.

「물론 난 그녀를 존경해요. 그녀는 훌륭한 여자죠. 그리고 아주 예의가 바르고 매력적인 사람이에요.」

얘기는 거기에서 끊겨버렸다. 나 역시 마찬가지라고 마음속으로 생각했다. 여자들이 모여 있는 곳에는 질투가 따라다니는 법이다.

존슨 양은 사실 발굴단 단장의 부인을 좋아하지 않았다. 그건 아마 당연한 것이리라. 내가 잘못 생각하는 것인지는 모르지만, 머캐도 부인도 레이드너 부인을 증오했다. 레이드너 부인을 좋아하지 않는 또 한 사람은 실러 레일리였다.

그녀는 한두 번 작업장에 나왔는데—한 번은 차를 타고, 두 번째는 어떤 청년과 말을 타고서—, 물론 두 마리의 말이었다. 나는 그녀가 과묵한 미국인 청년 에모트에게는 약하다고 느끼고 있었다. 그가 당번일 때 그녀는 종종 그와 얘기를 나누면서 작업장에 남아 있었는데, 그도 역시 그녀를 좋아하는 듯했다.

어느 날인가 레이드너 부인은 점심을 먹으면서 그 문제에 대해 얘기를 꺼냈다.

「레일리 양이 아직도 데이비드를 따라다니고 있더군요.」

그녀는 짤막하게 소리 내어 웃으며 말했다.

「가련한 데이비드, 그녀가 작업장까지 쫓아오다니! 얼마나 어리석은 아가씬지!」

에모트는 대답하지 않았지만, 햇볕에 그을린 얼굴이 벌겋게 달아올랐다. 그는 눈을 들어 이상한 표정으로 그녀를 똑바로 쳐다보았다.

무엇인가 도전하는 듯한 곧은 시선이었다.

그녀는 매우 희미하게 웃고는 시선을 돌렸다.

라비뉴이 신부가 뭐라고 중얼거리는 소리가 들렸다.

그래서 내가, 「다시 한 번 말씀해주시겠어요?」라고 말했더니 그는 머리를 흔들 뿐 되풀이하지 않았다.

　그날 오후 콜먼이 말했다.

　「사실 난 처음에는 레이드너 부인을 좋아하지 않았어요. 내가 무슨 말을 하려고 하면 입도 못 열게 했지요. 그런데 이제야 그녀를 이해할 수 있습니다. 그녀만큼 친절한 여자도 없는 것 같아요. 당신도 이곳에 오기 전에 겪었던 일까지 모조리 그녀에게 털어놓게 될 겁니다. 그녀는 실러 레일리를 좋게 생각하지 않아요. 실러가 그녀에게 한두 차례 화를 낸 적이 있거든요. 그것이 바로 실러의 나쁜 점이에요. 도대체 예의가 없으니, 그 악마 같은 성질머리하며!」

　나는 그 말을 이해할 수 있었다.

　레일리 박사가 그녀를 그렇게 만들어 놓은 것이리라.

　「물론 그녀는 이곳의 유일한 젊은 여자라는 사실에 자신감을 갖고 있겠죠. 그러나 레이드너 부인을 그렇게 할머니처럼 대해서는 안 됩니다. 레이드너 부인은 병아리가 아니에요. 그녀는 사악하리만큼 아름다운 여자죠. 숲 속에서 나온 요염하고 매력적인 요정처럼 남자들을 유혹합니다.」 그는 한마디 덧붙였다.

　「실러는 결코 매력적인 여자는 못 되죠. 그런데도 무조건 남자를 억누르려고만 하니…….」

　나는 또 중요한 사건 두 가지를 기억하고 있다.

　언젠가 나는 도자기를 만지다가 손에 묻은 것을 지우기 위해 아세톤을 가지러 연구실에 들어갔다. 그런데 그곳에는 머캐도 씨가 머리를 두 팔로 감싼 채 구석에 앉아 있었다. 나는 단순히 그가 잠든 모양이라고 생각했다. 그래서 찾던 병을 들고 조용히 나왔다. 그런데 그날 저녁 놀랍게도 머캐도 부인이 내게 따졌다.

　「연구실에서 아세톤 병을 가져갔다고요?」

　「그래요, 가져왔어요.」

「골동품실에도 조그만 병들이 있다는 것을 알고 있을 텐데요.」

그녀는 몹시 성을 내며 말했다.

「그래요? 난 몰랐어요.」

「당신은 알고 있었어요! 당신은 염탐하려고 들어갔던 거예요. 난 병원 간호사들이 어떤 사람들인지 알아요.」

나는 그녀를 빤히 쳐다보며 엄숙하게 말했다.

「당신이 무슨 말을 하고 있는 건지 모르겠군요, 머캐도 부인. 난 절대로 누구를 염탐하지 않아요.」

「오, 아니요! 물론 아니에요. 당신이 무엇 때문에 여기에 왔는지 내가 모를 줄 알아요?」

그녀가 틀림없이 취했을 거라는 생각이 들어서 나는 더 이상 말을 하지 않고 그 자리를 피했다. 하지만 그것은 매우 이상한 일이었다.

다른 하나는 그렇게 중요한 일은 아니었다. 나는 빵 부스러기로 강아지를 어르고 있었다. 그런데 모든 아랍 개들처럼 그 개도 영 바보 같았다. 개가 달아나 나는 그 뒤를 쫓아갔다. 개는 아치문을 지나 밖으로 나가더니, 집의 모퉁이를 돌아갔다.

나도 얼른 모퉁이를 돌다가 라비뉴이 신부와 그 옆에 서 있는 어떤 사람과 맞닥뜨리게 되었다. 나는 이내 그 사람이 지난번에 레이드너 부인과 함께 산책을 하다가 목격했던, 창문을 엿보던 사람이라는 것을 알아차렸다. 내가 사과를 하자 라비뉴이 신부는 미소를 지었고, 그 사람에게 몇 마디 작별 인사를 하고는 나와 함께 집으로 돌아왔다.

그가 말했다.

「아시겠지만, 나는 아랍어를 전공했는데 부끄럽게도 작업장의 일꾼들이 아무도 내 말을 알아듣지 못하는 겁니다! 부끄러운 일이에요. 그렇게 생각하지 않으세요? 난 방금 그 사람과 아랍어로 말해 보았습니다. 내 실력이 얼마나 좋아졌나 알고 싶어서요. 그런데 아직도 멀었더군요. 레이드너 박사는 내 아랍어가 너무 깨끗하대요.」

이게 전부였다. 하지만 똑같은 사람이 집 주위를 맴돌고 있다는 것이 아주 이상하다는 생각이 머릿속을 스쳤다.

그날 밤에 소동이 일어났다. 새벽 2시쯤 되었을 것이다.

대부분의 간호사들이 그렇듯이 나는 깊은 잠을 자지 못한다. 내 방문이 열렸을 때쯤에는 깨어나서 침대에 앉아 있었다.

「간호사, 간호사!」

레이드너 부인의 낮고 긴박한 목소리가 들렸다.

나는 성냥을 그어 촛불을 밝혔다.

그녀는 기다란 푸른 가운을 입고는 문가에 서 있었다. 공포에 질려 뻣뻣하게 굳은 표정이었다.

「누가 있어요. 내 옆방에 누가 있어요. 벽을 긁어대는 소리를 들었다고요.」

나는 침대에서 빠져나와 그녀에게 다가가며 말했다.

「괜찮아요. 내가 여기 있잖아요. 부인, 두려워할 것 없어요.」

그녀가 속삭였다.

「에릭을 불러요.」

나는 고개를 끄덕이고는 달려가서 그의 방문을 두드렸다.

그는 곧 우리에게로 왔다.

레이드너 부인은 내 침대 위에 앉아 거친 숨을 몰아쉬었다.

「이상한 소리를 들었어요. 벽을 긁어대는 소리 말이에요.」

「골동품실에 누가 있나?」

레이드너 박사가 소리쳤다. 그는 급히 뛰어나갔다.

그 순간 두 사람이 완전히 다른 반응을 보인다는 것을 느꼈다. 레이드너 부인은 완전히 겁에 질려 있는 데 반해, 레이드너 박사의 마음은 즉시 귀중한 출토물에게로 향했던 것이다.

레이드너 부인이 숨을 내쉬며 말했다.

「골동품실! 맞아! 내가 이렇게 어리석다니.」

그녀는 일어나서 가운을 잡아당겨 올리고서 골동품실로 함께 가보자고 했다. 공포에 짓눌렸던 흔적은 이젠 사라지고 없었다.

골동품실에 들어가자 레이드너 박사와 라비뉴이 신부가 보였다. 라비뉴이 신부도 역시 어떤 소리를 듣고는 살펴보기 위해 나왔다고 하면서 골동품실에서 불빛을 본 것 같다고 했다. 그는 슬리퍼를 찾아 신고 손전등을 찾느라고 시간을 끌어서인지 도착했을 때는 아무도 없었다고 했다. 게다가 문까지 자물쇠로 잠겨 있었다. 그가 없어진 물건은 없는지 확인하고 있을 때 레이드너 박사가 달려왔던 것이다.

더 이상은 아무것도 알아내지 못했다. 바깥쪽 아치문은 잠겨 있었다. 경비원은 아무도 외부에서 들어오지 않았다고 주장했지만, 그들이 잠시 졸았을지도 모를 일이기 때문에 확실히 믿을 수가 없었다. 외부인이 침입한 흔적은 아무 데도 없었으며, 잃어버린 물건도 없었다. 아마 레이드너 부인이 놀란 것은 라비뉴이 신부가 모든 것이 그대로 있는지 확인하기 위해 선반에서 상자를 내릴 때 난 소리 때문인 것 같았다.

한편 라비뉴이 신부는 분명히 자기 창문을 지나가는 발자국 소리를 들었으며, 골동품실에서 손전등 같은 불빛이 반짝이는 것을 보았다고 했다. 다른 사람들은 아무 소리도 듣지 못했고, 아무것도 보지 못했다고 말했다. 이 사건은 내가 이야기를 해나가는 데 중요한 의미가 있다. 왜냐하면 레이드너 부인은 그 일로 인해 다음 날 나에게 자신의 고민을 털어놓았기 때문이다.

제9장 레이드너 부인의 이야기

점심을 막 끝내고, 레이드너 부인은 여느 때와 마찬가지로 그녀의 방으로 들어갔다. 내가 그녀에게 푹신한 베개를 받쳐 주고 책을 갖다 주고서 방을 나오려는데, 그녀가 뒤에서 불렀다.

「가지 마세요, 레서런 양. 하고 싶은 말이 있어요.」

나는 방으로 다시 들어갔다.

「문을 닫아요.」

나는 그녀가 시키는 대로 했다. 그녀는 침대에서 일어나서는 이리저리 서성거리기 시작했다. 나는 그녀가 무엇인가를 결심하고 있다는 것을 눈치 챘으며, 그런 그녀를 방해하고 싶지 않았다. 그녀는 결심이 잘 서지 않는 모양이었다. 이윽고 그녀는 결단을 내린 듯했다.

나에게로 몸을 돌려서는 갑작스럽게 말했다.

「앉아 봐요.」

나는 조용히 탁자 옆에 앉았다.

그녀는 초조하게 말을 꺼냈다.

「당신은 여기서 일어나는 일들에 대해 의아하게 생각하고 있지요?」

나는 아무 말 없이 고개만 끄덕였다.

「당신에게 말하겠어요, 모든 것을! 누군가에게 말해야 될 것 같아요. 그렇지 않으면 미쳐버릴 것만 같아요.」

내가 말했다.

「그렇게 하세요. 숨기고만 있으면 최선의 대책을 세우기가 힘들죠.」

그녀는 불안한 걸음을 멈추고는 나를 쳐다보았다.

「내가 무엇을 두려워하는지 알아요?」

「어떤 사람이겠죠.」

「그래요. 하지만 난 누구라고 말하지 않았어요, 무엇이라고 말했죠.」

나는 기다렸다. 그녀가 말했다.

「내가 나를 죽일까 봐 두려워요!」

그래, 이제야 나왔다. 나는 요란하게 관심을 드러내지 않았다. 그녀는 거의 신경질적인 상태였다.

「어머, 그래요?」 내가 말했다.

그러자 그녀는 웃기 시작했다. 그녀는 계속해서 웃어 젖혔다. 이내 눈물이 뺨을 타고 흘러내렸다.

「그런 식으로 얘기하다니!」 그녀는 숨을 가쁘게 몰아쉬었다.

「그런 식으로밖에 얘기할 수 없는 거예요?」

내가 말했다.

「자, 자. 이러면 좋지 않아요, 부인.」

나는 날카롭게 말했다. 그리고 그녀를 의자에 밀어 앉히고 세면대로 가서 차가운 스펀지를 가져와서 그녀의 이마와 손을 닦아주었다.

「정신 차리세요. 침착하고 똑바로 말해주세요.」

그녀는 웃음을 그쳤다. 그러고는 일어서서 본래의 차분한 목소리로 말했다.

「당신은 정말 좋은 사람이에요, 레서런 양.」

그녀는 조용히 말했다.

「내가 마치 여섯 살짜리 어린애가 된 기분이군요. 좋아요, 말하지요.」

내가 말했다.

「좋아요. 서두르지 말고 천천히 말씀하세요.」

그녀는 천천히 신중하게 이야기하기 시작했다.

「나는 스무 살 때 결혼을 했어요. 국무성에 근무하는 청년이었죠. 그때가 1918년이었어요.」

내가 말했다.

「알고 있어요. 머캐도 부인이 말해주더군요. 전사하셨다죠.」

하지만 레이드너 부인은 머리를 흔들었다.

「그건 그녀의 생각이에요. 모든 사람들이 그렇게 생각하고 있지만 사실은 그렇지 않아요. 나는 이상주의로 가득 찬 이상하리만큼 애국적이고 열정적인 처녀였지요. 결혼하고 몇 개월 뒤—아주 우연한 사고로—, 나는 남편이 독일 간첩이라는 것을 알게 되었어요. 난 그가 제공해준 정보로 미국 수송선이 침몰되어 많은 사람들이 희생되었다는 사실을 알았어요. 다른 사람들이라면 어떻게 했을지 모르겠어요. 하지만 나는 내 나름대로 행동했죠. 나는 바로 아버지를 찾아갔어요. 아버지는 당시 육군성에 근무하고 계셨어요. 사실대로 말씀드렸죠. 프레드릭은 전쟁통에 죽었다고 알려졌지만, 사실은 미국에서 죽었어요. 간첩 혐의로 총살되었던 거예요.」

나는 소리쳤다.

「오, 그럴 수가! 정말 끔찍한 일이군요!」

그녀가 말했다.

「그래요. 끔찍한 일이었어요. 그는 친절하고 온화한 사람이었어요. 하지만……, 난 조금도 망설이지 않았어요. 그게 잘못이었어요.」

나는 말했다.

「뭐라고 말씀드리기 곤란하군요. 정말 나로서는 뭐라고 말해야 할지 모르겠어요.」

「지금 내가 말한 것은 국무성 사람들밖에는 아무도 모르는 얘기예요. 겉으로는 남편이 전선에서 죽었다는 걸로 되어 있지요. 난 전쟁미망인으로 많은 동정과 도움을 받아왔어요.」

그녀의 목소리는 비통했으며, 나는 이해할 수 있다는 듯이 고개를 끄덕였다.

「많은 사람들이 내게 청혼을 해왔지만 그때마다 난 거절했지요. 너무도 큰 충격을 받았기 때문에 다시는 어느 누구도 믿지 않을 거라고 마음먹었던 거예요.」

「그 심정을 알 수 있어요.」

「그러다가 어떤 청년을 좋아하게 되었지요. 난 망설였어요. 그런데 깜짝 놀랄 일이 벌어지지 뭐예요! 익명의 편지가 한 통 날아왔어요, 프레드릭에게서요. 편지에는 만일 내가 재혼을 한다면 죽이겠다고 쓰여 있었어요.」

「프레드릭에게서요? 죽은 당신의 남편에게서?」

「예, 처음에는 내가 정신이 이상하거나 꿈을 꾸고 있는 거라고 생각했어요. 그래서 마침내 아버지를 찾아갔지요. 아버지는 내게 자초지종을 말씀해주시더군요. 결국 남편은 총살당하지 않았다는 거예요! 그는 탈출했대요. 하지만 그의 탈출은 실패로 돌아갔죠. 몇 주일 뒤에 열차 사고를 당해 많은 사람들의 시신과 함께 시체로 발견된 거예요. 아버지는 그가 탈출했다는 사실을 내게 숨겼어요. 어쨌든 그 사람이 죽었으니까 굳이 내게 말해줄 필요가 없다고 생각했던 거죠. 하지만 그 편지는 내게 완전히 새로운 가능성을 열어주었어요. 다시 말해서, 남편이 아직도 살아 있을지도 모른다는 거예요. 아버지는 조심스럽게 그 문제를 조사해 보셨어요. 그리고 그때 매장한 시체는 프레드릭이 확실하다고 하셨어요. 하지만 시체의 훼손이 너무 심했기 때문에 아버지는 확신할 수는 없다고 했죠. 그러나 프레드릭은 틀림없이 죽었으니 편지는 누군가가 잔인한 장난을 치는 거라고 하셨어요. 그런 일이 계속 일어났어요. 내가 어떤 남자와 가깝게 지내기만 하면 그런 협박 편지가 날아드는 거예요.」

「남편의 필체였나요?」

그녀는 천천히 말했다.

「말하기가 곤란하군요. 난 프레드릭의 편지를 가지고 있지 않기 때문에 단지 기억으로 더듬어 보는 수밖에 없어요.」

「남편이 자주 사용했던 말투나 특별한 단어들도 확인할 수 없었나요?」

「없었어요. 그런 말들이 있긴 있었죠. 예를 들면 별명 같은, 우리 사이에만 쓰던……, 그런 말이 쓰여 있었다면 확인할 수 있겠죠.」

나는 생각에 잠긴 채 말했다.

「이상하군요. 남편이 아닌 것 같은데, 누구 짐작되는 사람은 없나요?」

「한 군데 짚이는 데가 있긴 해요. 프레드릭에게는 남동생이 한 명 있었는데, 우리가 결혼하던 당시 열 살이었던가 열두 살이었던가 그랬어요. 그는 프레드릭을 굉장히 좋아했고, 프레드릭도 그를 귀여워했어요. 윌리엄이라는 소년이 어떻게 되었는지 나는 몰라요. 정열적으로 형을 좋아하던 그가 나중에 내가 그의 죽음에 직접적인 책임이 있다고 여겼을 수도 있죠. 그래서 항상 나에게 앙심을 품고 있다가 그런 음모를 계획했을지도 모를 일이에요.」

내가 말했다.

「그럴 수도 있겠군요. 어릴 때 받은 충격은 오랫동안 잊히지 않는 경우가 있거든요.」

「그래요, 소년은 평생 복수의 칼을 갈고 있을지도 몰라요.」

「계속하세요.」

「더 말할 게 없어요. 난 3년 전에 에릭을 만났어요. 처음에는 결혼할 생각이 없었어요. 그런데 에릭이 내 마음을 돌려놓았어요. 난 결혼식 날에 협박 편지가 올 거라고 생각했죠. 하지만 오지 않더군요. 협박 편지의 주인공이 누구였는지는 모르지만, 이제는 죽었거나 아니면 잔인한 장난질에 지친 모양이라고 생각했어요. 그런데 결혼한 지 이틀 뒤에 이것이 날아들었어요.」

그녀는 탁자 위에 있는 작은 손가방을 열어 편지를 한 통 꺼내어 건네주었다.

잉크가 조금 퇴색되어 글씨가 희미했다. 글씨가 앞쪽으로 기울어진 것이 여자 필체 같았다.

'당신은 내 말을 듣지 않았어. 이젠 도망갈 수 없어. 당신은 오로지 프레드릭 보스너의 아내이어야 해! 당신을 죽이겠어.'

「나는 두려웠어요. 하지만 첫 번째 협박 편지를 받았을 때만큼 두렵지는 않았지요. 에릭과 함께 있었기 때문에 안전하다고 느꼈죠. 그리고 한 달 뒤에 두 번째 협박 편지를 받았어요.」

'나는 잊을 수 없어. 지금 계획을 세우고 있는 중이야. 당신을 죽이겠어. 왜 시키는 대로 하지 않았지?'

「당신 남편이 이것을 알고 있나요?」

레이드너 부인은 천천히 대답했다.

「알고 있어요. 두 번째 편지가 왔을 때 그이에게 두 장을 모두 보여주었어요. 그이는 누군가가 장난을 하는 거라고 생각하는 것 같아요. 그이는 누가 내 전 남편이 살아 있는 것처럼 나를 협박하는 거라고 했어요.」

그녀는 멈췄다가 이내 계속했다.

「두 번째 편지를 받고·나서 며칠 뒤 우리는 가스 중독으로 거의 죽을 뻔했어요. 누군가가 우리가 잠든 사이에 아파트에 들어와서 가스를 틀어놓은 거예요. 하지만 운 좋게도 내가 깨어나서 가스 냄새를 맡았어요. 그때부터 난 완전히 겁에 질리고 말았어요. 그동안 내가 얼마나 괴로움을 당했는지 에릭에게 얘기했어요. 그리고 그 미친 녀석이 누구인지 모르겠지만 틀림없이 나를 죽일 거라고 말했어요. 처음으로 나는 그 괴한이 프레드릭일지도 모른다는 생각이 들더군요. 그는 온화한 사람이긴 했지만 잔인한 면이 있었어요. 에릭은 아직까지도 나만큼 두려워하지 않는 것 같아요. 그는 경찰에게 신고하자고 했어요. 물론 나는 그렇게 하고 싶지 않았어요. 결국 우리는 의논을 하여 그를 따라 여기로 오기로 했던 거예요. 그리고 여름에는 미국으로 돌아가지 않고 런던이나 파리에서 머무르는 게 좋을 거라고 합의를 봤지요. 우리는 계획대로 실행했으며, 또 모든 일이 잘 되어갔어요. 그래서 이제는 괜찮을 거라는 확신을 가졌지요. 적과 나는 지구의 반만큼의 거리만큼 떨어져 있으니까요. 그런데 약 3주일 전에 이라크 우표가 붙인 협박 편지를 받은 거예요.」

그녀는 세 번째 편지를 나에게 건네주었다.

'당신은 빠져나갈 수 있다고 생각했겠지. 천만의 말씀. 나를 배반하고서는 살아남을 수 없어. 내가 얘기한 대로 당신은 곧 죽게 될 거야.'

「그리고 1주일 전에는……, 이것이! 여기 저 탁자 위에 놓여 있었어요. 소인도 찍히지 않은 채.」

나는 그녀에게서 그 편지를 받아 들었다. 거기에는 단 한 문장만이 휘갈겨 쓰여 있었다.

'내가 도착했다.'

그녀는 나를 가만히 바라보았다.

「알겠어요? 그는 나를 죽이려는 거예요. 아마 프레드릭일 거예요. 아니면 윌리엄일 수도 있겠죠. 어쨌든 나를 죽이려 하고 있어요.」

그녀의 목소리는 몹시 떨렸다.

나는 그녀의 손목을 잡았다.

「자, 괜찮아요.」 나는 위로해주었다.

「힘을 내세요. 우리가 있잖아요. 신경 안정제를 가지고 있어요?」

그녀는 세면대 쪽을 가리키며 고개를 끄덕였다.

난 그녀에게 충분한 양의 약을 주었다.

「이젠 괜찮아질 거예요.」

내가 말했다. 그러자 그녀의 얼굴에 핏기가 돌아왔다.

「그래요, 이젠 괜찮아요. 하지만, 왜 내가 이런 상태에 있는지 아세요? 내 창문을 엿보던 사람을 보는 순간 '그가 왔구나!' 하고 생각했어요. 당신이 왔을 때도 사실 난 의심했어요. 당신이 변장을 하고 온 사람일 거라고 생각했거든요.」

「맙소사!」

「오, 물론 그것은 터무니없는 생각이었어요. 하지만 당신도 그와 연관된 사람일 수도 있잖아요, 병원 간호사가 아니라……」

「말도 안 돼요!」

「예, 그래요. 하지만 난 제정신이 아니었어요.」

갑자기 어떤 생각이 떠올라서 내가 말했다.

「당신의 전 남편을 알아볼 수 있겠어요?」

그녀는 천천히 대답했다.

「글쎄, 잘 모르겠어요. 15년이나 지났으니까요. 그의 얼굴이 뚜렷하게 기억나지 않거든요.」

그리고 그녀는 몸서리를 쳤다.

「어느 날 밤 난 보았어요. 그러나 그것은 죽은 얼굴이었어요. 창문을 톡톡 두드리는 소리가 들리면서 유리창에 얼굴을 바싹 갖다 대고 이를 드러내며 웃고 있는 송장 같은 얼굴, 죽은 얼굴이 보였어요. 난 비명을 질렀지요. 그런데 사람들은 거기에 아무것도 없었다고 얘기하는 거예요!」

나는 머캐도 부인의 이야기가 떠올랐다.

「부인은······.」 내가 더듬거리면서 말했다.

「그것이 꿈이었다고 생각하진 않으세요?」

「절대로 그렇지 않아요.」

나는 그녀의 말을 믿지 않았다. 그런 상태에 있는 사람들에게는 꿈이 현실에서 일어나는 일처럼 받아들여지는 경우가 종종 있는 법이다. 그러나 나는 결코 환자의 말에 반박하지 않았다. 나는 할 수 있는 데까지 레이드너 부인을 위로해주고는, 만일 낯선 사람이 근처에 얼씬거리면 반드시 발각될 거라고 말해주었다.

나는 그녀가 조금 안정이 된 것 같아서 방을 나왔다. 그리고 레이드너 박사를 찾아가서 우리가 했던 얘기를 말해주었다.

그는 간단하게 말했다.

「당신에게 얘기를 했다니 기쁘군요. 나도 사실은 그 일로 걱정을 하고 있소. 나는 그녀가 말한 얼굴이라든지 유리창을 두드리는 소리 같은 것은 모두 망상이라고 확신해요. 어떻게 손을 써야 좋을지 모르겠소. 레서런 양 생각은 어떻소?」

나는 그의 의도를 이해하지 못했지만 얼른 대답했다.

「그런 일이 있을 수 있죠. 그 편지들은 그냥 잔인하고 짓궂은 장난일 수도 있어요.」

「오, 아마 그럴 거요. 그렇다면 어떻게 해야 하오? 그 편지들 때문에 아내는 거의 미칠 지경이오. 도대체 좋은 생각이 떠오르지 않는군요.」

나도 마찬가지였다. 어쩌면 여자가 관련되어 있을지도 모른다는 생각이 갑자기 떠올랐다. 편지의 글씨체가 여자의 것 같았다. 마음 한구석에서 머캐도 부인을 의심하는 생각이 들었다. 만일 그녀가 우연한 기회에 레이드너 부인의 첫 번째 결혼 생활을 알게 되었다면, 부인에 대한 온갖 험담을 늘어놓느라 정신이 없었을 것이다. 나는 그러한 생각을 레이드너 박사에게 말하지 않았다. 사람들이 사물을 어떻게 받아들이는지 안다는 것은 어려운 일이다.

나는 쾌활하게 말했다.

「오, 글쎄요. 최선을 다해 봐야지요. 부인은 제게 얘기를 하고 나서 홀가분해하시는 것 같더군요. 그런 것이 좋아요. 말을 하지 않고 속으로 감추려고만 있으면 신경이 더 쓰이게 되죠.」

그는 계속했다.

「그녀가 당신에게 얘기를 했다니 기쁩니다. 좋은 징조인 것 같소. 그건 그녀가 당신을 믿고 좋아한다는 증거일 거요. 사실 나는 어떻게 해야 좋을지 몰라서 당황하고 있었거든요.」

나는 그에게 경찰서에 가서 말해 보는 것이 어떻겠느냐고 입을 달싹거리다가 그만두었다. 나중에 그렇게 말하지 않기를 잘했다는 생각이 들었다.

또 이런 일이 있었다. 다음 날 콜먼은 일꾼들의 임금을 찾기 위해 하사니에로 가기로 되어 있었다. 그는 그때 항공 우편으로 보낼 우리의 편지도 함께 가져가기로 했다. 보낼 편지는 식당 창문턱에 있는 나무 상자 속에 한꺼번에 집어넣었다.

그날 저녁 콜먼은 편지들을 꺼내어 다발로 만들어 고무줄로 묶고 있었다. 그러다가 갑자기 소리쳤다.

「왜 그러세요?」 내가 물었다.

그는 싱긋이 웃으면서 편지 한 통을 내밀었다.

「사랑스러운 루이즈가 정말 멍청한 짓을 했군요. 그녀는 주소를 프랑스 파리 42번가라고만 썼어요. 이런 편지는 제대로 배달되지 않겠죠? 수고스럽겠지만, 이것을 그녀에게 가져가서 왜 그랬는지 물어봐 주시겠어요? 아직 잠이 들지 않았을 겁니다.」

나는 그에게 편지를 받아 들고 그녀에게 가져갔다. 그녀는 주소를 다시 썼다. 나는 레이드너 부인의 글씨를 그때 처음 보았다.

그런데 그것은 전에 어디에서 본 것처럼 낯익은 느낌이었다.

그날 밤, 문득 나는 어떤 생각이 떠올랐다. 그 글씨는 조금 커다랗고 구불구불하긴 했지만, 익명의 협박장에 쓰여 있던 글씨체와 비슷했던 것이다. 그러자 새로운 생각이 내 머릿속을 스치고 지나갔다.

레이드너 부인은 스스로 협박장을 쓴 것이 아닐까? 그리고 레이드너 박사는 그 사실을 어렴풋이 짐작하고 있는 것은 아닐까?

제10장 토요일 오후

레이드너 부인이 그 이야기를 해준 것은 금요일이었다. 그래서인지 토요일 아침에는 분위기가 조금 달라진 것 같았다. 특히 레이드너 부인은 내게 아무렇게나 행동하면서 나와 얼굴이 마주치는 것을 의식적으로 피하는 것 같았다.

하지만 나는 놀라지 않았다. 내게는 그런 경험이 몇 번 있기 때문이다. 여자들은 종종 갑작스럽게 솟아오르는 신뢰감에서 간호사에게 모든 것을 털어놓은 뒤, 이내 불안함을 느낀다. 차라리 말을 하지 않았어야 했는데! 그것이 인간의 본성이 아닐까. 나는 그녀가 내게 털어놓은 것에 대해서 의식하지 않도록 조심스럽게 행동했다. 나는 일부러 그녀와 얘기하는 것도 피했다.

콜먼은 아침에 편지들을 넣은 배낭을 싣고, 손수 스테이션왜건을 운전하면서 하사니에로 갔다. 그는 또 발굴단의 단원들에게 한두 가지 부탁도 받았다. 그날은 월급날이어서 은행에 가서 잔돈을 바꾸어 와야 했던 것이다. 시간이 오래 걸리기 때문에 오후 늦게야 돌아올 것이라고 그는 말했다.

나는 그가 실러 레일리와 함께 점심을 먹을 것이라고 생각했다. 3시 30분에 월급이 지불되기 때문에 오후의 발굴 작업장은 보통 때와는 달리 한산했다.

토기 세척 작업을 맡은 압둘라라는 소년이 여전히 안뜰 한가운데 자리 잡고 앉아서는 여느 때와 다름없이 이상한 콧노래를 흥얼거리고 있었다. 레이드너 박사와 에모트 씨는 콜먼이 돌아올 때까지 도자기를 복원할 것이라고 했고, 캐어리 씨는 발굴지로 갔다.

레이드너 부인은 그녀의 방에서 쉬고 있었다. 보통 때처럼 나는 그

녀를 잠자리에 들게 하고는 잠이 오지 않아서 책을 한 권 들고 내 방
으로 갔다. 그때가 12시 45분쯤이었으며, 그러고 나서 한두 시간이 금
방 지나갔다.

나는 <요양원에서의 죽음>이라는 책을 읽고 있었는데 정말 흥미진
진한 책이긴 했지만, 작가가 요양원의 운영 실태를 잘 모르는 것 같았
다. 아무튼 나는 그런 요양원을 본 적이 없었다. 나는 작가에게 편지를
써서 몇 가지 바로잡아 주고 싶은 충동을 느꼈다. 그 책을 다 읽고 나
서―범인은 빨간 머리의 하녀였는데, 나는 그녀를 전혀 의심해 보지
않았다― 시계를 보고 깜짝 놀랐다. 벌써 2시 40분이었던 것이다.

나는 얼른 일어나서 옷차림새를 가다듬고는 안뜰로 나갔다. 압둘라
는 여전히 토기를 북북 문지르면서 이상한 콧노래를 흥얼거리고 있었
고, 데이비드 에모트는 그 옆에 서서 씻은 토기들을 골라 깨어진 것을
수리하기 위해 따로 상자 속에 담고 있었다. 내가 그들 쪽으로 어슬렁
어슬렁 걸어가고 있을 때 레이드너 박사가 옥상 계단에서 내려왔다.

그가 유쾌하게 말했다.

「화창한 오후군요. 옥상 청소가 이제야 끝났소. 루이즈가 좋아할 겁
니다. 얼마 전에 산책할 틈도 없다고 불평했거든요. 얼른 가서 알려줘
야지.」

그는 아내의 방으로 가서 문을 두드리고는 안으로 들어갔다.

1분 30초나 지났을까. 그는 다시 밖으로 나왔다.

나는 그가 나오는 것을 쳐다보았다. 그것은 마치 악몽과도 같았다.
활기 있고 유쾌한 표정으로 들어갔는데, 마치 술에 취한 사람처럼 멍
청한 얼굴로 비틀거리며 방에서 나온 것이다.

그는 이상한 쉰 목소리로 나를 불렀다.

「간호사, 간호사.」

나는 즉시 무슨 일이 있다는 것을 느끼고는 그에게로 달려갔다.

그는 끔찍스러운 얼굴을 하고 있었다. 그의 얼굴은 완전히 하얗게 질려서 경련이 일고 있었고, 금방이라도 쓰러질 것 같았다.

그가 말했다.

「아내가, 내 아내가……, 오, 하느님!」

나는 그를 지나 방으로 뛰어 들어갔다. 그리고 숨이 막혔다.

레이드너 부인은 침대 옆에 몸을 웅크린 채 누워 있었다. 나는 허리를 굽혀 그녀를 보았다.

그녀는 이미 죽어 있었다. 적어도 한 시간은 지난 것 같았다.

사인(死因)은 너무도 뚜렷했다. 오른쪽 관자놀이 바로 위쪽 이마에 치명적인 타박상을 입은 것이었다.

그녀는 침대에서 일어섰다가 선 채로 얻어맞고 쓰러진 듯했다.

나는 그녀의 몸에 손을 대지 않았다. 그러고는 어떤 실마리라도 있지 않나 해서 방 안을 살펴보았다. 그러나 아무것도 없었고 흐트러진 곳도 없었다. 창문은 굳게 잠겨 있었고, 범인이 숨을 만한 곳도 없었다. 범인은 들어와 있었다가 오래 전에 도망친 것이 틀림없었다.

나는 밖으로 나와 등 뒤에서 문을 닫았다.

레이드너 박사는 완전히 기진맥진해 있었다.

데이비드 에모트가 그 옆에서 하얗게 질린 얼굴로 나를 바라보았다.

나는 낮은 목소리로 무슨 일이 일어났는지 그에게 설명해주었다. 내가 생각했던 대로 그는 어려울 때 의지할 만한 사람이었다.

그는 아무 말 없이 침착하게 내 얘기를 들어주었다. 그의 푸른 두 눈은 휘둥그레졌지만 다른 내색은 전혀 하지 않았다.

그는 잠시 동안 생각을 하고 나서 말했다.

「어서 경찰에 알려야겠군요, 빌이 빨리 돌아와야 할 텐데. 레이드너 박사님은 어떻게 하죠?」

「방으로 들어가시게 하는 것이 좋겠어요.」

그는 고개를 끄덕이며 말했다.

「먼저 이 방 문은 잠가두는 것이 좋을 것 같습니다.」

그는 레이드너 부인의 방문을 잠그고 열쇠를 빼내어 나에게 주었다.

「당신이 갖고 있는 게 좋겠군요, 레서런 양. 자, 여기.」

우리는 함께 레이드너 박사를 그의 방 침대로 데려갔다.

에모트 씨는 브랜디를 가져오겠다며 밖으로 나갔다.

곧 그는 존슨 양과 함께 돌아왔다. 그녀는 걱정스럽다는 듯이 얼굴을 찡그리긴 했지만, 침착하고 유능한 여자였다. 그래서 난 안심하고 레이드너 박사를 그녀에게 맡길 수 있었다.

나는 급히 안뜰로 나왔다. 스테이션왜건이 마침 아치형 문을 지나 들어오고 있었다.

빌이 여느 때와 다름없이 즐거운 표정을 지으며 뛰어내렸다.

「이것 봐요, 이것 보세요! 돈을 가져왔어요!」

그는 신이 나서 떠들어댔다.

「길에서 강도도 만나지 않고요.」 그러다가 갑자기 말을 멈췄다.

「무슨 일이 있나요? 얼굴들이 모두 왜 그래요? 마치 고양이가 아끼던 카나리아를 잡아먹은 것 같은 얼굴을 하고 있네요.」

에모트 씨가 간단하게 설명해주었다.

「레이드너 부인이 죽었소. 살해됐다고요.」

「뭐라고요?」

빌의 즐거워하던 얼굴이 우스꽝스럽게 변했다. 그는 눈을 부릅떴다.

「레이드너 부인이 죽다니! 농담하는군.」

「죽었다고요?」

갑자기 외마디 소리가 들렸다. 돌아보니 머캐도 부인이 뒤에 서 있었다.

「레이드너 부인이 살해됐다고 했나요?」

내가 말했다.

「그래요. 살해되었어요.」

그녀는 헐떡거렸다.

「세상에! 오, 세상에! 믿을 수가 없어요. 아마도 자살했을 거예요.」

나는 냉랭하게 말했다.

「자기 머리를 때려서 자살하는 사람은 없어요. 살해된 거예요, 머캐도 부인.」

그녀는 뒤집힌 포장 상자 위에 털썩 주저앉으며 말했다.

「오, 무서워요. 무서워요.」

당연히 그것은 무서운 일이었다. 그녀가 그런 말을 하지 않아도 우리는 잘 알고 있었다.

나는 그녀가 죽은 부인에 대해 품었던 잔혹한 감정들과, 내뱉은 심술궂은 말들에 대해 후회하고 있지 않을까 생각해 보았다.

잠시 뒤에 그녀는 숨이 가쁜 목소리로 물었다.

「이젠 어떻게 할 거죠?」

에모트 씨가 침착하게 지휘하고 있었다.

「빌, 지금 즉시 하사니에로 가줘야겠소. 나는 어떻게 처리해야 할지 모르겠군. 메이틀랜드 서장을 찾으시오. 그가 이곳 경찰서를 책임지고 있으니까. 아니, 먼저 레일리 박사님을 만나시오. 그분은 어떻게 해야 할지를 알고 있을 거요.」

콜먼이 고개를 끄덕였다. 그의 얼굴에서 우스꽝스러운 표정은 사라지고 없었다. 그는 완전히 겁에 질려 있었다. 그는 곧장 스테이션왜건에 뛰어올라서 몰고 나갔다.

에모트 씨는 웅얼거리며 말했다.

「수사를 시작해야겠는데.」

그는 목소리를 높여서 「이브라힘!」 하고 불렀다.

「예.」

하인이 달려왔다. 에모트 씨는 그에게 아랍어로 말했다. 두 사람 사이에 얘기가 오갔다. 하인이 무엇인가를 완강하게 부인하는 것 같았다.

마침내 에모트 씨가 난처하다는 듯이 말했다.

「오늘 오후에는 여기 들어온 사람이 아무도 없었다는군요. 낯선 사람은 없었대요. 아마 범인은 하인들의 눈을 피해서 살그머니 들어온 모양입니다.」

머캐도 부인이 말했다.

「물론 그랬겠죠. 범인은 하인들이 방심하는 틈을 타서 들어왔을 거예요.」

에모트 씨가 말했다.

「그럴지도 모르겠군요.」

그의 목소리가 조금 분명치 않은 것 같아서 나는 그를 뚫어지게 바라보았다. 그는 돌아서서 토기를 세척하는 압둘라 소년에게 무언가를 물어보고 있었다. 소년은 장황하게 설명을 늘어놓았다.

에모트 씨는 이맛살을 찌푸렸다.

「도무지 이해할 수 없군.」

그는 들리지도 않게 중얼거렸다.

「도저히 알 수가 없어.」

그러나 그는 무엇을 모르는지 나에게 말해주지 않았다.

제11장 이상한 사건

　나는 될 수 있는 대로 내 개인적인 입장에서 이 얘기를 해 나가고 싶다. 다음 두 시간 동안 메이틀랜드 서장과 경찰, 그리고 레일리 박사가 도착한 것에 대해서는 설명하지 않겠다. 여러 가지 질문과 혼란이 있었는데, 모두 판에 박힌 것들이라는 생각이 든다. 그들은 5시쯤부터 진상을 조금씩 파악하기 시작한 것 같았다.

　그때 레일리 박사가 내게 사무실로 가자고 말했다. 그는 문을 닫고 레이드너 박사의 의자에 앉아서는 나에게 맞은편 자리에 앉으라고 손짓했다. 그리고 활기찬 목소리로 말했다.

　「그러면 레서런 양, 차분히 생각해 봅시다. 뭔가 이상한 것이 있어요.」

　나는 옷소매를 바로하고는 의아한 듯이 그를 바라보았다.

　그는 수첩을 꺼내었다.

　「이것은 단지 참고로 알아두고 싶은 거요. 그러니까, 레이드너 박사가 아내의 시체를 발견한 것이 정확히 몇 시쯤이었습니까?」

　나는 대답했다.

　「아마 15분 전 3시였을 거예요.」

　「어떻게 그걸 알죠?」

　「예, 제가 낮잠을 자다 깨어나서 시계를 보았어요. 그때가 20분 전 3시였거든요.」

　「어디, 시계 좀 보여주시겠습니까?」

　나는 손목에서 시계를 풀어 그에게 건네주었다.

　「정확하군요. 좋습니다. 그것은 확실해졌고, 당신이 보기에는 그녀가 죽은 지 얼마나 된 것 같소?」

나는 말했다.

「오, 의사 선생님, 그런 건 말하고 싶지 않아요.」

「정확하지 않아도 돼요. 나는 단지 당신의 추측이 내 생각과 일치하는지 알고 싶을 뿐이오.」

「글쎄요, 적어도 한 시간은 된 것 같았어요.」

「바로 그렇소. 나는 4시 30분에 시체를 조사했는데, 사망시간이 1시 15분에서 1시 45분 사이일 것으로 추정했소. 대충 1시 30분이라고 말할 수 있겠지.」

그는 잠시 말을 멈추고는 생각에 잠겨 손가락으로 책상을 톡톡 두드렸다.

「정말 귀신이 곡할 노릇이군. 당신은 쉬고 있었다고 했죠? 그때 어떤 소리도 듣지 못했소?」

「1시 반에요? 전혀요, 박사님. 1시 반뿐만 아니라 다른 때에도 아무 소리도 듣지 못했어요. 저는 12시 45분에서 2시 40분까지 침대에 누워 있었는데, 아랍 하인이 흥얼거리는 소리와 에모트 씨가 옥상에 있는 레이드너 박사님께 외치는 소리밖에는 아무것도 듣지 못했어요.」

「아랍 하인이라…… 아, 알겠소.」

그는 얼굴을 찡그렸다.

그때 문이 열리고 레이드너 박사와 메이틀랜드 서장이 들어왔다.

메이틀랜드 서장은 날카로운 회색 눈에 자그마한 몸집을 가진 사람이었다. 레일리 박사가 일어나 레이드너 박사에게 앉았던 의자를 밀어주었다.

「앉으시오. 마침 잘 왔어요. 당신에게 물어볼 것이 있소. 이번 사건에는 이상한 점이 있는 것 같소.」

레이드너 박사가 머리를 숙였다.

「알고 있습니다.」

그는 나를 쳐다보았다.

「아내는 레서런 간호사에게 모든 것을 털어놨어요. 이 상황에서는 아무것도 숨겨서는 안 돼요. 그러니 어제 당신이 아내와 나누었던 얘기를 메이틀랜드 서장과 레일리 박사에게 말해주시오.」

나는 할 수 있는 데까지 우리가 가졌던 대화를 그대로 전했다.

메이틀랜드 서장은 가끔 탄성을 질렀다.

내가 얘기를 끝내자 그는 레이드너 박사에게 몸을 돌렸다.

「그건 모두 사실입니까, 레이드너 박사님? 음······.」

「레서런 간호사가 한 말은 모두 사실입니다.」

레일리 박사가 말했다.

「놀라운 일이군! 그 편지들을 볼 수 있습니까?」

「아내의 소지품 속에 있을 겁니다.」

「그녀는 탁자 위의 조그만 손가방에서 그것을 꺼냈어요.」

내가 말했다.

「그렇다면 아직도 거기 있겠군.」

그는 메이틀랜드 서장에게 몸을 돌렸다. 평상시의 부드러웠던 얼굴에 긴장된 표정이 떠올랐다.

「메이틀랜드 서장, 이 얘기는 비밀로 해줘야 합니다. 중요한 것은 범인을 잡아서 처벌하는 것이오.」

「레이드너 부인의 전 남편이 범인이라고 생각하세요?」

내가 물었다.

「간호사는 그렇게 생각하지 않습니까?」

메이틀랜드 서장이 물었다.

「글쎄요, 그것은 좀 의심스러운 문제로군요.」

나는 더듬거리며 말했다.

「아무튼······.」

레이드너 박사가 말했다.

「그놈은 살인자입니다. 미치광이일지도 모르죠. 그놈을 꼭 잡아야 합니다, 메이틀랜드 서장. 꼭 잡아야 해요. 아마 어렵지 않을 겁니다.」

레일리 박사가 천천히 말했다.

「당신이 생각하는 것보다는 어려울 겁니다. 그렇지 않습니까, 메이틀랜드 서장?」

메이틀랜드 서장은 아무 대답 없이 턱수염을 만지작거렸다.

그때 내가 불쑥 끼어들었다.

「잠깐만요, 꼭 말씀드려야 할 게 있어요.」

나는 창문을 엿보고 있던 이라크인에 대해 얘기했고, 이틀 전에는 그가 라비뉘이 신부에게 뭔가를 캐내려고 이 근처에서 어슬렁거리는 것을 보았다고 말했다.

메이틀랜드 서장이 말했다.

「고맙습니다. 기록해 놓겠습니다. 수사하는 데 도움이 될 것입니다. 이 사건과 관련이 있는 사람일지도 모르겠군요.」

내가 넌지시 말했다.

「어쩌면 돈을 받고 첩자 노릇을 하는 사람일지도 모르죠. 적당한 기회를 찾기 위해서 말이에요.」

레일리 박사는 고민스럽다는 듯한 표정으로 코를 문지르며 말했다.

「골치 아프군. 적당한 때가 아니었잖습니까, 그렇잖소?」

나는 당황해서 그를 쳐다보았다.

메이틀랜드 서장이 레이드너 박사 쪽으로 몸을 돌렸다.

「내 얘기를 잘 들어보십시오, 레이드너 박사님. 지금까지 알아낸 증거를 정리해 보겠습니다. 12시에 점심을 먹기 시작해서 12시 40분이나 55분쯤에 끝났습니다. 그리고 박사님 부인은 간호사와 함께 부인의 방으로 갔고, 간호사는 부인의 잠자리를 편안하게 보살펴 주었습니다. 그리고 박사님은 옥상으로 올라가서, 두 시간을 거기서 보냈습니다. 맞습니까?」

「그렇소.」

「그동안 옥상에서 내려온 적은 없습니까?」

「없소.」

「박사님이 있는 곳으로 올라간 사람은 있습니까?」

「음, 에모트가 올라왔지요. 그는 나와 아래에서 토기를 씻고 있던 아랍인 소년 사이를 자주 왔다 갔다 했습니다.」

「박사님은 안뜰을 한 번도 내려다보지 않았습니까?」

「에모트를 부르기 위해서 한두 번 내려다봤지요.」

「그때 소년은 안뜰에 앉아서 토기를 씻고 있었습니까?」

「예, 그랬습니다.」

「에모트가 안뜰을 떠나서 박사님과 함께 가장 오래 있었던 시간은 얼마나 됩니까?」

레이드너 박사는 생각해 보았다.

「정확하게 말하기가 어렵군요. 아마 10분쯤 될 겁니다. 아니, 2~3분 정도인 것도 같습니다. 나는 어떤 일에 몰두해 있을 때는 시간 감각이 좋지 않거든요.」

메이틀랜드 서장이 레일리 박사를 쳐다보았다.

레일리 박사가 고개를 끄덕였다.

「좀 더 차분히 생각해 보는 게 좋겠습니다.」

메이틀랜드 서장이 작은 수첩을 꺼내어 펼쳤다.

「레이드너 박사님, 이곳의 발굴단원들이 오후 1시에서 2시 사이에 무엇을 했는지 읽어드리죠.」

「하지만, 설마…….」

「잠깐만, 내가 무슨 말을 하려는 건지 아시게 될 겁니다. 먼저 머캐도 씨 부부입니다. 머캐도 씨는 연구실에 있었고, 머캐도 부인은 자기 방에서 머리를 감고 있었다고 합니다. 존슨 양은 거실에서 원통형 토기의 본을 뜨고 있었고, 레이터 씨는 암실에서 사진을 현상하고 있었다고 합니다. 그리고 라비뉴이 신부는 침실에서 일을 하고 있었다고 하고요. 나머지는 캐어리와 콜먼이 있는데, 캐어리는 작업장에 있었고, 콜먼은 하사니에에 갔었다고 했습니다. 발굴단원이 좀 많은 편이군요. 이제 하인들에 대해서 살펴보겠습니다. 인도인 요리사가 바로 문 밖에서 경비원과 잡담을 하면서 닭털을 뽑고 있었답니다. 사환인 이브라힘과 맨서는 1시 15분경에 요리사가 있는 곳으로 가서 2시 30분까지 웃고 떠들어댔답니다. 그때 박사님 부인은 이미 살해되어 있었습니다.」

레이드너 박사는 앞으로 몸을 굽혔다.

「이해할 수 없군요. 무슨 말을 하려는 겁니까?」

「안뜰 쪽의 문 말고 박사님 부인의 방으로 들어갈 수 있는 방법이 있습니까?」

「없습니다. 창문이 두 개가 있긴 하지만, 단단한 쇠창살이 달려 있어요. 게다가 그 창문들은 잠겨 있었을 겁니다.」

그는 미심쩍은 눈길로 나를 쳐다보았다.

내가 서둘러 말했다.

「창문들은 닫혀 있었고, 안으로 빗장이 걸려 있었어요.」

「아무튼……」 메이틀랜드 서장이 말했다.

「설사 창문이 열려 있었다고 하더라도 그곳을 통해서는 방을 드나들 수 없습니다. 그 점에 대해서는 우리가 확인해 보았습니다. 뒤꼍 쪽으로 나 있는 다른 창문들도 마찬가지이더군요. 모두 단단한 쇠창살이 달려 있고, 또 그 창살들은 전혀 이상이 없었습니다. 외부 사람이 부인의 방으로 들어가기 위해서는 아치형 입구를 지나 안뜰로 들어와야 합니다. 그런데 경비원, 요리사, 사환은 모두 이구동성으로 쥐새끼 한 마리 들어오지 않았다고 확신하고 있습니다.」

레이드너 박사가 벌떡 일어섰다.

「무슨 뜻입니까? 무슨 말을 하려는 거요?」

레일리 박사가 조용히 말했다.

「진정하십시오. 충격적인 사실이지만 어차피 밝혀질 일입니다. 범인이 외부에서 들어오지 않았다면, 내부에 있는 것이 틀림없습니다. 박사님 부인은 발굴단원들 중 한 명에 의해 살해된 것 같습니다.」

제12장 나는 믿지 않았다

「아니오. 그럴 순 없어요!」

레이드너 박사는 갑자기 벌떡 일어나 초조한 듯 서성거렸다.

「그런 일은 불가능합니다, 레일리 박사. 절대로 불가능하단 말이오. 우리들 가운데 한 명이라니? 발굴단원들은 모두 루이즈를 좋아했단 말입니다.」

레일리 박사의 입 가장자리에 이상한 표정이 떠올랐다. 이런 상황에서는 말하기 어려울 것이다. 그러나 남자의 침묵이 더욱 호소적이라면 지금 이런 때를 두고 하는 말이리라.

레이드너 박사가 거듭 말했다.

「절대 불가능합니다. 그들은 모두 그녀를 따랐어요. 루이즈는 굉장한 매력을 지닌 여자입니다. 모두들 그렇게 느꼈습니다.」

레일리 박사가 기침을 했다.

「미안하지만, 레이드너 박사. 그것은 당신 의견일 뿐입니다. 설령 발굴단원 중 누군가가 당신 부인을 싫어했다 해도 당신에게 그런 감정을 절대로 드러내지 않았을 거요.」

레이드너 박사는 괴로운 표정을 지었다.

「정말입니다, 정말이라니까요. 레일리 박사, 당신이 잘못 생각하는 겁니다. 발굴단원들은 모두 루이즈를 좋아했다고요.」

그는 잠시 입을 다물고 있다가 터뜨리듯이 말했다.

「당신은 엉뚱한 생각을 하고 있는 모양인데, 솔직히 전 믿을 수가 없습니다.」

메이틀랜드 서장이 말했다.

「그 사실을……, 음, 부정할 수는 없습니다.」

「사실이라니? 무슨 사실 말이오? 인도인 요리사와 사환 두 명이 지껄인 거짓말 말이오? 그들이 어떻다는 것을 잘 알잖습니까, 레일리 박사. 메이틀랜드 서장도 마찬가지이고요. 진실이란 것은 그들에게 아무런 의미가 없습니다. 그저 상대방이 바라는 대로 말하는 것을 예절이라고 생각하니까요.」

레일리 박사가 냉담하게 말했다.

「이번 경우에는 그들은 우리가 바라지 않는 말을 했소. 게다가 나는 그들의 습관을 잘 알고 있소. 바로 대문 바깥은 그들에겐 클럽과 같은 곳이오. 오후에 이곳에 올 때마다 그들은 늘 그곳에 모여 있었소. 그들이 그곳에 있었다는 것은 지극히 자연스런 일이오.」

「당신은 지나치게 추측하고 있군요. 살인자가 일찌감치 집에 들어와서 어디에 숨어 있었다고도 생각할 수 있지 않습니까?」

레일리 박사가 차갑게 말했다.

「나도 그것이 불가능한 일이라고는 생각하지 않소. 범인이 몰래 들어왔다고 가정해 봅시다. 그는 사건이 일어난 시간까지 어딘가에 숨어 있어야 했을 거요. 그러나 레이드너 부인의 방에는 마땅히 숨을 곳이 없으므로 그곳에 숨어 있지는 않았을 거요. 또한 방을 드나들 때 발각될 위험 또한 감수해야 했을 테니 말이오. 에모트와 소년이 그 시간에 줄곧 안뜰에 있었다고 하지 않았소?」

「그 소년, 소년을 잊고 있었군요.」 레이드너 박사가 말했다.

「아주 날카로운 소년이죠. 메이틀랜드 서장, 아마 그 소년은 범인이 내 아내 방으로 들어가는 것을 보았을 거요.」

「그것도 조사해 보았습니다. 소년은 잠시 어느 한순간 외에는 그날 오후 내내 토기를 씻고 있었다는군요. 에모트는 이 이상 말하지 못했는데, 1시 반경에 옥상으로 올라가 박사님과 10분 정도 함께 있었다고 했습니다. 그렇잖습니까?」

「그렇습니다. 정확한 시간은 말할 수 없지만 그 정도 되었을 겁니다.」

「좋습니다. 그 10분 동안 소년은 다른 것을 할 수도 있었을 겁니다. 아마 대문 바깥으로 나가 다른 하인들과 잡담을 했겠죠. 에모트가 내려와서 소년이 없는 것을 보고 화를 내며 그를 불러 자리를 떴다고 꾸짖었을 겁니다. 나는 박사님 부인이 바로 그 10분 동안에 살해되었다고 생각합니다.」

레이드너 박사는 신음 소리를 내며 자리에 앉아서 손으로 얼굴을 가렸다.

레일리 박사가 조용하고 사무적인 말투로 얘기를 계속했다.

「내가 계산한 시간과 아주 잘 맞는군. 내가 조사했을 때 그녀는 죽은 지 세 시간이나 지난 뒤였소. 단 한 가지 문제는, 누가 죽였을까 하는 점뿐입니다.」

침묵이 흘렀다.

레이드너 박사가 의자에서 몸을 일으켜 손으로 이마를 닦았다.

「뛰어난 추리력이오. 레일리 박사!」 그는 조용히 말했다.

「그것이 '내부인의 소행'으로 보이는 것은 사실입니다. 그러나 나는 어딘가에 잘못이 있다고 확신하고 있습니다. 분명히 무언가가 잘못되어 있어요. 우선 이 사건에는 놀라우리만큼 치밀한 우연의 일치가 일어나고 있어요.」

레일리 박사가 말했다.

「당신이 그런 말을 하다니 이상하군요.」

레이드너 박사는 아무 대꾸도 하지 않고 계속 말을 이어 나갔다.

「내 아내는 협박 편지를 받았습니다. 그녀는 어떤 사람을 두려워할 만한 이유가 있었습니다. 그리고 그녀는 살해되었습니다. 그런데 당신은 그녀가 그 사람에 의해서가 아니라 완전히 다른 어떤 사람에 의해 살해되었다고 주장하는 겁니다.」

레일리 박사가 생각에 잠겨서 말했다.

「그건 그렇군요.」

그는 메이틀랜드 서장을 쳐다보았다.

「우연의 일치라……. 당신 생각은 어떻습니까, 메이틀랜드 서장? 당신도 같습니까? 레이드너 박사에게 그 말을 해도 될까요?」

메이틀랜드 서장은 고개를 끄덕이며 짤막하게 말했다.

「말씀하세요.」

「에르큘 포와로라는 사람에 대해서 들어본 적이 있소, 레이드너 박사?」

레이드너 박사는 당황스러운 표정으로 그를 바라보았다.

「이름은 들어본 것 같습니다.」 그는 모호하게 대답했다.

「전에 반 올던 씨가 그를 칭찬하는 것을 들은 적이 있습니다. 그 사람은 사립 탐정이죠, 그렇잖습니까?」

「예, 그 사람입니다.」

「그는 런던에 있을 텐데, 어떻게 우리를 도와줄 수 있을까요?」

레일리 박사가 말했다.

「그렇죠. 그는 런던에 살고 있소. 그런데 그 점에서도 우연의 일치가 일어났단 말이오. 그는 지금 런던이 아니라, 시리아에 있소. 그리고 내일 바그다드로 가는 중에 하사니에를 거칠 것이오!」

「누구에게 들었습니까?」

「장 베라 프랑스 영사가 그러더군요. 우리는 어제 저녁을 함께하면서 그에 대해서 얘기했습니다. 그는 시리아 군사 내부에 관한 문제를 해결한 모양이오. 그는 바드다드로 가는 도중에 이곳을 들을 거라고 했소. 그리고 다시 시리아를 거쳐 런던으로 간다는군요. 정말 기막힌 우연의 일치 아니오?」

레이드너 박사는 잠시 머뭇거리더니 미안하다는 듯한 얼굴로 메이틀
랜드 서장을 쳐다보았다.

「당신의 생각은 어떻습니까, 메이틀랜드 서장?」

메이틀랜드 서장이 얼른 대답했다.

「그의 도움이 필요할 것 같습니다. 내 부하들은 시골을 샅샅이 뒤지
거나 아랍인끼리의 혈족 불화 문제를 조사하는 데에는 익숙하지요. 하
지만 솔직히 말해서, 레이드너 박사님. 부인의 문제는 내겐 너무 벅찬
것 같습니다. 모든 것이 수수께끼투성이입니다. 내 생각에는 그 사람에
게 이 일을 맡기는 것이 좋을 듯합니다.」

레이드너 박사가 말했다.

「그럼, 내가 포와로라는 사람에게 도와달라고 부탁해야 하는 겁니
까? 그가 거절하면 어떡하죠?」

레일리 박사가 말했다.

「그는 거절하지 않을 거요.」

「어떻게 알 수 있습니까?」

「나도 전문적인 일을 하고 있는 사람이기 때문이죠. 만일 뇌척수막
염 환자가 나를 찾아와서 부탁한다면 나는 그 환자를 거절할 수 없을
거요. 이번 사건은 평범한 사건이 아니오, 레이드너 박사.」

「그렇죠.」

레이드너 박사가 말했다. 그의 입술이 갑작스러운 고통으로 실룩거
렸다.

「그러면 레일리 박사, 내 대신 당신이 에르퀼 포와로에게 부탁해주
겠습니까?」

「그렇게 하죠.」

레이드너 박사는 고맙다는 표시를 했다.

「아직도…….」 그는 천천히 말했다.

「루이즈가 죽었다는 것이 실감나지 않습니다.」

나는 더 이상 참을 수 없었다.

「오! 레이드너 박사님.」 나는 울음을 터뜨리듯이 말했다.

「뭐라고 말씀드려야 할지 모르겠군요. 제가 제 책임을 다하지 못했어요. 레이드너 부인을 위험에서부터 보호해 드렸어야 하는 건데요.」

레이드너 박사는 머리를 세게 내저었다.

「아니. 그렇지 않소, 레서런 양. 그렇게 생각하지 마시오.」

그는 천천히 말했다.

「욕먹어야 할 사람은 바로 나요. 나는 믿지 않았소. 정말 위험이 있으리라고는 믿지 않았소. 정말 꿈에서조차 의심하지 않았소.」

그는 일어났다. 그의 얼굴에 경련이 일어났다.

「내가 그녀를 죽인 거요. 그래요, 내가 그녀를 죽게 했습니다. 믿지 않았기 때문에.」

그는 비틀거리며 방을 나갔다.

레일리 박사가 나를 보며 말했다.

「내게도 잘못은 있지요. 나는 부인이 일부러 남편을 괴롭히는 거라고 생각했으니까요.」

나도 고백했다.

「저도 그것을 그렇게 심각하게 받아들이진 않았어요.」

레일리 박사가 심각하게 말했다.

「우리 셋 모두가 잘못했군.」

메이틀랜드 서장이 말했다.

「그런 것 같군요.」

제13장 에르큘 포와로의 도착

나는 에르큘 포와로를 처음 본 순간을 평생 잊지 못할 것이다. 물론 나중에는 그에게 익숙해졌지만, 처음에는 큰 충격을 받았다. 아마 어느 누구라도 마찬가지였을 것이라고 생각한다!

나는 내가 어떻게 상상했는지 잘 모르겠다. 그러나 아마도 날카롭고 예리한 인상에 길고 야윈 얼굴을 가진 셜록 홈즈와 비슷한 모습일 거라고 생각했던 것 같다. 물론 그가 외국인이라는 사실을 알고 있었다. 그러나 그는 내가 생각했던 것과는 전혀 다른 외국인이었다.

누구든지 그를 본다면 웃음을 참지 못할 것이다. 무대나 그림에서 볼 수 있는 그런 모습이었다. 우선 그는 키가 5피트 5인치(165㎝)를 넘지 않았으며, 이상하게 살이 찌고 조그만 사람이었다.

나이는 꽤 들어 보였으며, 더부룩한 콧수염에 달걀 같은 모양의 머리를 하고 있었다. 마치 어떤 희극에 나오는 이발사 같았다. 바로 그런 사람이 레이드너 부인을 살해한 범인을 잡으러 왔다니!

아마 나는 조금 좋지 않은 표정을 짓고 있었을 것이다. 왜냐하면 그는 이상하게 눈을 깜박거리며 내게 말했기 때문이다.

「당신은 나를 신통찮게 생각하고 있는가 보군요, 레서런 양? 푸딩은 맛을 보기 전에는 모른다는 말을 기억하십시오.」

나는 푸딩의 진가는 먹어봐야 안다는 것쯤으로 이해했다. 그것은 사실이지만, 그 말을 인정할 수는 없었다.

레일리 박사는 우리가 막 점심식사를 끝낸 일요일, 포와로를 자기의 차에 태워 데려왔다. 그는 우리 모두에게 모여 달라고 했다. 우리는 식당에 모여서 식탁 주위에 둘러앉았다.

포와로 씨는 레이드너 박사와 함께 식탁의 윗자리에 앉았으며, 레일리 박사는 그 반대쪽에 앉았다.

모두가 다 모였을 때 레이드너 박사가 목청을 가다듬고 부드러운 목소리로 더듬거리며 말했다.

「여러분은 모두 에르퀼 포와로 씨에 대해서 들어보았을 겁니다. 그는 오늘 하사니에 들렀다가 친절하게도 우리를 돕기 위해 잠시 이곳에 머무르기로 했습니다. 이라크 경찰과 메이틀랜드 서장이 최선을 다하고 계시지만……, 이번 사건은 좀 특별한 것 같습니다.」

그는 말이 막히자 호소하는 듯한 눈으로 레일리 박사를 쳐다보았다.

「어려운 문제가 많은 것 같습니다.」

「모든 것이 명확하게 해결되는 것은 아니죠, 안 그렇습니까?」

식탁의 윗자리에 앉은 조그마한 사람이 말했다. 그는 아마 영어도 제대로 구사하지 못하는 모양이었다!

머캐도 부인이 큰 소리로 말했다.

「오, 그를 꼭 잡아야 해요! 절대로 놓쳐서는 안 된다고요.」

나는 조그만 외국인이 살피듯이 그녀를 바라보고 있다는 사실을 알아차렸다.

에르퀼 포와로가 물었다.

「그라니요? 그가 누굽니까, 마담?」

「누구긴요. 물론 살인자죠.」

「아! 살인자.」

그는 마치 살인자는 별로 중요하지 않다는 듯한 얼굴이었다.

우리 모두는 그를 쳐다보았다.

그는 우리들 얼굴을 한 사람 한 사람 둘러보며 말했다.

「내 생각에는 아마……, 여러분 중의 어느 누구도 살인사건을 접해 보지 못했을 겁니다.」

모두가 동의한다는 듯이 웅성거렸다.

에르퀼 포와로가 미소를 지었다.

「그래서인지 여러분은 앞뒤 분간을 못하고 있어요. 불쾌한 일일 겁니다! 그래요, 불쾌한 일이 많이 있죠. 우선 의심을 해야 합니다.」

「의심?」 존슨 양이 말했다.

포와로는 유심히 그녀를 바라보았다. 그는 호의를 가지고 그녀를 바라보는 것 같았다. 그는 '이곳에도 민감하고 현명한 사람이 있긴 하군!' 하고 생각하고 있는 듯했다.

「그렇습니다, 마드무아젤.」 그가 말했다.

「의심! 어떤 것이든 구애받지 않고요. 여기 있는 여러분들은 모두 의심의 대상입니다. 요리사, 하인, 주방일을 하는 사람, 토기를 세척하는 소년, 그리고 발굴단원도 역시 마찬가지입니다.」

머캐도 부인이 얼굴을 찡그리며 발딱 일어섰다.

「어떻게 감히 그런 말을! 어떻게 그런 말을 할 수 있죠! 참을 수 없어요! 레이드너 박사님, 그렇게 앉아 계시지만 말고 이 사람을 가라고 하세요. 가라고 하란 말이에요.」

레이드너 박사는 지쳤다는 듯이 말했다.

「제발 진정하십시오, 마리!」

머캐도 씨도 일어섰다.

그의 손은 떨렸으며, 두 눈은 충혈 되어 있었다.

「나도 마찬가지입니다. 이것은 무례하고……, 모욕적인 일입니다.」

포와로 씨가 말했다.

「아니, 아닙니다. 나는 여러분들을 모욕하는 것이 아니라, 사실을 직시하도록 부탁하는 겁니다. 살인이 일어난 집에서는 그 집 안의 모든 사람이 의심을 받게 되어 있습니다. 범인이 외부에서 들어왔다는 증거라도 있단 말씀입니까?」

머캐도 부인이 말했다.

「어쨌든 범인은 외부에서 들어온 거예요. 그래야 이치에 맞다고요, 왜냐하면…….」

그녀는 말을 멈추고 좀 더 천천히 계속했다.

「그 밖에는 다른 것들은 믿을 수가 없기 때문이죠」

포와로가 고개를 끄덕이며 말했다.

「당신 말대로입니다, 마담. 나는 단지 이 사건을 어떻게 풀어 나가야 하는지 설명하는 겁니다. 무엇보다도 나는 지금 이 방 안에 있는 사람들이 모두 결백하다는 것을 확신해야 합니다. 그리고 나서 다른 곳에서 범인을 찾아야겠죠」

「그렇게 하다가는 해가 다 저물겠습니다.」

라비뉴이 신부가 점잖게 말했다.

「거북이가 토끼를 앞지르기도 하죠.」 포와로가 말했다.

라비뉴이 신부는 어깨를 움츠리고는 체념하듯이 말했다.

「우리는 당신을 믿습니다. 이 무서운 사건에서 가능한 빨리 우리가 결백하다는 것을 증명해주십시오.」

「그러겠소. 이 사건을 해결하는 것은 내 의무요. 그러니까 내가 어떤 불합리한 질문을 하더라도 화내지 마시오. 신부님이 먼저 모범을 보여주시는 게 어떻겠습니까?」

「어떤 것이든지 물어보십시오.」

라비뉴이 신부가 진지하게 말했다.

「이곳에는 처음 온 것이죠?」

「그렇습니다. 정확히 3주 전이었습니다. 그날이 2월 27일이었을 겁니다.」

「어디에서 왔습니까?」

「카르타고에 있는 페르 블랑 교단에서 명령을 받고 왔습니다.」

「고맙습니다. 여기에 오기 전에 레이드너 부인을 알고 있었습니까?」

「아닙니다. 여기 와서 처음 알았습니다.」

「그 사건이 일어났을 때 무엇을 하고 있었는지 말씀해주시겠습니까?」

「내 방에서 쐐기 문자 서판을 조사하고 있었습니다.」

나는 포와로의 팔꿈치 옆에 이 집의 설계도가 놓여 있다는 사실을 알아차렸다.

「당신 방은 레이드너 부인의 방 맞은편으로 남서쪽 구석에 있군요?」

「그렇습니다.」

「언제 당신 방으로 들어갔습니까?」

「점심 식사를 한 다음 바로 들어갔습니다. 아마 12시 40분쯤 되었을 겁니다.」

「언제까지 방에 있었죠?」

「3시 바로 조금 전까지 있었습니다. 스테이션왜건이 들어오는 소리를 들었는데, 이내 다시 나가는 소리가 들리기에 이상해서 나와 보았죠.」

「사건에 관련된 것을 보거나 듣지 못했습니까?」

「예, 전혀.」

「당신 방에는 안뜰로 나 있는 창문이 없죠?」

「아닙니다. 두 개나 있습니다.」

「그럼, 안뜰에서 일어나는 일을 모두 들을 수 있었겠군요?」

「그렇지는 않습니다. 에모트 씨가 내 방 앞을 지나 옥상으로 올라가는 소리를 한두 번 정도 들었습니다.」

「그때가 몇 시인지 기억할 수 있겠습니까?」

「글쎄, 못하겠는데요. 내 일에 몰두해 있었으니까요.」

잠시 말을 멈추었다가 포와로가 물었다.

「이번 사건을 해결하는 데 도움이 될 만한 것을 내게 말해줄 수 있 겠습니까? 예를 들어, 사건 전날에 어떤 것을 눈치 챘다든지.」

라비뉴이 신부는 조금 난처해하는 것 같았다. 그는 물어보는 듯한 눈길로 레이드너 박사를 쳐다보았다.

「정말 어려운 질문이군요, 선생님.」 그가 진지하게 말했다.

「그렇게 물어보시니 솔직하게 대답하죠. 내가 보기에, 레이드너 부인 은 어떤 사람이나 어떤 것을 두려워하고 있었던 것 같습니다. 그녀는 낯선 사람을 두려워했거든요. 그녀가 그렇게 두려워하는 데에는 이유 가 있었다고 생각합니다……. 그러나 그것이 무엇인지는 전혀 모르겠 습니다. 나에게 털어놓지 않았으니까요.」

포와로는 목청을 가다듬고 들고 있던 수첩을 살펴보았다.

「이틀 전 밤에 괴한이 침입했던 걸로 알고 있는데요?」

라비뉴이 신부가 그렇다고 대답했다. 그리고 골동품실에서 불빛이 보였는데 뒤져보니 아무도 없었다는 이야기를 상세히 해주었다.

「신부님께서는 그 시간에 외부인이 그곳에 있었다고 믿으십니까?」

라비뉴이 신부는 솔직하게 말했다.

「어떻게 생각해야 할지 모르겠군요. 어쨌든 아무도 발견되지 않았습 니다. 아마 있었다면 하인 중 누구였겠죠.」

「발굴단원일 수도 있지 않겠습니까?」

「발굴단원이라……, 그렇다면 그 사람이 사실을 시인하지 않을 이유 가 없지요.」

「어쩌면 외부에서 들어온 사람이었을 수도 있겠군요?」

「예, 그렇게 생각합니다.」

「만일 외부인이었다면, 그가 그 다음 날 오후까지 숨어 있을 수 있 었을까요?」

그는 반은 라비뉴이 신부에게, 반은 레이드너 박사에게 묻고 있었다.

두 사람은 그 질문을 신중히 생각했다.

레이드너 박사가 약간 주저하며 말했다.

「불가능하다고 봅니다. 몸을 숨길만한 곳이 없죠, 라비뉴이 신부님?」

두 사람 모두 그 가능성을 배제하기를 꺼리는 듯했다.

「예, 예. 저도 그렇게 생각합니다.」

포와로는 존슨 양에게 물었다.

「당신은요, 마드무아젤? 가능하다고 생각합니까?」

잠시 생각에 잠긴 뒤에 존슨 양은 고개를 흔들며 말했다.

「아닙니다. 불가능해요. 어디에 숨겠어요? 침실은 모두 사용하고 있고, 또 어느 방에도 가구들이 별로 없어요. 암실, 연구실, 사진실은 모두 다음 날에도 사용했는데 벽장이나 숨을 만한 곳은 없어요. 하인들과 공모를 하면 몰라도……」

포와로가 말했다.

「가능하긴 한데 믿을 수가 없단 말이죠.」

그는 다시 라비뉴이 신부에게 말했다.

「또 한 가지가 있습니다. 언젠가 레서런 간호사가 당신이 바깥에서 어떤 남자와 얘기하는 것을 보았다고 했습니다. 그녀는 그 사람이 바깥에서 창문을 들여다보려고 하는 것을 보았다는군요. 그 사람은 무슨 목적이 있어서 이 주위를 서성거리고 있었던 것 같은데요?」

라비뉴이 신부가 신중하게 말했다.

「물론 가능한 일입니다.」

「그러면 당신이 먼저 그에게 말을 걸었나요, 아니면 그가 먼저 말을 걸었습니까?」

라비뉴이 신부는 잠시 생각에 잠겼다.

「내 생각으로는……, 맞습니다. 그가 내게 말을 걸어왔습니다.」

「무슨 말을 하던가요?」

라비뉴이 신부는 기억해내려고 애썼다.

「여기가 미국 발굴단의 숙소냐고 물었습니다. 그리고 고용되어 있는 미국인들에 대해서도 물었죠. 난 그의 말을 잘 이해하지 못했지만 아랍어를 배워볼 생각으로 계속 이야기하고 싶었습니다. 도시 사람으로 보이는 그가 작업장 일꾼들보다는 내 말을 잘 이해할 거라고 생각했죠.」

「또 다른 얘기도 했습니까?」

「내 기억으로는……, 나는 하사니에는 큰 도시라고 말했습니다. 그리고 바그다드는 더 큰 도시라고 했고요. 그는 내가 아르미니아 출신의 가톨릭 신부인지 물어보더군요. 대충 그런 얘기였습니다.」

포와로는 고개를 끄덕였다.

「어떤 사람이었습니까?」

라비뉴이 신부는 이맛살을 찌푸리며 생각에 잠겼다.

「키가 작고…….」

그가 이윽고 입을 열었다.

「당당한 체격에 심한 사팔뜨기였고, 얼굴은 조금 흰 편이었습니다.」

포와로는 나에게 몸을 돌렸다.

「당신도 그렇게 보았습니까?」

나는 망설이다가 대답했다.

「그렇지 않은데요. 제가 보기에는 키가 크고 얼굴도 검었으며 호리호리했고, 그리고 사팔뜨기 같지 않았어요.」

포와로는 낙담한 듯이 어깨를 움츠렸다.

「언제나 그렇답니다! 신부님이 경찰에 있었다면 잘 알았을 텐데요! 한 사람을 두고 두 사람의 진술이 결코 일치하지 않는다는 사실을요.

모든 진술이 상반되는군요.」

라비뷰이 신부가 말했다.

「내가 보기에는 틀림없이 사팔뜨기였습니다, 다른 점은 레서런 간호사의 말이 맞을지 모르겠지만. 내가 얼굴이 희다고 한 것은 이라크 사람에 비해 희다는 겁니다. 그러니 간호사는 검다고도 할 수 있겠죠.」

내가 고집스럽게 말했다.

「매우 검었어요. 지저분하게 검은 누런 피부였어요.」

나는 레일리 박사가 입술을 깨물며 웃는 것을 보았다.

포와로가 두 손을 들며 말했다.

「열정적이군요! 이 낯선 사람이 나타난 것은 중요할 수도 있고, 그렇지 않을 수도 있습니다. 하지만 어쨌든 그를 찾아야 합니다. 질문을 계속하겠습니다.」

그는 식탁에 둘러앉아서 자기를 쳐다보고 있는 얼굴들을 살피면서 잠시 시간을 끌었다.

그러고 나서 빠르게 고개를 끄덕이며 레이터에게 말했다.

「여기……, 어제 오후에 무엇을 했는지 설명해주겠소?」

레이터의 살찐 불그름한 얼굴이 주홍색으로 달아올랐다.

「저, 말인가요?」

포와로가 말했다.

「그렇소. 당신 말이오. 우선 이름과 나이는?」

「칼 레이터고요, 스물여덟 살입니다.」

「미국인이오?」

「그렇습니다. 시카고 출신이죠.」

「이곳은 처음이오?」

「그렇습니다. 전 사진을 담당하고 있습니다.」

「아, 그렇군요. 어제 오후에는 무엇을 했습니까?」

「음, 대부분은 암실에 있었습니다.」

「대부분이라고요?」

「예, 먼저 필름 몇 장을 현상한 다음, 정착을 하고 있었습니다.」

「밖에서요?」

「아닙니다. 사진실에서 했습니다.」

「암실은 사진실과 통해 있죠?」

「그렇습니다.」

「그리고 당신은 사진실에서 한 번도 밖으로 나오지 않았단 말입니까?」

「예, 그렇습니다.」

「안뜰에서 무슨 일이 일어나고 있다는 것을 알아차리지 못했나요?」

청년은 고개를 흔들며 말했다.

「아무것도 알아차리지 못했습니다. 저는 바빴습니다. 그때 차가 돌아오는 소리를 들었죠. 그래서 하던 일을 빨리 마치고 편지가 왔는지 보려고 밖으로 나왔습니다. 그때 비로소 사건이 일어났다는 것을 알았습니다.」

「사진실에서 몇 시부터 일을 시작했소?」

「12시 50분이었습니다.」

「이 발굴단에 오기 전에 레이드너 부인을 알고 있었소?」

청년은 고개를 흔들었다.

「아닙니다. 여기 와서 처음 만났습니다.」

「우리에게 도움이 될 만한 것을, 아주 사소한 사건이라도 말해줄 수 있겠소?」

칼 레이터는 고개를 흔들었다. 그는 무기력하게 말했다.

「아무것도 없는 것 같습니다, 선생님.」

「에모트 씨?」

데이비드 에모트는 미국인 특유의 부드러운 말씨로 간결하고 명확하게 말했다.

「저는 12시 45분부터 2시 45분까지 압둘라와 토기를 분류하고 있었습니다. 그러다가 가끔씩 레이드너 박사님을 도와주기 위해 옥상에 올라가곤 했습니다.」

「몇 번이나 옥상에 올라갔소?」

「네 번이라고 생각합니다.」

「얼마나 오래 있었소?」

「보통 2분 정도, 그 이상은 넘지 않았습니다. 한 번은 아래에서 30분 동안 일을 하고 나서 10분 정도 올라가 있었는데, 내버려야 할 것과 그렇지 않은 것에 대해 의논을 했습니다.」

「그리고 내려와 보니 하인이 그 자리에 없었단 말이죠?」

「예, 그렇습니다. 제가 화가 나서 그를 부르자 아치형 문 밖에서 들어오더군요. 나가서 다른 하인들과 잡담을 나누었던 모양입니다.」

「그가 자리를 떠난 것은 그때 한 번뿐이었소?」

「제가 한두 번 정도 옥상에 토기를 가지고 올라가라고 시켰습니다.」

포와로는 진지하게 말했다.

「물어볼 필요는 없겠지만, 혹시 당신은 그 시간 동안 누가 레이드너 부인 방으로 들어가거나 나오는 것을 보지 못했소?」

에모트는 신속하게 대답했다.

「아무도 보지 못했습니다. 제가 일하고 있던 두 시간 동안에는 아무도 안뜰로 들어오지 않았습니다.」

「당신과 하인이 자리를 비워 안뜰에 아무도 없었던 것이 1시 반이었던 것이 확실한가요?」

「아마 대충 맞을 겁니다. 물론 정확히는 알 수 없죠.」

포와로는 레일리 박사에게로 몸을 돌렸다.

「박사님이 추정한 사망 시간과 일치합니까?」

「일치합니다.」 레일리 박사가 대답했다.

포와로가 자기의 구부러진 콧수염을 만지작거렸다.

「내 생각에는…….」 그는 진지하게 말했다.

「레이드너 부인은 그 10분 사이에 살해된 것 같습니다.」

제14장 우리들 중 하나?

잠시 침묵이 흘렀다. 방 안에는 공포스러운 분위기가 감돌았다.

내가 레일리 박사의 주장이 옳다고 처음으로 믿은 것은 바로 그때였던 것 같다. 나는 살인자가 그 방에 우리와 함께 있다는 느낌이 들었다. 우리와 함께 앉아서 얘기를 듣고 있는 우리들 중의 누군가 한 사람이라는 느낌말이다.

아마 머캐도 부인도 역시 그렇게 느꼈던 모양이다.

그녀는 갑자기 날카로운 소리로 외치고는 흐느꼈다.

「참을 수 없어요. 난……, 그건 너무 끔찍해요.」

「진정해요, 마리.」 그녀의 남편이 말했다.

그는 우리에게 미안하다는 듯한 표정을 지었다.

「성격이 너무 예민해서 흥분한 모양입니다.」

「난, 난 루이즈를 너무 좋아했어요.」

머캐도 부인은 흐느꼈다.

내 감정이 얼굴에 확연히 드러났는지는 알 수 없지만, 포와로가 나를 보고 있다는 것을 알아차렸다. 그는 다시 질문을 계속했다.

「말씀해 보세요, 부인.」 그가 말했다.

「어제 오후에 무엇을 하면서 보냈습니까?」

「머리를 감고 있었어요.」 그녀는 흐느끼면서 말했다.

「난 그런 일이 일어난 줄도 몰랐죠. 기분이 매우 좋았고, 바빴어요.」

「부인 방에 있었나요?」

「예, 그래요.」

「그리고 방에서는 나가지 않았습니까?」

「차 소리가 들릴 때까지 방 안에 있었어요. 그 뒤에야 비로소 무슨 일이 일어났다는 것을 알았죠. 오, 정말 무서운 일이었어요!」

「놀라셨던 모양이죠?」

머캐도 부인은 울음을 그치고 화를 내며 그를 흘겨보았다.

「무슨 말씀이세요, 포와로 씨? 제가…….」

「별다른 말은 아닙니다, 부인. 당신은 방금 레이드너 부인을 매우 좋아했다고 말했습니다. 그렇다면, 아마 그녀는 당신에게 모든 것을 털어놓았을 텐데요.」

「오, 무슨 말인지 알겠어요. 하지만 그렇지 않았어요. 루이즈는 아무 얘기도 하지 않았어요. 물론 나는 그녀가 몹시 걱정하고 또 두려워하고 있다는 것은 알 수 있었지요. 이상한 일이 많았어요. 창문을 두드리는 손 등 여러 가지 일이 있었어요.」

「당신이 그건 망상이라고 말했잖아요.」

나는 참을 수 없어서 끼어들었다.

나는 그녀가 잠시 당황하는 모습을 보고 약간 고소했다. 그때 나는 포와로가 재미있다는 시선으로 나를 바라보고 있다는 것을 의식했다.

그는 아주 사무적인 투로 말했다.

「부인, 결국 당신은 머리를 감고 있었기 때문에 아무것도 듣지도 보지도 못했다는 거군요? 그렇다면 우리에게 조금이라도 도움이 될 만한 걸 알고 있는 것이 없습니까?」

머캐도 부인은 생각할 틈도 없이 냉큼 대답했다.

「없어요. 정말 없어요. 정말 수수께끼투성이예요. 그러나 틀림없이 범인이 밖에서 들어왔다는 것은 의심할 여지가 없는 사실이에요. 또 그래야만 이치에 맞고요.」

포와로가 그녀의 남편에게 물었다.

「당신 생각은 어떻습니까?」

머캐도는 당황하면서 턱수염을 만지작거렸다.

「절대로, 절대로……. 그녀를 죽이려고 생각한 사람은 없을 겁니다. 그녀는 아주 상냥하고 친절했어요.」

그는 머리를 흔들었다.

「그녀를 죽인 놈은 틀림없이 미치광이일 겁니다!」

「당신은 어제 오후를 어떻게 보냈습니까?」

「저요?」 그는 멍청하게 쳐다보았다.

「당신은 연구실에 있었잖아요, 조지프.」

그의 아내가 재빨리 말했다.

「아, 그래요. 거기 있었어요. 맞아요. 보통 거기 있지요.」

「언제 그곳으로 들어갔습니까?」

그는 다시 절망적인 눈길로 물어보듯이 머캐도 부인을 바라보았다.

「12시 50분이었어요, 조지프.」

「아, 맞아요. 12시 50분이었습니다.」

「안뜰에 나온 적은 없습니까?」

「예, 아마 없었을 겁니다.」 그는 잠시 생각했다.

「예, 틀림없이 나오지 않았습니다.」

「언제 그 사건이 일어났다는 얘기를 들었습니까?」

「내 아내가 와서 말해주었어요. 정말 무섭고……, 충격적인 사건입니다. 도대체 믿을 수가 없어요. 아직도 그것이 사실이라고는 믿어지지 않습니다.」

갑자기 그는 떨기 시작했다.

「정말 끔찍한 일입니다. 정말 끔찍한 일이에요.」

머캐도 부인이 얼른 끼어들었다.

「그래요, 조지프. 우리 모두 그렇게 느끼고 있어요. 그러나 물러서서는 안 돼요. 그러면 가엾은 레이드너 박사님이 더욱 곤란하게 되잖아요.」

나는 레이드너 박사의 얼굴에 고통스런 경련이 일고 있는 것을 보았다. 그는 이런 감정적인 분위기를 견뎌내기 괴로운 모양이었다.

그는 호소하듯이 포와로를 바라보았다.

포와로는 그 상황을 얼른 알아차렸다.

「존슨 양은요?」

그가 말했다.

「죄송하지만, 말씀드릴 것이 없어요.」

존슨 양이 대꾸했다. 그녀의 교양 있고 세련된 목소리는 머캐도 부인의 긴장된 목소리와 좋은 대조를 이루었다. 그녀가 계속 말했다.

「저는 거실에서 일하고 있었어요. 원통형 토기의 탁본을 뜨고 있었죠.」

「그럼 아무것도 모른다는 말이군요?」

「예, 그래요.」

포와로는 재빨리 그녀를 쳐다보았다. 그는 나와 똑같은 것을 알아차린 것 같았다. 자신 없는 희미한 목소리를 말이다.

「확신할 수 있습니까, 마드무아젤? 막연하게 떠오르는 것도 없습니까?」

「없습니다……, 정말 없어요.」

「말하자면 언뜻 눈에 들어온 것도 없었습니까?」

「예, 정말 없어요.」

그녀는 적극적으로 대답했다.

「그럼 아무것도 듣지 못했단 말입니까? 들었는지 안 들었는지 확신할 수 있는 그런 것도 없습니까?」

존슨 양은 당황한 듯이 가볍게 웃었다.

「끈질기시네요, 포와로 씨. 선생님은 제 상상까지도 얘기하도록 유도

하는 것 같아요.」

「그러면, 말하자면……, 상상하는 것은 있다는 뜻이겠군요?」

존슨 양은 천천히 단어 하나하나에 힘을 주면서 말했다.

「그날 오후 언젠가 희미하게 외치는 듯한 소리를 들은 것 같아요. 거실에 있는 창문들이 모두 열려 있었기 때문에 보리밭에서 일하고 있는 사람들의 소리가 들려왔는지도 모르죠. 그런데, 내 머릿속에 문득……, 그건 레이드너 부인의 소리였다는 생각이 들었어요. 사실 나는 좀 비참한 기분이 들어요. 왜냐하면 내가 그때 얼른 일어나 그녀의 방으로 들어갔다면, 글쎄요. 누가 알겠어요? 어쩌면 그 사건이 일어나지 않았을지도 모르잖아요?」

레일리 박사가 강압적으로 말을 가로막았다.

「자, 그런 데 신경 쓸 것 없습니다. 레이드너 박사에게는 미안하지만, 범인은 그 방에 들어가자마자 레이드너 부인을 때려 쓰러뜨렸으며, 그녀는 일격에 죽음을 맞았습니다. 범인은 다시 한 번 내리칠 필요도 없었죠. 만일 두 번 이상 내리쳤다면 그녀는 도와달라고 소리를 지를 여유가 있었을 겁니다.」

존슨 양이 말했다.

「아니요, 적어도 범인은 잡을 수 있었을지도 모르잖아요.」

포와로가 물었다.

「그때가 몇 시였나요, 마드무아젤? 1시 반 정도 되었을까요?」

「그쯤 되었을 거예요. 예, 그래요.」

그녀는 잠시 생각에 잠겼다.

「들어맞는군요.」 포와로가 조심스럽게 말했다.

「혹시 다른 소리는 듣지 못했습니까? 예를 들어, 문을 여닫는 소리라든가?」

존슨 양은 고개를 저었다.

「듣지 못했어요. 그런 소리는 듣지 못했어요.」

「당신은 탁자에 앉아 있었을 텐데. 어느 쪽을 바라보고 있었습니까? 안뜰 쪽? 골동품실 쪽? 베란다 쪽? 아니면 뒤꼍 쪽인가요?」

「안뜰 쪽을 보고 앉아 있었어요.」

「당신이 있는 곳에서 압둘라가 토기를 씻고 있는 것을 볼 수 있었겠군요?」

「예, 그래요. 고개를 들고 있었다면 보았겠지만, 나는 내 일에 몰두해 있었는걸요.」

「만일 누가 안뜰 쪽 창문 옆을 지나갔더라면 알아차릴 수 있었겠군요?」

「예, 틀림없이 알아차렸을 거예요.」

「누가 지나가지는 않았습니까?」

「아무도요.」

「그리고 만일 어떤 사람이 안뜰 한가운데를 가로질러 갔다면 그것도 알아차릴 수 있었을까요?」

「글쎄, 아마 몰랐을 거예요. 방금 말씀드렸듯이 고개를 들어 창밖을 내다보지 않았다면 전혀 몰랐을 거예요.」

「압둘라가 자리를 떠나서 밖의 다른 하인들에게 나간 것도 몰랐나요?」

「몰랐어요.」

「10분이라…….」 포와로가 생각에 감기며 말했다.

「운명의 10분이군.」

잠시 침묵이 흘렀다.

존슨 양이 갑자기 고개를 들고서 말했다.

「포와로 씨, 내가 일부러 혼란스럽게 할 생각은 아니지만 곰곰이 따져보니까 내가 있는 곳에서는 레이드너 부인의 방에서 나는 소리가 들리지 않을 것 같아요. 내가 있었던 거실과 그녀의 방 사이에는 골동품실이 있어요. 그리고 그녀의 방 창문은 닫혀 있었잖아요.」

포와로가 친절하게 말했다.

「그런 것은 걱정할 필요가 없습니다, 마드무아젤. 그것은 별로 중요한 문제가 아닙니다.」

「예, 물론 잘 알고 있어요. 그러나 나에겐 중요해요. 왜냐하면 내가 어떤 조치를 취했을 수도 있었으니까요.」

「그러지 마세요, 앤.」 레이드너 박사가 다정하게 말했다.

「당신이 너무 예민해서 그래요. 당신은 먼 들판에서 아랍인들이 외치는 소리를 들었을 거요.」

존슨 양은 그의 부드러운 목소리에 얼굴을 약간 붉혔다. 그녀의 눈에서 눈물이 흘러내렸다.

그녀는 고개를 돌리고 평상시보다 더 퉁명스럽게 이야기했다.

「그럴 수도 있겠죠. 비극적인 일이 있은 뒤에 으레 일어나는 일……, 전혀 있지도 않은 일을 상상하고 떠들어대는 그런 거…….」

포와로는 한 번 더 자기 노트를 살펴보았다.

「캐어리 씨는 더 이상 할 말이 없겠죠?」

리처드 캐어리는 투박하고 기계적인 어조로 천천히 말했다.

「도와드리지 못해서 죄송합니다. 저는 작업장에서 일을 하고 있다가 그 소식을 들었습니다.」

「그러면 사건이 일어나기 전 며칠 동안 이상한 일은 없었습니까?」

「전혀 없었습니다.」

「콜먼 씨는요?」

콜먼은 유감스럽다는 듯한 목소리로 말했다.

「저는 그 사건과는 전혀 관계가 없는데요. 일꾼들의 임금 때문에 어제 오후에 돈을 찾으러 하사니에로 갔거든요. 제가 돌아오자 에모트 씨가 얘기해주더군요. 저는 곧 스테이션왜건을 타고 경찰과 레일리 박사님을 부르러 갔습니다.」

「그전에는?」

「글쎄, 이상한 일이 있긴 있었습니다. 하지만 그것은 선생님도 이미 알고 계실 거예요. 골동품실에서 법석이 한두 차례 있었고, 창문에 손과 얼굴이 나타났다는 둥, 뭐 그 정도입니다.」

그가 호소하듯이 레이드너 박사를 바라보자 박사는 고개를 끄덕였다.

「내 생각에는 밖에서 침입자가 있었던 것 같습니다. 기막히게 영악한 녀석의 짓이 틀림없습니다.」

포와로는 잠시 동안 묵묵히 그를 바라보았다.

「당신은 영국인이죠, 콜먼 씨?」

그가 이윽고 입을 열었다.

「예, 순수한 영국인입니다. 품질은 보증합니다. 확실히 보증할 수 있어요.」

「이곳은 처음이오?」

「예, 그렇습니다.」

「고고학에 대단한 관심을 가지고 있겠군요?」

콜먼은 개인적인 질문에 약간 당황한 것 같았다. 그는 얼굴을 붉히며 죄지은 학생 같은 표정으로 레이드너 박사를 흘끔 쳐다보았다.

「물론입니다. 아주 관심이 많습니다.」

그는 더듬거렸다.

「그러나 저는, 저는 머리가 좋은 편이 아니라서…….」

그는 어색하게 말을 멈추었다.

포와로는 더 이상 캐묻지 않았다. 그는 생각에 잠겨서 연필 끝으로 탁자를 톡톡 두드렸다. 그러다가 앞에 놓여 있는 잉크병을 똑바로 세우며 말했다.

「이제……, 지금으로서는, 더 이상 얻을 것이 없는 것 같습니다. 여러분들 중 누구라도 잊어버리고 말하지 못한 것이 생각나면 주저하지 마시고, 내게 와서 말해주십시오. 그리고 레일리 박사님과 레이드너 박사님은 나와 좀 더 이야기를 나누었으면 좋겠습니다.」

그것은 조사를 끝마치겠다는 말투였다.

우리는 모두 일어나서 문을 나섰다.

내가 그 방에서 반쯤 나왔을 때, 나를 부르는 소리가 들렸다.

포와로 씨가 말했다.

「레서런 간호사는 남아 있었으면 좋겠는데요. 아마 우리를 도와줄 수 있을 것 같소만.」

나는 돌아와서 다시 같은 자리에 앉았다.

제15장 포와로의 추리

　모두 나가고 나자 레일리 박사가 자리에서 일어나서 조심스럽게 문을 닫았다. 그러고는 궁금한 듯이 포와로를 쳐다보며 안뜰 쪽의 창문도 닫았다. 다른 문들은 이미 닫혀 있었다. 그리고 자기 자리에 가서 앉았다.

　포와로가 말했다.

　「좋습니다. 이제 아무런 방해 없이 자유롭게 이야기할 수 있게 되었군요. 우리는 발굴단원들의 얘기를 다 들었습니다. 그러나 아, 레서런 양, 당신 생각은 어떻습니까?」

　나는 좀 얼굴을 붉혔다. 이상하고 작은 체구의 사람이 예리한 눈을 가지고 있다는 것은 의심할 여지가 없었다.

　그는 내 마음을 꿰뚫어보고 있었던 것이다. 내 이런 생각이 얼굴에 선명하게 드러나는 것이 분명했다.

　나는 더듬거렸다.

　「오, 아무것도 없어요.」

　레일리 박사가 말했다.

　「말해요, 레서런 양. 이분을 기다리게 해서는 안 돼요.」

　나는 서둘러 말했다.

　「정말 아무것도 없어요. 방금 생각한 건데요. 어떤 사람이 무엇인가를 알고 의심하고 있다고 해도 여러 사람 앞에서 그것을 얘기한다는 것은 쉽지 않을 거예요. 더욱이 레이드너 박사님이 있는 데서는요.」

　놀랍게도 포와로는 그렇다는 듯이 고개를 끄덕였다.

　「그렇습니다, 바로 그것입니다. 내가 설명을 하죠. 내가 여러분을 모두 모이라고 한 데는 그럴 만한 이유가 있습니다. 영국에서는 경마장에서 경기를 시작하기 전에 말들을 선보입니다. 모든 사람에게 관람석 앞을 지나가는 말들을 보여주고, 그날 경기를 예측할 수 있는 기회를 제공하는 거죠. 방금 우리가 가졌던 모임도 바로 그런 것입니다. 경마장에서처럼 가능성이 있는 주자를 한번 훑어보는 겁니다.」

레이드너 박사가 격분해서 소리쳤다.

「나는 내 발굴단원이 이 사건에 관련되었다고는 믿지 않습니다!」

그러고는 나를 바라보며 명령조로 말했다.

「레서런 간호사, 이틀 전에 내 아내와 당신 사이에 있었던 일을 포와로 씨에게 정확히 얘기해줘요.」

그 바람에 나는 레이드너 부인이 사용했던 단어와 문장을 가능한 그대로 기억해내려고 애쓰면서 이야기를 시작했다.

내가 얘기를 끝내자 포와로가 말했다.

「좋습니다, 아주 좋습니다. 당신은 세심하고 논리적인 분이군요. 내게 많은 도움을 줄 것 같습니다.」

그는 레이드너 박사에게 말했다.

「그 편지들을 가지고 있습니까?」

「여기 있습니다. 당신이 이것을 보고 싶어할 거라고 생각했으니까요.」

포와로는 편지를 받아 읽으면서 언제나 그랬듯이 면밀히 살폈다.

나는 그가 가루를 뿌리거나 현미경 같은 것으로 살펴보지 않아서 조금 실망했다. 그러나 그가 나이가 많기 때문에 현대적인 방법으로 수사하지 않는 모양이라고 생각했다.

그는 보통 사람들이 편지를 읽듯이 그것을 읽어 내려갔다. 그는 다 읽고 난 뒤 편지를 내려놓고 목소리를 가다듬었다.

「자, 이제 지금까지 알아낸 사실들을 정리해 봅시다. 이 첫 번째 편지는 부인이 미국에서 당신과 결혼한 직후에 받은 것입니다. 다른 편지도 있었던 모양인데, 부인이 없애버린 것 같습니다. 첫 번째 편지 다음에 두 번째 편지가 왔습니다. 두 번째 편지가 온 지 얼마 안 되어 당신들 두 사람은 가스 중독으로 거의 죽을 뻔했고요. 그러고 나서 당신 부부는 외국으로 나갔고, 그 이후 거의 2년 동안 편지가 오지 않았습니다. 그러다가 올해 당신의 일이 시작되자 편지가 왔습니다. 다시 말해서 3주 전에 맞죠?」

「틀림없습니다.」

「당신 아내가 공포에 질려 있어서 당신은 레일리 박사와 의논한 끝에 레서런 간호사를 여기에 데려와 부인과 함께 있게 해서 부인의 두려움을 덜어주려고 했습니다, 그렇죠?」

「예, 그렇습니다.」

「그리고 이상한 일들이 일어났어요. 창문을 두드리는 손, 무시무시한 얼굴, 골동품실에서 소란이 일어났죠. 당신은 이런 사건들을 하나도 목격하지 못했단 말입니까?」

「예.」

「레이드너 부인 말고는 아무도 보지 못했나요?」

「라비뉴이 신부가 골동품실에서 불빛을 보았다고 했습니다.」

「예, 그건 알고 있습니다.」

포와로는 잠시 침묵을 지키고 있다가 말했다.

「당신 아내는 유언장을 만들어 놓았습니까?」

「그렇지 않을 겁니다.」

「왜 만들지 않았을까요?」

「집사람의 입장에서는 그것을 만들 필요가 없다고 생각했겠죠.」

「부인은 재산이 없었던 모양이죠?」

「예, 살아 있는 동안은요. 집사람의 아버지가 신탁 형식으로 그녀에게 많은 돈을 남겨주었습니다. 그러나 그 돈에는 손을 댈 수가 없었죠. 아내가 자식이 없이 죽으면 피츠타운 박물관에 기증하게 되어 있으니까요.」

포와로는 생각에 잠겨서 손가락으로 식탁을 톡톡 두드리며 말했다.

「그러면 이제……, 이 사건에서 한 가지 동기를 생각해낼 수 있겠군요. 그것은 이런 사건에서 내가 가장 먼저 조사하는 거죠. 즉, 부인의 죽음으로 인해 누가 이득을 보는가 하는 문제입니다. 이 사건에서는 박물관이 되겠군요. 만일 그렇지 않고, 레이드너 부인이 재산을 소유한 채 유언장도 없이 사망했다고 한다면 그 돈을 누가 상속하느냐가 중요한 문제가 되겠죠. 당신인가, 아니면 부인의 전 남편인가. 어떻게 되든 어려움이 있을 겁니다. 전 남편이 재산의 권리를 주장하기 위해서는 자신을 드러내야 할 테니까요. 그러면 내 생각에는 이 사건이 해결되고 나면 그는 사형 선고까지는 언도받지 않더라도 구속될 위험이 있습니다. 그러나 그렇게 될 것 같지는 않습니다. 언제나 나는 먼저 금전적인 문제를 생각해 봅니다. 그런 다음에 한 걸음 더 나아가서 죽은 사람의 남편이나 아내를 의심해 보죠. 하지만 이 사건에서 첫째, 당신은 어제 오후에 부인의 방에 가까이 가지 않았다는 것이 증명되었고, 두 번째로 부인의 죽음으로 당신은 이득보다는 손실이 더 많습니다. 셋째로…….」

그는 말을 멈추었다.

「그리고요?」

레이드너 박사가 물었다.

「셋째로…….」 포와로가 천천히 말했다.

「당신은 아내에게 헌신적이었습니다. 레이드너 박사님, 아내에 대한 당신의 사랑은 당신 일생에서 가장 열정적인 것이었습니다. 그렇지 않습니까?」

레이드너 박사는 아주 짤막하게 대답했다.

「예.」

포와로는 고개를 끄덕이며 말했다.

「그러면 다음 문제로 넘어갑시다.」

「잠깐, 아직 끝나지 않았습니다.」

포와로는 나무라듯이 그를 쳐다보았다.

「서두르지 마십시오. 이런 사건은 순서와 체계적인 방법으로 접근해야 합니다. 사실 나는 어떤 사건에서든 그렇게 하고 있습니다, 어떤 특수한 가능성을 제외하고는. 이제 우리는 매우 중요한 점에 근접해 있습니다. 흔히 말하듯이 모든 카드가 탁자 위에 놓여 있어야 하죠. 다시 말해서 숨기는 것이 없어야 한다는 뜻입니다.」

「그거야 그렇죠.」

레일리 박사가 말했다.

「그래서 진실을 밝히려는 겁니다.」

포와로가 말했다.

레이드너 박사는 놀란 얼굴로 그를 쳐다보았다.

「포와로 씨, 나는 아무것도 숨긴 게 없습니다. 내가 알고 있는 것은 모두 얘기했습니다. 아무것도 숨기지 않았단 말입니다.」

「그래도 당신은 나에게 모든 것을 말하지 않았습니다.」

「아니, 그렇지 않습니다. 얼떨결에 내가 빼놓은 것이 있을지는 모르지만…….」

그는 몹시 곤혹스러운 표정을 지었다.

포와로는 머리를 가볍게 흔들며 말했다.

「아니오. 예를 들어, 당신은 왜 레서런 간호사를 채용했는지 설명하지 않았습니다.」

레이드너 박사는 매우 당황한 것처럼 보였다.

「내가 설명했잖습니까? 내 아내가 신경과민이기 때문에, 그녀가 무척이나 두려워해서…….」

포와로는 몸을 앞으로 구부렸다. 그는 천천히, 그리고 강하게 한 손가락을 위아래로 흔들었다.

「아니, 그렇지 않습니다. 그것은 분명하지 않았습니다. 당신은 경찰이나 사립 탐정조차도 부르지 않고 간호사만을 데려왔어요! 이상하지 않습니까?」

「난, 난…….」

레이드너 박사는 말을 잇지 못했다. 그의 뺨이 벌겋게 달아올랐다.

「내 생각에는…….」 그는 아예 말을 잇지 못했다.

「이것은 매우 중요한 문제입니다.」

포와로가 그를 격려해주었다.

「당신 생각은 어떻습니까?」

레이드너 박사는 가만히 있었다. 그는 당황해서 입을 열지 못하는 것 같았다.

포와로는 호소하는 듯한 목소리로 말했다.

「그것만 제외하고는 당신이 내게 한 말은 모두 사실입니다. 왜 간호사를 채용했습니까? 여기에는 한 가지 대답이 있을 수 있죠. 당신 자신은 아내의 위험을 믿지 않았습니다.」

그러자 레이드너 박사가 큰 소리로 내뱉듯이 말했다.

「맙소사!」

그는 신음하듯이 말했다.

「절대로 그렇지 않았습니다. 절대로…….」

포와로는 고양이가 쥐구멍을 들여다보듯이, 생쥐가 나타나면 덮칠 태세로 매우 주의 깊게 그를 지켜보았다. 그리고는 물었다.

「그러면 무엇을 생각했습니까?」

레이드너 박사가 대답했다.

「모르겠습니다, 정말 모르겠어요.」

「당신은 알고 있습니다, 완전히 알고 있지요. 자, 내가 도와드릴 수도 있습니다. 레이드너 박사님, 당신은 이 편지들이 모두 당신 부인이 쓴 것이라고 의심하지 않았습니까?」

그가 대답할 필요도 없었다. 포와로의 추측은 너무나 명백한 사실이었다. 마치 자비라도 구하는 듯이 두려움에 질려 위로 치켜세운 그의 손이 대답을 대신해주고 있었다.

나는 깊은 숨을 내쉬었다. 나의 어렴풋한 추측이 이렇게 들어맞다니! 나는 레이드너 박사가 이 사건에 대해 어떻게 생각하느냐고 나에게 물었을 때의 그 이상한 목소리를 떠올렸다.

나는 천천히 생각에 잠긴 채 고개를 끄덕였다. 그러다가 문득 포와로가 나를 보고 있다는 것을 알아차렸다.

「간호사도 똑같은 생각을 했소?」

「그 생각이 머리에 떠올랐죠.」

나는 솔직히 말했다.

「무슨 이유로?」

나는 콜먼이 나에게 보여주었던 편지에 쓰여 있던 필체가 협박장의 필체와 비슷하다는 것을 말해주었다.

포와로는 레이드너 박사에게로 고개를 돌렸다.

「당신도 그 필체가 비슷하다는 것을 알고 있었습니까?」

레이드너 박사는 고개를 숙였다.

「예, 하지만 글씨가 작아서 알아보기가 좀 힘들었죠……. 루이즈의 글씨처럼 크고 좋은 필체는 아니었지만, 일부 편지들은 루이즈의 필체와 같았습니다. 보여드리죠.」

그는 안주머니에서 편지 몇 장을 꺼내어 그중에서 한 장을 골라 포와로에게 건네주었다. 그것은 그의 아내가 그에게 보낸 편지였다.

포와로는 그것을 익명의 편지와 주의 깊게 비교해 보았다.

「그래요.」 그는 중얼거렸다.

「그렇군요. 몇 가지 비슷한 점이 있습니다. S자를 이상하게 쓰는 방법이나 특이하게 쓰인 e자 등. 하지만 나는 전문적인 필적 감정사는 아니어서 정확히 말할 수는 없군요. 그리고 이런 문제에 있어서는 필적 감정사의 의견이 서로 일치하는 것을 한 번도 본 적이 없습니다. 그러나 적어도 두 필적이 비슷하다는 것만은 인정할 수 있겠군요. 어쩌면 이 편지는 한 사람이 썼을 가능성도 있습니다. 우리는 언제나 우연을 염두에 두어야 하니까요.」

그는 의자에 기대어 생각에 잠긴 듯이 말했다.

「세 가지 가능성이 있습니다. 첫째는 필적이 우연히 비슷하다는 것, 둘째는 이 협박 편지들은 어떤 이유 때문인지 레이드너 부인 자신이 썼을 수도 있다는 것, 셋째로 어떤 사람이 부인의 필적을 모방해서 썼다는 거죠. 그렇다면 그 이유가 무엇이었을까요? 도저히 알 수가 없군요. 이 세 가지 중에서 하나는 정확히 맞을 겁니다.」

그는 잠시 동안 생각에 잠겼다가 다시 활기찬 태도로 레이드너 박사 쪽으로 몸을 돌렸다.

「레이드너 부인이 이 편지를 썼을 거라는 가능성이 머리를 스쳤을 때 어떤 생각을 했습니까?」

레이드너 박사는 고개를 저었다.

「나는 되도록 빨리 그 생각을 털어버리려고 했습니다. 나는 그것이 너무나 끔찍한 일이라고 느꼈죠.」

「어떤 다른 이유는 찾지 못했나요?」

그는 망설였다.

「글쎄요. 아내가 과거에 대해서 지나치게 걱정을 했기 때문에 조금 이상해진 것이 아닌가 하고 의심했지요. 어쩌면 아내가 무의식 상태에서 이런 편지들을 썼을지도 모른다는 생각이 들었습니다. 그럴 수도 있는 일 아닙니까?」

그는 레일리 박사에게 몸을 돌리면서 덧붙였다.

레일리 박사는 입술을 오므렸다.

「인간의 두뇌는 무슨 일이든 할 수 있습니다.」

그는 막연하게 대답했다. 하지만 그는 재빨리 포와로를 바라보았다. 그러자 포와로는 마치 복종하는 것처럼 화제를 돌렸다.

「이 편지들은 중요한 문제입니다. 그러나 우리는 사건을 전체적인 맥락에서 보아야 합니다. 내가 보기에는 세 가지 방법이 있습니다.」

「세 가지요?」

「예. 첫 번째 가설은 가장 단순한 것인데, 당신 아내의 첫 남편이 아직 살아 있다고 보는 겁니다. 그래서 그가 그녀를 협박했고, 또 계속해서 협박하고 있었다고 보는 겁니다. 이 가설을 받아들인다면, 문제는 그가 어떻게 다른 사람에게 발견되지 않고 방 안을 드나들 수 있었는지를 찾아내는 것입니다. 두 번째 해석은 레이드너 부인 자신의 개인적인 이유 때문에—그 이유야 보통 사람들보다 의사들이 더 쉽게 이해할 수 있겠죠— 자기 자신에게 협박 편지를 썼다는 겁니다. 그럼 가스 사건도 그녀가 꾸민 것이 되겠죠. 가스 냄새가 난다고 당신을 깨운 것도 부인이었습니다. 그러나 만일 부인이 직접 이 편지들을 썼다면, 그녀는 가공의 인물에게 살해당할 수는 없을 테죠. 그때는 범인을 다른 곳에서 찾아야 합니다. 결국 발굴단원 중에서 찾아야 하는 거죠.」

레이드너 박사가 거부하는 듯이 중얼거리자 포와로가 얼른 가로막고 말했다.

「이것은 단지 이론적인 결론입니다. 그들 중의 누군가가 개인적인 원한을 풀기 위해서, 그렇지 않으면 레이드너 부인이 누군가를 두려워하고 있다는 사실을 알고 있었겠죠. 범인 측에서 보면 그 사실은 범행을 저지르기에 아주 유리한 상황일 겁니다. 그는 이 사건이 수수께끼의 외부인 즉, 협박 편지를 쓴 사람에게 전가될 것이라고 확신했던 거지요. 나머지 방법은 살인자가 실제로 레이드너 부인의 과거를 알고 편지를 썼다는 것입니다. 그러나 이 경우에 문제는 범인이 왜 부인의 필적을 모방했느냐 하는 것입니다. 왜냐하면 편지가 외부의 제 3자에 의해 쓰인 것처럼 하는 것이 범인에게는 더 이로웠을 테니까요. 내 생각에는 세 번째 방법이 가장 흥미있군요. 즉, 협박 편지들이 진짜라는 생각이지요. 그 편지들은 레이드너 부인의 전 남편 아니면 그의 동생이 쓴 것이며, 그가 지금 발굴단원 중에 끼어 있다는 것입니다.」

제16장 혐의

레이드너 박사가 벌떡 일어섰다.

「그럴 리가 없어요, 절대로 그럴 리가 없습니다! 터무니없는 생각입니다!」

포와로는 매우 차분하게 그를 쳐다보았지만 아무 말도 하지 않았다.

「아내의 전 남편이 발굴단원이라면 그녀가 그를 알아보지 못했을 리가 없잖습니까?」

「그렇습니다. 사실에 근거해서 생각해 봅시다. 20년 전 당신 아내는 그와 겨우 몇 달 동안 함께 지냈습니다. 그만한 세월이 흘렀는데 부인이 그를 만났다면 알아볼 수 있을까요? 그렇지 않습니다. 그의 얼굴이 변했을 것이고, 골격도 바뀌었을 것이고, 목소리야 몰라볼 정도로 변하지는 않았겠지만 그것은 조심하면 되는 문제죠. 그리고 부인은 집 안에 그가 있으리라고는 꿈에도 생각지 않았지요. 부인은 그를 자신의 세계 바깥에 있는 낯선 사람으로 생각하고 있었습니다. 아니, 부인은 그를 분명히 알아보지 못했을 겁니다. 그리고 두 번째 가능성이 있습니다. 전 남편의 동생, 당시 정열적으로 자기 형에게 헌신적이었던 아이가 이제는 어른이 되었습니다. 서른 살이 가까워진 그에게 그녀가 열한두 살 먹은 꼬마의 모습을 기억해낼 수 있을까요? 그래요, 윌리엄 보스너도 염두에 두어야 합니다. 그의 눈에는 자기 형이 반역자가 아니라 애국지사요, 그의 조국 독일을 위한 순교자로 보일 수도 있습니다. 그리고 레이드너 부인을 배신자로, 사랑하는 자신의 형을 죽음으로 몰아넣은 괴물로 생각할 수도 있습니다! 연약한 어린이는 영웅 숭배심이 강하고, 그 마음은 어른이 되어서까지 한 가지 생각에 쉽게 사로잡히게 되는 법입니다.」

레일리 박사가 말했다.

「그건 사실입니다. 흔히 아이들은 쉽게 잊어버린다고 하지만, 그건 잘못된 생각입니다. 많은 사람들이 어렸을 적에 감명을 받은 것을 평생 잊어버리지 못하는 법이죠.」

「그래요. 여기에 두 가지 가능성이 생긴 겁니다. 프레드릭 보스너는 지금쯤 쉰 살 정도의 중년이고, 윌리엄 보스너는 서른이 조금 안 되었을 겁니다. 이 두 가지 관점에서 당신의 발굴단원들을 조사해 보기로 합시다.」

「이거야 원. 내 단원이라니! 내가 거느린 발굴단원이라니…….」

레이드너 박사가 중얼거렸다.

「결과적으로 이상한 데 혐의를 두게 되었군요.」

포와로가 담담하게 말했다.

「매우 유리한 관점이죠. 자, 시작합시다! 분명히 프레드릭과 윌리엄이 아닌 사람이 누구일까요?」

「여자들이죠.」

「물론이죠. 존슨 양과 머캐도 부인은 제외되고, 또 누가 있을까요?」

「캐어리, 그와 나는 루이즈를 만나기 이전에도 몇 년 동안 함께 일해 왔습니다.」

「그리고 나이도 맞지 않습니다. 그는 서른여덟인가 아홉인데, 프레드릭에 비하면 너무 젊고 윌리엄에 비하면 너무 나이가 많아요. 나머지로는 라비뉴이 신부와 머캐도 씨가 있는데, 이 두 사람은 모두 프레드릭 보스너가 될 수 있겠군요.」

「하지만…….」

레이드너 박사가 분노와 장난기 섞인 목소리로 말했다.

「라비뉴이 신부는 금석학자(金石學者)로 세계적으로 유명하고, 머캐도는 뉴욕의 유명한 박물관에서 오랫동안 근무한 사람입니다. 그 두 사람이 당신이 생각하는 그런 사람이라는 말은 천부당만부당해요!」

포와로가 크게 손을 흔들었다.

「불가능하다, 불가능하다! 나는 그 단어를 무시합니다! 불가능한 것, 나는 그것을 항상 면밀하게 조사하죠! 하지만 그 문제는 당분간 다음으로 미루기로 합시다. 또 누가 있습니까? 독일식 이름을 가진 청년 칼 레이터, 그리고 데이비드 에모트…….」

「그는 2년 동안 나와 함께 일했습니다.」

「그는 선천적으로 인내심이 강한 청년입니다. 만일 그가 범죄를 저질렀다면 서두르지 않고 모든 것을 치밀하게 준비해 놓았을 겁니다.」

레이드너 박사는 실망했다는 몸짓을 했다.

「마지막으로 윌리엄 콜먼이 있죠.」

포와로가 말했다.

「그는 영국인입니다.」

「그래서 어떻다는 겁니까? 레이드너 부인의 말에 의하면, 그 소년은 미국을 떠나서 어디로 갔는지 모른다고 했습니다. 그렇다면 그가 영국에서 자랐을지도 모를 일이죠.」

레이드너 박사가 말했다.

「당신은 모든 일에 대답을 할 수 있군요.」

나는 이리저리 생각해 보았다. 애초부터 나는 콜먼이 정말 활달한 젊은이라기보다는 유머 작가인 P. G. 우드하우스의 소설에 나오는 등장인물 같다고 생각했다. 그가 정말로 어떤 역할을 하는 것일까?

포와로는 수첩에 기록을 하며 말했다.

「순서에 따라 조사해 나갑시다. 첫 번째 용의자로 우리는 두 사람을 지목했습니다. 라비뉴이 신부와 머캐도 씨죠. 두 번째로는 콜먼, 에모트, 그리고 레이터를 지목했습니다. 이제 그 문제의 정반대 국면인 기회와 수단을 중심으로 생각해 봅시다. 발굴대원들 중에서 누가 범죄를 저지를 수단과 기회를 갖고 있었을까요? 캐어리는 작업장에 있었고, 콜먼은 하사니에 있었고, 박사님은 옥상에 올라가 있었습니다. 그러면 라비뉴이 신부, 머캐도 부인, 데이비드 에모트, 칼 레이터, 존슨 양, 그리고 레서런 간호사가 남습니다.」

「오!」

나는 질겁을 하고 의자에서 벌떡 몸을 일으켰다.

포와로는 두 눈을 깜박거리면서 나를 쳐다보았다.

「레서런 간호사, 유감스럽지만 당신도 거기에 포함시켜야겠습니다. 안뜰이 텅 비었을 때 당신이 다가가서 레이드너 부인을 살해하는 것은 퍽 쉬운 일이었을 거요. 당신은 그럴 만한 힘이 있으며, 그녀는 얻어맞는 순간까지도 당신을 전혀 의심하지 않았을 테니까요.」

나는 너무도 어이가 없어서 뭐라고 대꾸할 수가 없었다.

레일리 박사는 매우 재미있어하는 표정이었다.

「간호사가 환자들을 차례로 살해한 어이없는 사건이 있었죠.」

그는 중얼거렸다.

나는 화가 나서 그를 노려보았다!

레이드너 박사의 마음은 다른 방향으로 치닫고 있었다.

「에모트는 아닙니다, 포와로 씨.」 그는 반대했다.

「그를 포함시킬 수는 없습니다. 기억해 보세요. 그는 그 10분 동안 나와 함께 옥상에 있었어요.」

「그렇지만 그 사람을 배제할 수는 없습니다. 그가 내려와서 곧장 부인의 방으로 간 다음 그녀를 살해하고, 소년을 불렀을 가능성도 있습니다. 그렇지 않다면 그가 소년을 당신에게 보낸 틈을 타서 부인을 살해했을지도 모르죠.」

레이드너 박사는 고개를 저으면서 중얼거렸다.

「무슨 그런 말을! 모두가 터무니없는 소리입니다.」

그러나 놀랍게도 포와로는 이렇게 말했다.

「그렇습니다, 그건 사실입니다. 이것은 터무니없는 사건입니다. 이런 사건은 드물죠. 대개 살인사건은 매우 지저분하고 너무 단순하죠. 그런데 이것은 색다른 살인사건입니다. 레이드너 박사님, 당신 부인은 좀 색다른 여자가 아니었습니까?」

그가 너무 예리하게 핵심을 찔렀기 때문에 나는 흠칫 놀랐다.

「안 그런가요, 레서런 양?」 그가 물었다.

레이드너 박사는 차분히 말했다.

「루이즈가 어땠는지 말해주시오, 레서런 양. 당신은 편견이 없는 사람이니까.」

나는 매우 솔직하게 이야기했다.

「그분은 매우 아름다웠어요. 누구나 그분을 좋아했고, 또 그분을 도와주고 싶어했죠. 저는 그런 분을 여태껏 만나본 적이 없어요.」

「고맙소.」

레이드너 박사가 내게 미소를 지어 보였다.

「그 말은 제3자에게서 들은 귀중한 증언입니다.」

포와로가 정중히 말했다.

「자, 계속합시다. '수단과 기회'라는 방향에서 우리는 일곱 명을 즉, 레서런 간호사, 존슨 양, 머캐도 씨, 머캐도 부인, 레이터 씨, 에모트 씨, 그리고 라비뉴이 신부를 지목했습니다.」

그는 다시 한 번 목청을 가다듬었다. 외국인들은 참으로 이상한 소리를 낸다고 나는 줄곧 생각하고 있었다.

「일단 첫 번째 가설이 맞다고 가정해 보기로 합시다. 다시 말해서, 살인자는 프레드릭이나 윌리엄 보스너이고, 그 프레드릭이나 윌리엄 보스너가 발굴단원의 일원이라고 가정해 봅시다. 이렇게 생각하면 우리가 지목한 용의자들을 네 명으로 좁힐 수 있습니다. 라비뉴이 신부,

머캐도 씨, 칼 레이터 씨, 그리고 데이비드 에모트 씨죠.」

레이드너 박사가 단호히 말했다.

「라비뉴이 신부는 불가능합니다. 그는 카르타고의 페르 블랑 수도원에서 왔습니다.」

내가 한마디 거들었다.

「그의 턱수염도 진짜예요.」

포와로가 말했다.

「레서런 양, 일류 살인자는 절대로 가짜 수염을 달지 않아요!」

나는 대들듯이 물었다.

「살인자가 일류라는 걸 선생님은 어떻게 아세요?」

「일류 살인자가 아니라면 모든 사실이 당장 나에게 들통나기 때문이죠. 그런데 이 사건은 그렇지가 않지 않습니까.」

그것은 순전히 거짓말이라고 나는 마음속으로 생각했다.

「어쨌든……」 나는 수염 얘기로 화제를 돌렸다.

「수염이 기르려면 시간이 꽤 걸릴 텐데요.」

포와로가 말했다.

「아주 잘 보셨군요.」

레이드너 박사가 화가 나서 말했다.

「하지만 그건 어리석은 생각입니다. 매우 어리석어요. 그와 머캐도는 모두 잘 알려진 사람입니다. 오래전부터 유명했지요.」

포와로가 그에게 얼굴을 돌렸다.

「당신은 잘못 생각하고 있군요. 중요한 사실을 이해하지 못하고 있단 말이오. 만일 프레드릭 보스너가 죽지 않았다면 그동안 그는 무엇을 하고 있었을까요? 그는 틀림없이 이름을 고쳤을 겁니다. 그리고 사회적인 경력도 쌓았겠죠.」

레일리 박사가 의심스럽다는 듯이 되물었다.

「페르 블랑의 수도사로 말입니까?」

포와로가 인정했다.

「이상하긴 합니다만, 그 점도 제쳐놓을 수는 없습니다. 뿐만 아니라 다른 가능성도 있으니까요.」

레일리가 물었다.

「그 젊은이들 말인가요? 당신이 내게 물어본다면 지목한 용의자들 중에서 가능성이 많은 사람을 한 명 말해줄 수는 있습니다.」

「그가 누구입니까?」

「젊은 칼 레이터입니다. 겉으로는 그에게 불리한 점이 없어 보이지만, 잘 조사해 보면 몇 가지 사실을 인정해야 할 겁니다. 먼저 나이가 맞고, 독일식 이름을 가지고 있으며, 올해 새로 왔고, 또 적당한 기회가 있었다는 점 등이 모두 해당됩니다. 그는 사진실을 나와 안뜰을 가로질러 그 끔찍한 짓을 저지른 다음 적당한 때를 봐서 재빨리 되돌아갔을 수도 있죠. 그가 방을 비웠을 동안 누군가가 사진실에 잠깐 들렀다고 한다면, 그는 암실에 있었다고 말할 수도 있을 테니까요. 나는 그가 범인이라고 말하고 싶지는 않지만, 만일 당신이 다른 사람에게 혐의를 두려고 한다면 난 그가 가장 혐의가 짙다고 말씀드리겠습니다.」

포와로 씨는 잘 이해되지 않는 모양이었다. 그는 진지하게 고개를 끄덕였지만 의심스러운 표정이었다.

「그렇습니다. 그가 가장 혐의가 짙은 사람으로 보일지 모르지만, 모든 것이 당신이 말한 것처럼 그렇게 간단하지는 않습니다.」

그러고 나서 덧붙였다.

「그 문제는 다음으로 미룹시다. 나는 지금 사건이 일어났던 방을 살펴보고 싶습니다.」

「그렇게 하시죠.」

레이드너 박사는 호주머니를 만지작거리다가 레일리 박사를 쳐다보며 말했다.

「메이틀랜드 서장이 열쇠를 갖고 있소.」

레일리 박사가 말했다.

「메이틀랜드가 내게 주었는데……, 쿠르디시 사건 때문에 나가봐야 겠다고 해서요.」

그는 열쇠를 끄집어냈다.

레이드너 박사가 머뭇거리면서 말했다.

「괜찮으시다면 내가 가지 않고, 레서런 양이…….」

포와로가 말했다.

「아, 좋습니다. 잘 알겠습니다. 당신에게 불필요한 고통을 주고 싶지는 않습니다. 당신이 기꺼이 나를 안내해주겠다면, 레서런 양.」

나는 대답했다.

「예, 물론이죠.」

제17장 세면대 옆의 얼룩

레이드너 부인의 시체는 부검을 하기 위해 하사니에로 옮겨졌다. 그 밖의 다른 것은 원래 상태 그대로 보존되어 있었다.

그녀의 방에는 물건이라고는 거의 없어서 경찰이 조사하는 데 시간이 별로 걸리지 않았다. 방에 들어가면 문 오른쪽에 침대가 있고, 왼쪽에는 뒤꼍 쪽으로 난 쇠창살이 달린 창문 두 개가 있었다.

그 사이에는 레이드너 부인이 화장대로 사용했던 서랍이 두 개 달린 수수한 참나무 탁자가 놓여 있었다. 동쪽 벽에는 한 줄로 옷이 걸려 있었으며, 그 위에 목면 덮개가 씌워져 있었고, 그 옆에는 서랍장이 있었다.

문의 바로 왼쪽에는 세면대가 있었고, 방의 중앙에는 보기 좋은 참나무 탁자가 있었는데, 그 위에는 압지와 잉크스탠드, 그리고 작은 손가방이 놓여 있었다. 레이드너 부인이 익명의 편지들을 보관했던 바로 그 손가방이었다.

커튼은 이 지방의 천으로, 오렌지색 바탕에 흰 줄무늬가 쳐진 짧은 것이었으며, 바닥은 돌이었는데, 염소 가죽이 깔려 있었다. 흰색 바탕에 갈색의 줄무늬가 있는 좁다란 염소 가죽 세 개가 두 개의 창문과 세면대 앞에 깔려 있었고, 침대와 필기용 테이블 사이에는 갈색 줄무늬 바탕에 흰색 무늬가 있는 다소 커다란 가죽이 깔려 있었다.

찬장이나 벽장, 또는 긴 커튼이 없기 때문에 어느 누구도 몸을 숨길 수 없는 곳이었다. 수수한 침대에는 날염된 면 누비이불이 하나 깔려 있었다. 그 방에서 유일하게 사치스러운 물건이라고는 부드럽고 매끄러운 재료로 만들어진 세 개의 베개뿐이었다. 레이드너 부인 말고는 아무도 이와 같은 베개를 갖고 있지 않았다.

레일리 박사는 레이드너 부인이 침대 옆에 있는 바닥에 웅크린 채 죽어 있었다고 짤막하게 설명했다. 그는 좀 더 자세한 설명을 듣기 위해서 나에게 앞으로 오라는 손짓을 보냈다.

「괜찮다면 보여주겠소, 레서런 양.」

나는 망설이지 않고 레이드너 부인의 시체가 발견되었던 곳에 가능한 그대로, 그녀가 쓰러져 있던 자세로 쪼그리고 누웠다.

「레이드너 박사가 그녀를 발견하고는 그녀의 머리를 치켜들었죠.」

의사가 말했다.

「그러나 그에게 물어본 결과 그는 그녀의 위치를 바꾸어 놓지 않았더군요.」

포와로가 말했다.

「분명한 것 같습니다. 그녀는 잠을 잤거나, 아니면 쉬고 있었거나, 그냥 침대에 누워 있었습니다. 그런데 누군가가 문을 열자 벌떡 일어섰습니다.」

의사가 말을 끝냈다.

「그리고 범인은 그녀를 내리쳤습니다.」

「그녀는 정신을 잃고 얼마 안 있어 숨이 끊어졌을 겁니다. 알고 계시겠지만…….」

그는 전문용어를 써가며 상황을 설명했다.

「그러면 피는 많이 흘리지 않았겠군요?」

포와로가 물었다.

「예, 뇌 속에서 출혈이 있었을 뿐입니다.」

포와로가 말했다.

「좋습니다, 충분히 그럴 수 있습니다. 한 가지를 제외하고는요. 방에 들어왔던 사람이 낯선 사람이었다면 레이드너 부인이 왜 비명을 지르지 않았을까요? 그녀가 비명을 질렀다면 누군가가 들었을 텐데요. 여기 있는 레서런 간호사도 그 소리를 들을 수 있었을 테고, 에모트나 하인도 들을 수 있었을 겁니다.」

레일리 박사가 차갑게 말했다.

「그것은 쉽게 대답할 수 있죠. 낯선 사람이 아니었기 때문입니다.」

포와로가 고개를 끄덕였다.

「그렇습니다.」

그는 생각에 잠긴 채 말했다.

「그녀는 그 사람을 보고 놀랐을지는 모르지만, 두렵지는 않았습니다. 그리고 그에게 일격을 받는 순간 그녀가 가냘픈 비명을 질렀을지 모르지만……, 이미 때는 너무 늦었던 거죠.」

「그 소리를 존슨 양이 들은 게 아닐까요?」

「예, 그녀가 소리를 들었다면 바로 그 소리를 들었을 겁니다. 하지만 난 그 점에 대해서 회의적입니다. 이 벽은 두껍고 창문은 닫혀 있었으니까요.」

그는 침대로 다가섰다.

「당신이 나올 때 그녀는 누워 있었습니까?」

그가 나에게 물었다.

나는 내가 했던 행동을 정확하게 설명해주었다.

「그녀는 잠을 자고 있었을까요, 아니면 책을 읽고 있었을까요?」

「저는 그녀에게 두 권의 책을 드렸어요. 얄팍한 것과 두꺼운 회고록이었죠. 그녀는 종종 책을 읽다가 단잠에 빠지곤 했어요.」

「그리고 그녀는……, 여느 때와 마찬가지였습니까?」

나는 곰곰이 생각해 보았다.

「예, 여느 때와 다름이 없었으며 기분이 좋아 보였어요. 조금 쌀쌀맞긴 했지만, 그것은 그녀가 그저께 제게 모든 것을 털어놓았기 때문이라고 생각했죠. 사람들은 그러고 나면 대개 조금 어색해하는 법이니까요.」

포와로의 눈이 번쩍였다.

「아, 그렇죠. 나도 그것을 잘 알고 있습니다.」

그는 방을 둘러보았다.

「그리고 살인사건이 난 뒤 이 방에 들어왔을 때, 전과 달라진 것은 없었나요?」

나도 역시 방을 둘러보았다.

「예, 없는 것 같아요. 달라진 점이 기억나지 않아요.」

「그녀가 얻어맞은 흉기의 흔적도 없었나요?」

「예.」

포와로는 레일리 박사를 쳐다보았다.

「흉기가 무엇이라고 생각합니까?」

의사는 말이 끝나기 무섭게 대답했다.

「상당히 크고, 날카로운 부분이 없는 매우 육중한 흉기였을 것 같습니다. 이를테면 동상의 둥근 밑받침 같은 것이죠. 그것이 흉기였다는 게 아니라, 그런 종류라는 것이죠. 범인은 아주 세게 내리쳤습니다.」

「힘이 센 팔로……, 남자였겠죠?」

「그렇죠, 만일에…….」

레일리 박사가 천천히 말했다.

「레이드너 부인이 무릎을 꿇고 있었을지도 모릅니다. 그런 경우, 육중한 흉기로 위에서 내리친다면 그렇게 힘이 세지 않아도 될 겁니다만.」

포와로는 생각에 잠겼다.

「무릎을 꿇고 있었다? 그것도 하나의 착상이죠.」

의사는 재빨리 말을 얼버무렸다.

「신경 쓰지 마십시오. 그저 해본 소리니까요. 전혀 근거도 없는 겁니다.」

「하지만 가능성은 있죠.」

「그렇죠. 결국 상황을 고려해 보면, 그것은 이상한 일도 아닙니다. 그녀는 본능적으로 너무 늦었으며, 어느 누구도 방으로 들어올 수 없다고 판단하고서 겁에 질린 채 고함을 지르지 않고 무릎을 꿇고서 애원했을지도 모르죠.」

「그렇죠.」 포와로가 생각에 잠긴 채 말했다.

「그것도 한 가지 착상이군요.」

나는 터무니없는 착상이라고 생각했다. 레이드너 부인이 누군가에게 무릎을 꿇었다는 것은 나로서는 도저히 상상도 할 수 없었다.

포와로는 천천히 방을 살펴보았다. 그는 창문을 열고, 쇠창살을 검사해 보고는 그 사이로 머리를 내밀어 보았다. 그리고 어깨가 나갈 수 없다는 것을 확인하고는 만족해했다.

「시체를 발견했을 때 창문은 모두 닫혀 있었습니다.」

포와로가 말했다.

「그런데 당신이 12시 45분에 이 방을 나갈 때도 창문이 모두 닫혀 있었나요?」

「예, 오후에는 항상 창문이 닫혀 있어요. 거실과 식당의 창문에는 쇠그물이 있지만, 이 방의 창문에는 없거든요. 파리가 들어오지 못하도록 늘 창문을 닫아두죠.」

「어떠한 경우라도 창문으로 들어올 수는 없단 말이죠?」

포와로는 생각에 잠겼다.

「그리고 흙벽은 단단하고 천장에도 문이 없으니 이 방에 들어오려면 문을 통해야만 하죠. 게다가 문으로 통하는 길도 안뜰을 지나서 오는 수밖에 없고, 또 안뜰의 출입구도 아치형 문 하나뿐인데. 아치형 문 바깥에는 다섯 명의 사람들이 있었고, 그들은 똑같은 말을 하고 있습니다. 나는 그들이 거짓말을 한다고는 생각지 않습니다. 물론 입을 다물어 달라고 뇌물을 받지도 않았고요. 그런데 살인자는 이 방에 있었습니다.」

나는 아무 말도 하지 않았다. 모두가 식탁에 둘러앉았을 때도 이런 느낌을 받았다.

포와로는 천천히 방 안을 맴돌았다. 그는 서랍장에서 사진 한 장을 집어 들었다. 백발의 수염이 성성한 어떤 노인의 사진이었다.

그는 물어보듯이 나를 쳐다보며 말했다.

「레이드너 부인의 아버지예요. 제게 그렇게 얘기했어요.」

그는 사진을 내려놓고, 화장대 위에 놓여 있는 물건들을 힐끗 쳐다보았다. 모두 귀갑(龜甲)으로 만든 것이었는데 단순하지만 좋은 것들이었다.

그는 선반 위에 꽂혀 있는 책을 쳐다보면서 제목들을 큰 소리로 읽었다.

「<그리스인들은 누구인가?>, <상대성 이론 입문>, <헤스터 스탠호프 부인의 생애>, <클루 트레인>, <므두셀라 이후>, <린다 콘던>. 맞아, 이 책들이 뭔가를 말해주는군요. 레이드너 부인, 그녀는 어리석지 않았습니다. 그녀는 지적인 여자였습니다.」

나는 열렬하게 말했다.

「오! 그녀는 매우 영리한 여자였어요. 책을 많이 읽었고 아는 것도 많았죠. 하지만 그녀는 정상적인 사람과는 조금 다른 면이 있었어요.」

그는 나를 넘겨다보며 미소를 지었다.

「맞아요. 난 벌써 알고 있었소.」

그는 내 옆을 지나서 세면대 앞에 잠시 멈춰 섰다. 그 위에는 병이며 화장품 용기들이 놓여 있었다.

그때 갑자기 그가 무릎을 꿇고 바닥 깔개를 살펴보기 시작했다.

레일리 박사와 나는 얼른 포와로 쪽으로 다가갔다. 그는 조그만 암갈색 얼룩을 면밀히 살펴보고 있었다. 바닥 깔개가 갈색이기 때문에 거의 보이지도 않는 얼룩이었다. 사실 그 얼룩은 흰색 줄무늬가 접해 있는 곳에서만 알아볼 수 있었던 것이다.

포와로가 물었다.

「어떻게 생각합니까, 박사님? 이건 핏자국일까요?」

레일리 박사가 무릎을 꿇으며 말했다.

「그럴지도 모르죠. 원하신다면 확인해 보도록 하죠.」

「그렇게 해주시면 고맙겠습니다.」

포와로는 물병과 세면기를 살펴보았다. 물병은 세면대 옆에 놓여 있었다. 세면기는 비어 있었지만, 세면대 옆에는 구정물이 담겨 있는 낡은 석유통이 하나 있었다.

그가 나에게로 돌아섰다.

「레서런 양, 당신은 12시 45분에 레이드너 부인의 방을 나갈 때 이 물병이 세면기 안에 있었는지, 밖에 있었는지 기억할 수 있습니까?」

나는 잠시 뒤에 대답했다.

「글쎄요, 세면기 안에 있었던 것 같아요.」

「그래요?」

나는 서둘러서 말했다.

「하지만 그건……, 늘 그 자리에 있기 때문에 그렇다고 말하는 것뿐이에요. 하인들은 점심을 먹은 뒤에는 물병을 안에 두거든요. 만일 물병이 안에 있지 않았다면 제가 그것을 알아차렸을 거예요.」

그는 잘 알겠다는 듯이 고개를 끄덕였다.

「아, 알겠어요. 이 모든 건 다 당신이 병원에서 일했기 때문이죠. 방 안의 물건이 제자리에 있지 않았다면 자신도 모르는 사이 제자리에 정돈해 놓았을 겁니다. 그러면 살인사건 이후에는요? 지금 있는 그대로

였나요?」

나는 머리를 저으며 말했다.

「모르겠어요. 저는 범인이 숨을 만한 곳이 있나, 또는 범인이 무엇을 남기고 가지 않았나 하고 둘러보았을 뿐이에요.」

「핏자국이 맞습니다.」 레일리 박사가 일어서면서 말했다.

「중요한 걸까요?」

포와로는 당황한 듯이 이맛살이 찌푸리고 있다가 갑자기 두 손을 내저었다.

「글쎄요, 뭐라고 말해야 좋을지 모르겠습니다. 그것은 아무 의미가 없을 수도 있습니다. 굳이 말하자면, 범인이 그녀에게 손을 댔다가 손에 피가 묻어서—아주 조금— 이곳에 와서 손을 씻었다고 할 수 있겠죠. 물론 가능한 얘기입니다. 하지만 이건 너무 비약시킨 겁니다. 얼룩은 조금도 중요하지 않을 수도 있습니다.」

레일리 박사가 의심스러운 듯이 말했다.

「피는 거의 나오지 않았을 겁니다. 피가 쏟아져 나오거나 그런 일은 없었을 겁니다. 단지 상처에서 약간 스며 나왔을 수는 있겠죠. 물론 범인이 그것을 닦아냈다면…….」

나는 파르르 떨었다. 그 끔찍스러운 모습이 뇌리를 스치고 지나갔다.

그건 어떤 사람의 환상이었다. 사진처럼 내 마음에 떠오른 돼지 같은 얼굴을 한 그 사람은 아름다운 여인을 때려 쓰러뜨리고서 매우 흡족한 얼굴로 허리를 구부린 채 손가락으로 상처를 닦아내고 있었다.

그 끔찍스러운 모습! 난폭하고 미치광이 같은 모습!

레일리 박사는 떨고 있는 나를 보며 말했다.

「왜 그래요, 레서런 양?」

「아무것도 아니에요. 소름이 끼쳐서요. 등골이 오싹한 느낌이 들어요.」

포와로가 돌아서서 나를 쳐다보며 말했다.

「그럴 만도 하지. 이곳에서 일을 끝내고 박사님과 하사니에로 돌아갈 때 당신도 함께 가도록 합시다. 레서런 간호사에게 차 한 잔 주시겠습니까, 박사님?」

「그러죠.」

나는 사양했다.

「오, 아니에요, 박사님. 그렇게까지 안 해주셔도 돼요.」

포와로는 내 어깨를 다독거려 주었다. 외국식이 아니라 영국식이었다. 그가 말했다.

「자, 레서런 양. 내가 말한 대로 해요. 그렇게 해주면 내게 많은 도움이 될 거요. 알고 싶은 것이 많은데, 여기에서는 신경 쓸 것이 많아서 얘기할 수가 없소. 레이드너 박사, 그 양반은 아내를 몹시 사랑하고, 또 다른 사람들도 모두 그녀를 사랑한다고 확신하고 있소. 하지만 모두 본심에서 우러나온 것은 아니었을 거요! 자, 우리 레이드너 부인에 대해서 툭 털어놓고 얘기해 봅시다. 이젠 다 됐습니다. 우리가 이곳 일을 마치고 하사니에로 갈 때 함께 가는 겁니다.」

나는 조금 미심쩍게 말했다.

「제 생각으로는……, 저는 여길 떠나는 게 좋을 것 같아요. 여기 있는 게 좀 어색하거든요.」

레일리 박사가 말했다.

「하루나 이틀 정도는 아무 일도 하지 마시오. 장례식이 끝날 때까지는 어쨌든 편안하지 못할 테니까.」

내가 말했다.

「정말 그래요. 그러다가 저까지 살해당하는 것이 아닐까 하는 생각이 들어요, 박사님.」

나는 반쯤은 농담조로 말했으며, 레일리 박사도 그런 식으로 받아들이고, 우스갯소리로 대답했던 것 같다.

그러나 놀랍게도 포와로는 두 손으로 머리를 감싼 채 방 한가운데서 있었다.

그는 중얼거렸다.

「아! 그럴 가능성이 있어. 큰일인데. 그래, 정말 위험해. 어떻게 해야하지? 어떻게 보호하면 되지?」

내가 말했다.

「어머, 포와로 씨! 저는 농담을 했을 뿐이에요. 누가 저를 죽이려고하겠어요?」

「당신……, 아니면 다른 사람일 겁니다.」

나는 그가 말하는 방식이 마음에 들지 않았다. 정말 등골이 오싹했던 것이다.

「무엇 때문예요?」

나는 대들듯이 물었다.

그제야 그는 나를 똑바로 쳐다보며 말했다.

「농담입니다, 마드무아젤. 하지만 농담이 아닌 부분도 있습니다. 내직업적인 직감에서 얻은 것들인데, 그중에서 가장 무서운 것은 '살인은습관'이라는 겁니다.」

제18장 레일리 박사 집에서 차를 마시다

　포와로는 떠나기에 앞서 발굴단 숙소와 바깥 건물 주위를 둘러보았다. 또 간접적으로 하인들에게 몇 마디 질문을 했다.

　레일리 박사가 중간에서 영어를 아랍어로, 또 아랍어를 영어로 질문과 답변을 통역해주었다. 대개의 질문은 창문으로 안을 들여다보다가 레이드너 부인과 내게 들킨 적이 있고, 다음 날 라비뉴이 신부와 얘기를 나누던 낯선 사람에 대한 것이었다.

　차를 타고 덜커덕거리면서 하사니에로 가고 있을 때, 레일리 박사가 물었다.

　「당신은 그 낯선 사람이 이 사건과 관계가 있다고 생각하십니까?」

　포와로가 대답했다.

　「아니, 나는 정보를 모으는 것을 좋아해서요.」

　그 말은 정말 그의 수사방법을 아주 잘 나타내 주는 말이다.

　나는 그가 아무리 하잘것없는 사소한 소문에도 관심을 둔다는 것을 나중에야 알게 되었다. 남자들은 대개 그런 소문에는 관심이 없는 법이다. 레일리 박사의 집에 도착했을 때 나는 차를 마시게 되어 정말 기뻤다.

　포와로는 자기 차에 설탕을 다섯 덩어리나 집어넣었다.

　그는 조심스럽게 차를 저으면서 말했다.

　「이제 얘기할 수 있겠죠? 누가 범행을 저질렀을까 하는 자신의 생각을 말해 봅시다.」

　「라비뉴이, 머캐도, 에모트, 아니면 레이터?」

　레일리 박사가 물었다.

　「아니, 아닙니다. 그것은 그저 가정이었습니다. 나는 두 번째 가정에 집중하고 싶습니다. 과거로 거슬러 올라가서 정체불명의 남편이나 시동생에 대한 문제는 일단 제쳐두기로 합시다. 발굴단원 중에 누가 레이드너 부인을 살해할 기회와 수단을 가졌으며, 누가 그런 짓을 했을 가능성이 가장 많은지 토론해 봅시다.」

「당신은 그 가정을 가장 중요하게 생각하지 않았습니까?」

「예, 하지만 그때 나는 곤란한 처지에 있었습니다.」

포와로는 변명하듯이 말했다.

「내가 어떻게 레이드너 박사 앞에서 단원 중 한 명이 범인일 가능성이 있다고 말할 수 있겠습니까? 그것은 신중하지 못한 행동이지요. 나는 그의 아내가 사랑스러우며 모든 사람이 그의 아내를 존경했다는 말밖에는 할 수 없었습니다! 그러나 사실은 전혀 그렇지 않았습니다. 이제 우리는 다른 사람의 시선에 구애받지 않고 생각하는 것을 냉정하게 말할 필요가 있습니다. 더 이상 다른 사람들의 기분에 신경 쓸 필요가 없다는 뜻이지요. 그리고 레서런 간호사가 우리를 도와줄 겁니다. 간호사는 아주 뛰어난 관찰력을 지녔으니까요.」

나는 말했다.

「오, 저는 모르겠어요.」

레일리 박사는 나에게 핫케이크 한 접시를 건네주었다.

「좀 들어봐요.」

정말 맛있는 핫케이크였다.

「자, 이제…….」

포와로는 다정한 목소리로 수다스럽게 말했다.

「레서런 양, 발굴단원들이 레이드너 부인에 대해 어떻게 느끼고 있었는지 정확하게 말해주시오.」

「저는 그곳에 겨우 1주일밖에 있지 않았어요, 포와로 씨.」

나는 말했다.

「당신의 총명한 눈으로 파악하기에 충분한 시간이죠. 간호사란 이해가 빠른 법이거든요. 그리고 일단 판단을 내리면 그 판단을 오랫동안 마음속에 간직하죠. 자, 시작해 봅시다. 라비뉴이 신부는 어떻습니까?」

「음, 글쎄요. 뭐라고 말씀드릴 수가 없군요. 그와 레이드너 부인은 사이좋게 지내는 것 같았어요. 하지만 그들은 대개 불어로 말했어요. 학교에서 불어를 배우긴 했지만 전 능통하지 못하기 때문에 그들의 말을 알아듣지 못했어요. 그들은 주로 책에 대해서 이야기하는 것 같았는데…….」

「그러니까 그들은 서로 다정했다는 말이군요?」

「그래요, 그렇다고 말할 수 있겠죠. 하지만 라비뉴이 신부는 그녀 때문에 당황해하는 것 같았어요. 그리고 거의 화가 나 있었던 것 같았어요.」

나는 라비뉴이 신부가 첫날 발굴 작업장에서 레이드너 부인이 '위험한 여자'라고 했던 말을 그에게 전해주었다.

포와로가 말했다.

「흥미있는 얘기로군요. 그리고 그녀는……, 레이드너 부인은 그를 어떻게 생각했던 것 같습니까?」

「정말 어려운 질문이군요. 레이드너 부인이 사람들을 어떻게 생각했는지는 잘 모르겠어요. 그런데 라비뉴이 신부가 가끔 레이드너 부인을 곤란하게 한 모양이에요. 그녀가 레이드너 박사님에게 그는 자신이 알고 있던 성직자들과는 전혀 딴판이라고 말했던 것이 기억나요.」

레일리 박사가 익살스럽게 말했다.

「라비뉴이 신부에게 교수형 밧줄을 준비해 두어야겠군.」

포와로가 말했다.

「혹시 환자들이 기다리고 있지 않을까요? 나는 당신의 일을 조금도 방해하고 싶지 않습니다.」

레일리 박사가 말했다.

「혼자 병원 전체를 맡고 있어서…….」

그는 일어서서 눈먼 말에게는 윙크나 목례나 마찬가지라고 말하고는 웃으면서 방을 나갔다.

포와로가 말했다.

「좋아요. 이제 정말 머리를 맞대고 흥미로운 이야기를 할 수 있게 되었군요. 어서 차를 드십시오.」

그는 나에게 샌드위치 한 접시를 건네주고서 차를 한 잔 더 마시라고 했다. 그는 매우 상냥하고 자상한 사람이었다.

「그럼, 이제 당신 얘기를 계속 들어보도록 합시다. 당신 생각에 누가 레이드너 부인을 좋아하지 않았던 것 같소?」

내가 말했다.

「글쎄요, 이것은 단지 제 생각일 뿐이니까 누구에게 말씀하지는 마세요.」

「그야 물론이죠.」

「제 생각에는 머캐도 부인이 그녀를 상당히 미워했던 것 같아요!」

「저런! 그럼, 머캐도 씨는?」

내가 말했다.

「그는 그녀에게 꽤 친절했어요. 그의 부인은 어떨지 몰라도 아마 그런 남자에게 따뜻하게 대해줄 여자는 없을 거예요. 레이드너 부인이 모든 사람들에게 친절히 대하면서 자기에게 하는 얘기도 잘 들어주는 바람에 그 가엾은 남자는 그만 그녀에게 푹 빠졌던 모양이에요.」

「그럼, 머캐도 부인이 좋아하지 않았겠군요.」

「그녀는 무척 질투하고 있었어요. 정말이에요. 선생님 주위에 부부가 있으면 신중하게 행동하셔야 해요. 놀라운 일이 일어날 수 있거든요.

여자들은 남편 문제에 대해서는 터무니없는 생각을 하게 되니까요」

「그건 맞는 말입니다. 그래서 머캐도 부인이 질투를 했나 보군요? 그녀는 레이드너 부인을 미워했습니까?」

「그녀는 마치 죽이고 싶다는 듯한 눈길로 레이드너 부인을 쳐다보곤 했어요. 오, 끔찍해요!」

나는 갑자기 입을 다물었다.

「포와로 씨, 그렇지 않았어요! 전혀 그런 적이 없어요!」

「그럼요, 물론이죠. 알고 있습니다. 말이 빗나간 것뿐이죠. 그냥 불쑥 튀어나온 말이겠죠. 그런데 레이드너 부인은 머캐도 부인의 그런 질투심 때문에 괴로워했나요?」

나는 곰곰이 생각하다가 말했다.

「글쎄요. 그녀는 하나도 괴로워하지 않았어요. 그녀가 그런 것을 눈치 채고 있었는지조차도 모르겠어요. 언젠가 제가 힌트를 줄까 하고 생각도 해 보았지만 그러고 싶지 않았어요. 말은 적을수록 좋다는 것이 제 생각이거든요!」

「정말 현명하군요. 머캐도 부인이 어떤 식으로 자기의 감정을 나타냈는지 설명해주시겠습니까?」

나는 우리가 옥상에서 나누었던 대화를 들려주었다.

「그녀가 레이드너 부인의 첫 번째 결혼에 대해 언급했단 말이죠?」

포와로가 생각에 잠긴 채 말했다.

「이야기를 하면서 당신이 그 일에 대해 다른 이야기를 들은 적은 없는지 궁금해하는 눈빛으로 쳐다보지는 않던가요?」

「그녀가 사건에 대해서 뭔가 알고 있다고 생각하시는 건가요?」

「그럴 가능성도 있습니다. 그런 편지들을 보내고……, 창문을 두드리고, 또 그 밖의 소동을 벌인 것이 그녀일 수도 있죠.」

「저도 그런 생각을 해 봤어요. 하지만 그녀가 하기에는 좀 지나치게 잔인한 일 같아요.」

「예, 잔인한 짓이죠. 그렇게 잔인한 살인사건을 저지를 정도의 성격은 아닐 겁니다.」

그는 잠시 멈추었다가 말했다.

「레이드너 부인이 당신에게 '난 당신이 왜 여기에 왔는지 알고 있어요.'라고 한 말이 이상하군요. 그녀가 무슨 뜻으로 그런 말을 했을까요?」

「잘 모르겠어요.」 나는 솔직하게 말했다.

「그녀는 당신이 표면적인 이유 외에 다른 어떤 이유 때문에 거기에 온 거라고 생각하고 있었습니다. 그것이 어떤 이유일까요? 그리고 왜 그녀가 그 점에 대해서 그렇게 관심을 갖고 있었을까요? 또 왜 당신이 도착한 날 차를 마시면서 당신을 뚫어지게 쳐다보았을까요?」

나는 시치미를 떼며 말했다.

「그녀는 숙녀가 아니었어요, 포와로 씨.」

「레서런 양, 그것은 변명이지 설명이 못 됩니다.」

나는 그의 말을 이해하지 못했다.

그러나 그는 틈을 주지 않고 계속 말했다.

「그리고 다른 사람들은 어떻습니까?」

나는 곰곰이 생각했다.

「존슨 양도 레이드너 부인을 좋아했다고 생각하지 않아요. 하지만 그녀는 그 점에 대해서 노골적으로 얘기했어요. 자신은 편견을 가지고 있다고 인정했으니까요. 그녀는 레이드너 박사님을 존경하고 오랫동안 그와 함께 일해 왔죠. 오, 물론 결혼을 하면 변하기 마련이죠. 그건 부인할 수 없는 사실이에요.」

포와로가 말했다.

「그렇죠, 그리고 존슨 양의 관점에서 보면 그것은 어울리지 않는 결혼이었을 테죠. 레이드너 박사가 존슨 양과 결혼했더라면 좋았을지도 모르죠.」

나는 동의했다.

「그럴지도 모르죠. 하지만 그런 것은 남자에게 달린 문제예요. 저는 어울리는 사람은 거의 없다고 봐요. 그러니까 레이드너 박사님을 탓해서는 안 된다고 생각해요. 가엾은 존슨 양은 예쁜 편이 아니에요. 하지만 레이드너 부인은 정말 아름답죠. 물론 젊지는 않지만요. 오! 선생님이 그녀를 보았어야 하는 건데…… 그녀에겐 뭔가 특별한 게 있었어요. 콜먼 씨는 그녀가 사람을 홀려서 구렁텅이에 빠뜨리는 요정 같다고 말했어요. 그것이 꼭 정확한 표현은 아니지만. 오, 선생님은 놀라실지 모르지만 그녀에겐 어딘지 신비로운 데가 있었어요.」

「그녀가 사람을 홀렸단 말이죠? 알고 있습니다.」

포와로가 말했다.

「그리고 그녀와 캐어리 씨도 사이가 좋았다고는 생각하지 않아요.」

나는 계속 말을 이었다.

「그도 존슨 양처럼 질투를 했던 것 같아요. 그는 항상 레이드너 부인에게 뻣뻣하게 대했으며 그녀도 마찬가지였어요. 그녀는 그에게 물건을 건네줄 때 지나칠 정도로 정중했으며, 또 그를 캐어리 씨라고 부르는 것도 좀 형식적으로 들렸어요. 그는 물론 남편의 오랜 친구였죠. 자기 남편의 오랜 친구들을 싫어하는 여자들도 많아요. 자기가 알기 이전에 누군가가 자기 남편을 더 잘 알고 있었다는 것 자체를 좋아하지 않는 거죠. 조금은 이상한 생각이긴 하지만…….」

「잘 알았습니다. 그리고 나머지 젊은이 세 명은 어떻습니까? 당신은 콜먼이 그녀에 대해 사적인 감정을 갖고 있다고 말했죠?」

나는 웃음이 터져 나왔다.

「재미있군요, 포와로 씨. 그는 그저 평범한 청년이에요.」

「그리고 다른 두 명은?」

「에모트에 대해서는 아무것도 몰라요. 그는 항상 조용하고 말이 없었거든요. 레이드너 부인은 그분에게 항상 친절하게 대했어요. 그녀는 그를 다정하게 데이비드라고 불렀으며, 레일리 양에 관한 얘기로 그를 놀려대곤 했죠.」

「아, 그렇습니까? 그러면 그는 그런 걸 좋아했습니까?」

나는 조심스럽게 말했다.

「잘 모르겠어요. 그는 다소 우스꽝스럽게 그녀를 쳐다보곤 했지요. 아무리 선생님이라도 그가 무슨 생각을 하고 있는지는 알아내실 수 없을 거예요.」

「그리고 레이터 씨는?」

나는 느릿느릿 말했다.

「그녀는 그분에게 늘 잘 대해주지 않았어요. 그 사람이 그녀의 신경에 거슬렸다는 생각이 들어요. 그녀는 으레 그에게 매우 빈정거리는 말투를 썼거든요.」

「그래서 그가 반감을 가졌나요?」

「그는 안타깝게도 그때마다 얼굴을 붉히더군요. 물론 그게 불친절했다는 뜻은 아니에요.」

그러자 갑자기 내게 그 사람에 대한 약간의 유감이 있었기 때문인지 그가 매우 그럴싸한 냉혈적인 살인자이고, 또한 늘 그런 역할을 담당하고 있었다는 생각이 머릿속을 스쳐갔다.

나는 큰 소리를 냈다.

「오, 포와로 씨. 선생님은 정말로 또 무슨 일이 일어날 수 있다고 생각하시는 건가요?」

그는 생각에 잠긴 채 서서히 고개를 흔들며 말했다.

「자, 이제 말해 봐요.」

「물론 선생님이 하신 말씀은 기억하고 있지만, 세상에 누가 저를 죽이려고 하겠어요?」

그는 천천히 말했다.

「어느 누구도 그럴 순 없겠죠. 그것은 그냥 당신이 무슨 말을 하는지 듣고 싶어서 그런 것뿐이오. 아니, 난 당신이 매우 안전하다고 확신합니다.」

나는 입을 열다가 말을 그쳐버렸다.

「만일 바그다드에서 저에 대한 얘기를 들으셨다면……」

그가 물었다.

「당신은 이곳에 오기 전에 레이드너 씨 부부와 발굴 작업에 관한 얘기를 들은 적이 있나요?」

나는 레이드너 부인의 별명과, 켈세이 부인이 그녀에 대해 늘어놓았던 몇 마디 이야기를 말해주었다.

이야기 도중에 문이 열리더니 레일리 양이 들어왔다. 손에 라켓을 쥐고 있는 것으로 보아 그녀는 테니스를 치고 온 모양이었다.

포와로가 하사니에에 도착했을 때 그는 이미 그녀를 만난 적이 있었다는 걸 나는 한눈에 알아보았다. 그녀는 몸에 밴 무뚝뚝한 태도로 나에게 인사를 하고는 샌드위치 한 조각을 집어 들었다.

그녀가 말했다.

「저, 포와로 씨. 그 시골의 살인사건은 어떻게 진척되고 있나요?」

「별 진전이 없군요, 아가씨.」

「선생님이 레서런 간호사를 파멸의 구렁텅이에서 구출해 오신 모양이군요.」

「레서런 간호사는 발굴단원에 관한 귀중한 정보를 내게 제공해주고 있어요. 또 다행스럽게도 희생자에 관해서도 많은 정보를 얻었답니다. 희생자는 흔히 그 사건 해결에 중요한 단서가 되는 법이거든요, 아가

씨.」

레일리 양이 말했다.

「포와로 씨, 선생님은 상당히 자신만만하시군요. 하지만 정말 살해되어야 할 여자가 있다면, 레이드너 부인이 바로 그런 여자라고요!」

나는 화가 치밀어 고함을 쳤다.

「레일리 양!」

그녀는 매우 불쾌한 웃음을 잠깐 지어 보였다.

「아!」 그녀가 말했다.

「당신이 내 얘기를 듣고 있는 줄은 몰랐군요. 대다수의 다른 사람들처럼 레서런 간호사도 기만당한 것 같군요. 포와로 씨, 선생님이 이 사건의 승리자가 되지 않기를 제가 바라고 있다는 것을 알고 계세요? 이 사건을 미궁에 빠뜨리기 위해 전 루이즈 레이드너의 살인자 편에 설 겁니다. 사실은 말이죠, 저라도 그녀를 감쪽같이 해치우는 방법을 알았다면 망설이지 않았을 거예요.」

나는 그녀에게 역겨움을 느꼈다.

단언하지만 포와로는 머리카락 하나 까딱하지 않았다.

그는 그저 머리만 끄덕이고서 매우 즐거운 표정으로 말했다.

「그러면 아가씨는 어제 오후에 어디에 있었는지 알리바이를 댈 수 있을 것 같은데?」

짤막한 침묵이 흘렀다.

그때 레일리 양의 라켓이 쿵 하는 소리를 내며 마룻바닥에 떨어졌다. 그녀는 얼른 라켓을 집어 들었다. 참으로 단정치 못하고 제멋대로 구는 여자였다!

그녀는 숨이 넘어가는 목소리로 말했다.

「오, 그러죠. 저는 클럽에서 테니스를 치고 있었어요. 하지만 포와로 씨, 전 선생님이 레이드너 부인에 관한 모든 것과 그녀가 어떤 종류의 여자였는지를 모두 알고 계시는지 정말 궁금하군요.」

그는 또다시 머리를 약간 끄덕이고는 말했다.

「나에게 알려주겠소, 아가씨.」

그녀는 잠깐 망설이다가 버릇없이 태연자약하게 이야기를 시작했다.
그 점이 나를 더욱 구역질나게 만들었다.

「흔히들 고인을 욕하지 않는 관례가 있는데, 전 그런 관례가 부질없
는 짓이라고 생각해요. 진실은 항상 진실이니까요. 대체로 살아 있는
사람들에겐 입을 다물고 있는 편이 나아요. 그들의 명예를 해칠지도
모르니까 말이죠. 하지만 죽은 자들은 그럴 염려가 없죠. 그들이 저질
러 놓은 죄는 죽은 뒤에도 종종 남아 있는 법이거든요. 셰익스피어의
말을 인용하는 것이 아니라, 정말 그렇다고요! 텔야리미아에서 있었던
그 이상한 분위기를 레서런 간호사가 선생님에게 말했는지 모르겠네
요? 그들 모두가 얼마나 신경질을 부렸는지 얘기하지 않던가요? 또한
그들이 원수처럼 서로 얼마나 노려보았는지도 들어보셨어요? 그것이
바로 루이즈 레이드너의 작태였어요. 제가 철부지였던 3년 전 이곳에
서의 그들은 상상할 수 있는 가장 행복하고 훌륭한 모습이었어요. 심
지어 작년까지만 해도 그들은 상당히 괜찮았어요. 하지만 올해에는 그
들에게 먹구름이 드리워졌지요. 그녀의 추태 때문이었어요. 그녀는 다
른 어떤 사람도 행복하도록 내버려 두지 않는 여자였다고요! 그러한
여자들이 늘 있기 마련이지만, 그녀가 바로 그런 종류의 여자였어요!
그녀는 항상 만사를 깨뜨려 놓고자 했어요. 단지 재미삼아, 혹은 권력
의식에서, 또는 그런 식으로 성장한 탓에 말이에요. 또한 그녀는 가능
한 한 사내들은 모조리 붙들어 매두어야만 했던 그런 부류의 여자였
다고요!」

나는 고함을 쳤다.

「레일리 양, 나는 그 말이 사실이 아니라고 생각해요. 사실은 그와

다르다는 것을 나는 알고 있어요.」

그녀는 나는 안중에도 두지 않고 계속해서 말했다.

「그녀는 남편이 자기를 애지중지하는 것만으로는 마음이 차지 않았어요. 길쭉한 다리로 뻣뻣하게 걷는 그 바보 같은 머캐도를 붙잡아 두려고 했고, 또 빌에게까지도 추파를 던졌다고요. 빌은 그중에도 좀 나은 사람이었지만, 그녀는 그 사람까지도 정신을 못 차리게 만들어 놓았어요. 또 칼 레이터를 괴롭히고서 희열을 느끼고 말이에요. 그는 민감한 청년이어서 그렇게 하기가 쉬웠을 거예요. 그리고 그녀는 데이비드도 얼마나 놀려댔다고요. 데이비드는 곧장 대들곤 했기 때문에 그녀에겐 아주 좋은 놀림감이었어요. 그는 그녀를 좋아하긴 했지만 마음을 주지 않았어요. 그녀가 자기에게 조금도 관심을 두지 않는다는 것을 알고 있었기 때문일 거예요. 이런 것들 때문에 그녀를 미워하는 거예요. 그녀는 관능적이지 않았어요. 또 연애를 원하지도 않았고요. 그녀는 그냥 재미로 그러는 거였어요. 사람들을 부추겨서 서로 싸우게 하는 데서 쾌감을 느꼈던 거지요. 단순한 장난이었다고요. 그녀는 평생 어느 누구와도 한 번도 다퉈본 적이 없는 여자예요. 하지만 그녀가 있는 곳에서는 항상 트러블이 벌어지기 마련이라고요! 그녀가 부추기는 거죠. 그녀는 이아고(셰익스피어의 오델로에 나오는 음흉하고 간악한 인물) 같은 여자예요. 비뚤어진 성격을 갖고 있었던 게 분명해요. 하지만 자기 자신은 끼고 싶어하지 않았죠. 그녀는 뒤에서 조장이나 하고 수수방관하면서……, 트러블을 즐기며 늘 멀찌감치 떨어져 있는 거죠. 오, 제 말뜻을 조금이라도 아실지 모르겠군요.」

포와로가 말했다.

「물론이죠. 아마 당신이 알고 있는 것보다 더 많이 알걸요, 아가씨.」

나는 그의 목소리를 이해할 수 없었다.

그의 목소리는 분노가 담긴 게 아니었다. 그의 말은 마치 '아니, 난 납득할 수 없군요.' 하는 뜻 같았다.

그녀의 얼굴이 새빨갛게 달아오른 것으로 보아 실러 레일리도 그렇게 느꼈던 모양이다.

「선생님 나름대로 판단하셔도 상관없어요. 하지만 그녀에 관해서는 제 판단이 옳을 거예요. 그녀는 영리하긴 했지만 생활이 지루했던 탓에, 화학 실험을 하듯이 다른 사람들을 실험했던 거라고요. 그녀는 나이 든 존슨 양의 감정까지도 자극해서 그녀가 얼굴을 찌푸리면서 한두 번 조롱당한 것이 아니라는 듯 자제하는 모습을 보고도 몹시 재미있어했어요. 그녀는 머캐도가 화가 치밀어 얼굴이 새하얘지도록 놀려대면서 고소해했어요. 또 내 아픈 곳을 찌르고는 좋아하기도 했고요. 기회가 있을 때마다 그랬어요! 또한 남들의 비밀을 캐내어 사람들을 꼬집었죠. 하지만 노골적인 협박을 했다는 뜻은 아니에요. 그녀는 그 사람에게 자기가 잘 알고 있다는 표정을 지어 사람을 불안하게 만들었어요. 게다가 그 솜씨는 정말 완벽했죠. 노골적이지도 않고 조금도 서둘지 않았으니까요!」

포와로가 물었다.

「그녀의 남편에 대해서는 어떻소?」

레일리 양이 천천히 말했다.

「그녀는 결코 남편의 감정을 건드리려고 하지 않았어요. 남편에게 깍듯하게 대하지 않은 것을 본 적이 한 번도 없거든요. 남편을 사랑했던 것 같아요. 그분은 자신의 세계, 발굴 작업과 그것에 관한 이론들에 몰두해 있었어요. 그리고 끔찍이도 아내를 사랑했고, 나무랄 데 없는 여자라고 생각했어요. 남편이 자신을 그렇게 생각해주면 답답해하는 여자들도 있는데, 그녀는 그렇지 않더군요. 어떤 의미에서 그는 바보의 천국에서 살고 있었다고 할 수 있죠. 하지만 제 눈에 안경이니까 뭐

꼭 그렇다고는 할 수 없겠죠. 그런데 이런 것과는 좀 어울리지 않는
일이…….」

그녀가 입을 다물었다.

「계속해 봐요, 아가씨.」

포와로가 말했다.

그녀가 갑자기 나를 향했다.

「리처드 캐어리에 관해 당신이 무슨 말을 했지요?」

「캐어리 씨에 대해서요?」 내가 놀라서 물었다.

레일리 양이 다시 물었다.

「그녀와 캐어리에 대해서 무슨 말을 했죠?」

나는 말했다.

「저……, 두 사람 사이가 별로 좋지 않은 것 같다고 했는데요?」

그러자 갑자기 그녀는 까무러치듯이 웃음을 터뜨렸다.

「사이가 별로 좋지 않다고요! 세상에! 그는 그녀를 끔찍이도 좋아하
고 있었다고요. 그런데 그는 레이드너를 존경하고 있었기 때문에 가슴
이 찢어질 듯했던 거예요. 레이드너는 몇 년간 사귀어 온 그의 친구였
으니까. 물론 그런 사실이 그녀에겐 대수롭지 않았을 테지만요. 그래서
그녀는 그들 사이를 갈라놓으려고 했지요. 하지만 아무래도 내 생각에
는…….」

「그래서요?」

그녀는 생각에 잠긴 채 미간을 찌푸리고 있었다.

「아마도 그녀는 너무 깊이 파고들었던 모양이에요. 두 사람 사이를
떼어놓기는커녕 오히려 말려 들어간 거죠! 캐어리 씨는 너무 잘생겼잖
아요? 그녀는 냉혹한 악녀였지만 그에게만은 냉혹할 수 없었던 모양이
에요.」

나는 언성을 높였다.

「그 사람들을 괜히 헐뜯지 마세요. 그들은 서로 이야기도 하지 않았다고요!」

그녀가 말문을 나에게 돌렸다.

「오, 그래요? 당신은 아주 깜깜하시군요. 그 집 안에서는 '캐어리 씨'였고 '레이드너 부인'이었지만, 그들은 몰래 바깥에서 만났어요. 그녀는 길을 따라 강까지 걸어갔지요. 캐어리 씨도 발굴지를 한 시간씩이나 비우곤 했고요. 그들은 과일나무 숲에서 만났어요.」

그녀는 말을 중단하고서 포와로를 쳐다보았다.

「선생님 일에 이렇게 끼어들어서 죄송해요.」

그녀는 별안간 싱긋 웃으며 말했다.

「하지만 전 선생님이 이 사건의 진상을 올바르게 아셔야 할 거라고 생각해서요.」

그러고서 그녀는 방을 걸어 나갔다.

「포와로 씨!」 나는 큰 소리로 불렀다.

「저는 한 마디도 믿을 수 없어요!」

그는 나를 쳐다보더니 미소를 지으며, 내가 보기에는 매우 수상쩍게 말했다.

「레일리 양이 이 사건에 대해 서광을 비추고 있음을 당신도 부인할 수 없을 거요.」

제19장 새로운 의혹

레일리 박사가 자기 환자 중에서 가장 귀찮은 사람을 죽여버렸다고 농담을 하면서 들어오는 바람에 우리는 얘기를 중단했다. 그와 포와로는 익명의 편지를 쓴 주인공의 정신과 심리 상태에 대해 본격적으로 의학적인 토론에 들어갔다.

의사는 자기 직업을 통해 알게 되었던 사례를 인용했고, 포와로는 나름대로의 경험을 통해 알게 된 경우를 얘기했다.

「그것은 겉으로 보이는 것처럼 간단하지만은 않소. 지배욕과 강한 열등의식이 숨어 있지요.」

레일리 박사는 고개를 끄덕였다.

「그래서 익명의 편지를 보낸 사람은 전혀 의심받지 못한 사람이 되는 경우도 종종 있죠. 겉으로 보기에는 벌레 한 마리 죽이지 못할 것 같은 말없고 순진하고 착한 사람……, 매우 다정하고 신앙심 깊고, 온순한 사람이지만, 마음속으로 지옥 같은 분노가 부글부글 끓어오르는 사람 말이에요!」

「레이드너 부인이 열등의식을 느끼는 경향이 있었다고 할 수 있을까요?」

포와로가 신중한 투로 물었다.

레일리 박사는 껄껄 웃으며 그의 파이프에서 재를 긁어냈다.

「그렇게 평가하기에는 전혀 어울리지 않는 여자죠. 그녀에게는 억압받는 구석이 없어요. 활력, 그리고 더 많은 활력을 늘 원했고, 역시 활기에 차 있었죠!」

「심리학적으로 말해서, 그녀가 그 편지를 썼다는 것이 가능하다고 생각하십니까?」

「그래요. 만일 그녀가 편지를 썼다면, 그 까닭은 자신을 극화시키고 싶어하는 천성에게 나온 것이라고 할 수 있을 테죠. 레이드너 부인의 사생활을 들추어 보면 좀 인기에 민감한 편임을 알 수 있어요. 그녀는 늘 자기가 중심인물이 되어야만 했죠. 그녀는 자신과는 정반대인 가장 사교성 없고 조심성 많은 레이드너와 결혼했습니다. 그는 그녀를 사랑했지요……. 그러나 그녀는 난롯가의 사랑만으로 만족하지 못했어요. 그녀는 역시 박해받는 주인공이 되어야 했죠.」

포와로는 웃으면서 말했다.

「사실……, 당신은 그녀가 편지를 써놓고도 자신의 행동을 기억하지 못했다는 레이드너의 의견에 동의하지는 않으시죠?」

「물론이죠. 그의 면전에서 반대하고 싶지 않았을 뿐이죠. 끔찍이 사랑하는 아내를 방금 잃은 남편에게 내가 어떻게 그런 말을 할 수 있었겠습니까? 그의 아내는 부끄러움을 모르는 노출증 환자이며, 극적인 기분을 만끽하려고 그를 걱정 속으로 몰아넣었다고 말이오. 사실 어떤 남편에게든지 그의 아내의 비밀을 말해준다면 탈이 없을 수가 있겠습니까! 매우 묘한 일이지만, 부인들은 내게 남편의 비밀을 털어놓는답니다. 여자들은, 남자란 대개 건달, 사기꾼, 마약복용자, 상습적인 거짓말쟁이며, 눈 하나 까딱 않고 짐승 같은 성정을 드러내는 호색한이라고 생각하고 있거든요! 이렇듯 여자들은 굉장한 현실주의자랍니다.」

「레일리 박사, 솔직하게 말해주시오. 레이드너 부인에 대한 당신의 정확한 생각을 말이오.」

레일리 박사는 의자에 등을 기대고 파이프 담배에서 천천히 연기를 내뿜었다.

「솔직히 말해서 그녀를 확실히는 모르겠습니다. 하여간 매력적이었죠. 영리하고 동정심도 많았고요. 남들에게 흔히 있는 좋지 못한 결점도 전혀 없었다고요. 육감적이지도 게으르지도, 더욱이 허영심이 강하지도 않았어요. 나는 늘 이렇게 생각해 왔는데, 그에 대한 증거는 없지만 그녀는 아주 완벽한 거짓말쟁이였던 것 같아요. 그러나 내가 이해가 안 되는 것은, 또 알고 싶은 것은 그녀가 자기 자신에게 거짓말을 했는가, 아니면 다른 사람들에게만 거짓말을 했는가 하는 점입니다. 난 거짓말쟁이를 좋아하죠. 거짓말할 줄 모르는 여자는 상상력도 동정심도 없으니까요. 그러나 그녀가 남자에게 환장한 여자였다고는 생각하지 않아요. 그녀는 '자신의 활과 화살로' 남자들을 쏘아 떨어뜨리고 싶어했을 뿐이니까요. 이 문제에 대한 내 딸의 생각을 알고 싶으시다면…….」

포와로가 웃으며 대답했다.

「그에 대해서는 이미 충분히 들었습니다.」

레일리 박사가 말했다.

「오! 내 딸아이는 우물거리는 아이가 아니라서, 필시 레이드너 부인에게 몹시 욕을 퍼부었을 겁니다. 젊은 애들은 모두 그렇다니까요! '구식 도덕'을 비난하지만, 그 자신들은 오히려 훨씬 더 참을 수 없는 지독하고 엉성한 도덕률을 만들어 나가지요. 만일 레이드너 부인이 연애 사건을 몇 번 일으켰다면 실러는 아마 그 부인이 '자신의 인생을 충분히 살았다'거나, 혹은 '그녀는 성적 본능에 따라 행동했다' 하고 칭찬했을 겁니다. 실러는 레이드너 부인이 자신의 타입대로 행동했다는 사실을 모릅니다. 고양이는 쥐를 가지고 놀 때 피의 욕구에 따라 행동합니다. 그렇게 되도록 태어난 겁니다. 남자는 보호받고 지켜져야 하는 어린애가 아니지요. 그들은 고양이 같은 여자, 그리고 충성스러운 개와 같은 여자, 그들이 죽을 때까지 숭배하는 여자, 또 그 밖에 여러 가지 여자를 만나게 되죠. 인생은 전쟁터입니다. 놀이터가 아니라! 난 실러가 순전히 개인적인 이유 때문에 그녀를 싫어했다고 생각합니다. 내 딸 실러는 이곳에서는 자기만이 유일한 처녀이기 때문에 젊은이들을 마음대로 휘두를 수 있다고 생각했지요. 그런데 레이드너 부인은 중년이고 남편이 이미 두 번이나 바뀐 여자인데도 자신보다 인기가 많으니까 화가 났던 겁니다. 내 딸은 다정하고 건강하고, 또 그 정도면 꽤 미인인지라 남자들에게 인기가 있지요. 그러나 레이드너 부인은 그 점에서는 상당히 뛰어난 인물이었소. 남자들을 파멸시키는 불행한 매력이 있었던 겁니다, 마치 자비심 없는 미녀처럼.」

나는 의자에서 벌떡 일어섰다. 그가 그렇게 말한 것이 우연치고는 너무나 정확하지 않은가!

「선생님의 따님이……, 경솔한 말인지는 모르겠지만, 발굴단원 중 누군가를 좋아하고 있지는 않나요?」

「아, 그렇게 생각하지는 않아요. 물론 에모트와 콜먼이 그 애 뒤를 따라다니긴 했죠. 그 애가 누구에게 더 관심이 있는지는 모르겠소만, 그 밖에 젊은 공군 녀석 둘이 더 있던데. 현재로서는 그들은 내 딸아이의 그물로 몰려드는 물고기에 불과하죠. 내 딸아이야 몹시 분하게 생각하겠지만 나이가 젊음을 패배시킨 거라오. 그 애는 나만큼 세상을 잘 몰라요. 당신도 내 나이가 되면 여학생의 얼굴, 맑은 눈, 그리고 단단하게 균형 잡힌 몸매 등을 정말로 좋아할 거요. 그런데 서른이 넘은 여자는 남의 말을 진지하게 들어주고 있다가, 말하고 있는 남자가 괜찮은 녀석인지 떠보려고 불쑥불쑥 한두 마디 던지는 법이죠. 그러면 대개는 쩔쩔매면서 넘어가게 되지. 실러는 예쁜 처녀지만, 루이즈 레이드너는 아름다운 여자였다오. 빛나는 눈과 멋진 금발, 정말로 그녀는 아름다운 여인이었소.」

'맞아, 그의 말이 옳아.' 나는 속으로 생각했다.

'미인이란 대단한 존재야. 그녀는 정말 아름다웠어. 시기할 정도가 아니라, 돌아앉아서도 감탄할 정도였으니까. 그녀를 처음 만나던 날, 나는 레이드너 부인을 위해서라면 무엇이든지 다하겠다고 굳게 마음먹

지 않았던가!'

나는 그날 밤 텔야리미아로 돌아갔는데, 레일리 박사가 저녁식사를 하고 가라고 붙들었다.

자꾸 여러 가지 일이 생각나서 마음이 편치 않았다. 아까 낮에는 실러 레일리가 퍼붓는 말을 한마디도 믿지 않았다. 순전한 악의와 적대감이라고만 생각했다. 그러나 지금 갑자기 레이드너 부인이 그날 오후 내 손을 뿌리치고서 기어코 혼자 산책하러 갔던 일이 생각났다.

무엇보다도 십중팔구 캐어리 씨를 만나러 갔을지도 모른다는 생각을 떨쳐버릴 수 없었다. 그리고 그 두 사람이 그토록 서로 예의를 갖춰가며 이야기하는 것도 사실 좀 이상했다. 레이드너 부인은 다른 사람들은 세례명으로 불렀다. 캐어리 씨는 결코 그녀를 쳐다보지 않았던 것 같았는데, 그것은 그가 그녀를 싫어했기 때문이거나, 또는 그 정반대의 감정 때문이 아니었을까?

나는 약간 몸을 부르르 떨었다. 나는 한 아가씨의 악의에 찬 감정의 폭발에 이끌려 그 사건에 대해서 이리저리 나름대로 추측해 보고 있었다. 만일 그런 말이 떠돌게 된다면 얼마나 위험한 결과가 초래될까?

아니, 레이드너 부인은 결코 그런 여자가 아니었다. 물론 그녀는 실러 레일리를 좋아하지 않았다. 에모트 씨와 점심을 먹던 날 그녀는 실러에게 정말 심술궂다시피 했다. 그가 그녀를 바라보는 태도는 재미있었다. 다만 그가 무슨 생각을 하고 있는지 알 수가 없어 유감이었다.

에모트 씨가 무엇을 생각하고 있는지 결코 알 수 없겠지. 그는 매우 조용하고 무척 다정한 성격의 소유자며, 또 믿을 만한 사람이었다. 지금까지 보아서 가장 바보스러운 사람이 있다면, 그건 바로 콜먼이 아닐까? 이런 생각을 하는 사이 자동차는 숙소에 도착했다.

그때가 정각 9시였고, 대문에는 빗장이 걸려 있었다. 이브라힘이 문을 열어주려고 열쇠꾸러미를 들고 쫓아 나왔다. 텔야리미아에서는 모두 일찍 잠자리에 들었다. 거실에는 이미 불이 꺼졌고, 레이드너 박사의 사무실과 제도실에서만 불빛이 새나왔으며 그 밖의 창은 캄캄했다.

모든 사람들이 보통 때보다 좀 더 일찍 잠자리에 든 모양이다. 제도실을 지나 내 방으로 가면서 제도실 안을 잠깐 들여다보았다. 캐어리 씨가 짧은 셔츠를 입고서 커다란 설계도에 매달려 있었다.

그가 몹시 피곤해 보인다는 생각이 들었다. 굉장히 지치고 긴장되어 보였다. 그것은 나를 매우 마음 아프게 했다. 캐어리 씨에게 무슨 일이 있었는지 알 수 없었다. 그는 거의 말이 없었기 때문이다. 게다가 행동도 거의 눈에 띄지 않았기 때문에 그의 태도를 보고서는 아무것도 알아낼 수가 없었다. 하지만 그를 주목하지 않을 수 없기 때문에 그에게 생기는 모든 일은 다른 사람의 경우보다 훨씬 더 중요해 보였다. 그는 분명 모든 일을 소홀히 넘길 사람은 아니었다.

그는 고개를 돌리더니 나를 쳐다보았다.

그리고 파이프를 입에서 떼며, 「오, 레서런 양. 하사니에서 돌아오는 길인가요?」 하고 물었다.

「예, 캐어리 씨. 늦게까지 일을 하시는군요. 다른 사람들은 모두 잠자리에 든 모양이에요.」

「일하는 것이 좋을 것 같다는 생각이 들어서요. 일이 좀 밀렸거든요. 그리고 내일은 종일 발굴현장에 나가 있어야 하고. 다시 발굴 작업을 시작하게 될 거요.」

나는 깜짝 놀라서 물어보았다.

「벌써요?」

그는 다소 묘하게 나를 쳐다보았다.

「그게 제일 좋을 겁니다. 레이드너 씨에게 이 설계도를 드려야 해요. 그는 사건을 조사하러 내일 하루 종일 하사니에 가 있을 거지만, 나머지 우리들은 여기에서 작업을 할 겁니다. 하루 종일 앉아서 서로 얼굴만 쳐다보기도 그리 쉬운 일이 아니라는 것을 잘 알거요.」

그 말은 물론 틀린 소리가 아니었다. 그도 다른 모든 사람들처럼 꽤 날카로운 상태였다.

「오, 그야 물론이죠. 일을 하고 있으면 신경을 다른 곳에는 쓰지 않게 되는 법이지요.」

장례식은 내일 모레에 치르기로 되어 있었다.

그는 다시 설계도로 몸을 굽혔다. 왠지 모르게 캐어리 씨가 정말 안 됐다는 느낌이 들었다. 그는 오늘 밤 분명히 한숨도 못 잘 것 같았다.

「저, 캐어리 씨, 수면제라도 드릴까요?」

나는 조심스럽게 말했다.

그는 웃으며 머리를 저었다.

「일을 계속해야 됩니다. 수면제를 먹는 것은 좋지 못한 습관이죠.」

나는 말했다.

「오, 그래요. 안녕히 주무세요, 캐어리 씨. 혹시 제가 도울 수 있는 일이 있으면…….」

「괜찮소, 레서런 양. 잘 자요.」

「정말 안됐군요.」 나도 모르는 사이에 그런 말이 나왔다.

「안됐다니?」

그는 깜짝 놀라 나를 쳐다보았다.

「모든 사람이 다요. 그 일은 정말 끔찍해요. 그렇지만 특히 당신에게는 더욱…….」

「나한테? 왜 나한테죠?」

「오, 저……, 당신은 그 두 사람의 오랜 친구잖아요.」

「난 레이드너의 오랜 친구요. 하지만 그녀의 친구는 아니었어요.」

그는 마치 정말로 그녀를 싫어했던 것처럼 말했다. 레일리 양이 이 말을 들었다면!

「안녕히 주무세요.」

난 그 말을 남겨놓고 황급히 내 방으로 돌아왔다. 나는 옷을 벗기 전에 방에서 약간 부산을 떨었다. 손수건 몇 장과 부드러운 가죽 장갑 한 켤레를 빨고 일기를 썼다. 잠자리에 들기 전에 다시 방문 밖을 내다보았다. 남쪽에 있는 건물과 제도실에 여전히 불이 켜져 있었다.

레이드너 박사가 아직도 자지 않고 사무실에서 일하는 것 같았다. 가서 그에게 잘 자라고 인사를 해야겠다고 생각했으나, 잠시 주저했다. 지나치게 친절을 베푸는 것처럼 보이기는 싫었다.

그러나 어쩐지 점점 마음이 불안해졌다. 뭐, 굳이 방해가 되지는 않겠지. 단지 인사만 하면 되니까. 그냥 내가 할 일이 있는지 물어보고 오면 되는데, 뭐. 그러나 레이드너 박사는 방에 없었다.

사무실에는 불이 켜져 있었지만 존슨 양 혼자 책상에 머리를 수그린 채 상심한 듯이 울고 있었다.

나는 정말 깜짝 놀랐다. 그녀는 매우 조용하고 자제심이 강한 여자였다. 그녀의 그런 모습을 보니 안타까운 생각이 들었다.

「아니, 무슨 일이에요?」

나는 큰 소리로 물었다. 그러고는 그녀의 어깨를 토닥거려 주었다.

「자, 자. 이러시면 좋지 않아요. 여기서 혼자 울고만 있으면 안 돼요.」

그녀는 대답도 하지 않았지만 나는 그녀의 애끓는 흐느낌에 애처로운 느낌이 들었다.

「울지 마요, 응. 울지 마세요.」

나는 그녀를 달래었다.

「진정하세요. 내가 가서 따끈한 차 한 잔 끓여 올게요.」

그녀는 고개를 들고 말했다.

「아니, 아니. 괜찮아요, 간호사. 난 지금 바보가 된 것 같아요.」

「무슨 말씀이세요?」

그녀는 당장 말을 하지 않더니 이윽고 입을 열었다.

「너무나 무서워요.」

내가 그녀에게 말했다.

「이제 생각하지 마세요. 기왕에 이렇게 된 걸 어쩔 수 없잖아요. 슬퍼해도 소용이 없는걸요.」

그녀는 바로 앉아 머리를 쓸어 올렸다.

「난 바보가 된 모양이에요.」 그녀는 목이 잠긴 채 말했다.

「난 이 사무실을 정돈하고 청소하고 있었어요. 그게 가장 좋은 일이라 생각했죠. 그런데, 갑자기…….」

나는 급히 말했다.

「그래, 그래요. 알아요. 당신 머리맡에 뜨거운 물병과 맛있고 진한 차 한 잔을 끓여 놔야겠군요.」

그 방 안에는 차도 물도 다 있었다. 그녀는 더 이상 말하지 않았다.

그녀를 침대로 부축해서 데려가자, 그녀는 차를 조금 마시고 나서 뜨거운 물주머니를 침대 속에 넣었다.

「고마워요, 간호사. 당신은 정말 친절하고 정이 많은 것 같아요. 난 오늘처럼 바보가 된 적이 없어요.」

「누구든지 이럴 때에는 자칫 그렇게 되기 쉬워요. 이런 일 저런 일로요. 여기저기, 그리고 온통 긴장, 충격, 경찰관……, 나 역시 신경과민 상태인걸요.」

그녀는 다소 쉰 듯한 목소리로 느리게 말했다.

「당신 말이 맞는 것 같군요. 이미 엎질러진 물은 다시 담을 수 없는 일이지.」

그녀는 잠시 동안 말이 없다가 다소 이상하게, 「하지만 그녀는 결코 교양 있는 여자가 아니었어요!」 하고 말했다.

하지만 나는 그 문제는 거론하지 않았다. 존슨 양과 레이드너 부인이 사이좋게 지내지 못한 건 당연하다고 생각해 왔던 터였다. 어쩌면 존슨 양은 은근히 레이드너 부인이 죽은 것을 좋아했고, 그래서 그런 생각을 한 자신이 부끄러워졌는지도 모른다는 생각이 들었다.

「자, 이젠 눈을 붙여보세요. 아무 걱정 마시고.」

나는 몇 가지를 정돈하며 방을 치워주었다.

의자 등받이에 걸쳐 있는 스타킹과 코트, 옷걸이 위의 스커트, 그리고 호주머니에서 떨어진 것이 분명한 꾸깃꾸깃한 종이.

그것을 휴지통에 버려도 되는지 보려고 막 종이를 주워서 펴려고 하는데, 그녀가 별안간 소리를 질렀다.

「이리 주세요!」

나는 빼앗기는 듯한 기분을 느끼며 종잇조각을 그녀에게 건네주었다. 그녀는 매우 황급히 소리치며 그것을 홱 빼앗아 갔다. 정말 그렇게밖에 표현할 수 없었다. 그러고는 타오르는 촛불 속에 집어넣어 완전히 태워버렸다. 나는 너무나 놀라서 그저 그녀를 바라보기만 했다. 그 종이에 무엇이 쓰여 있는지 볼 틈도 없었다.

그녀가 너무나 빨리 종이를 빼앗아 가버렸던 것이다. 그러나 우연히도 그 종이는 내가 있는 쪽으로 구부러지며 탔기 때문에 잉크로 쓴 글씨 몇 자 정도는 알아볼 수 있었다.

나는 잠자리에 들어서야 비로소 그 글씨를 어디서 많이 본 듯하다는 생각이 들었다. 그것은 익명의 편지 글씨체와 똑같은 필체였다.

존슨 양이 발작적으로 낚아챈 것은 바로 그것 때문이었을까? 만일 그렇다면 그 익명의 편지를 쓴 사람이 처음부터 그녀였단 말인가?

제20장 존슨 양, 머캐도 부인, 레이터 씨

나는 그 생각이 매우 충격적이었다고 고백하겠다.

혹시 머캐도 부인이라면 몰라도 여태껏 존슨 양과 익명의 편지를 관련시켜 생각해 본 적은 한 번도 없기 때문이다. 존슨 양은 진짜 숙녀이며, 자제력 있고, 지각 있는 사람이었다.

그러나 나는 그날 저녁 포와로와 레일리 박사가 주고받던 대화를 기억하면서, 그 이유가 무엇이었을까 하고 곰곰이 생각해 보았다. 만일 편지를 쓴 사람이 존슨 양이었다면 그 사실은 많은 것을 의미한다.

나는 잠깐 동안이라도 존슨 양이 이 살인사건과 어떤 연관이 있다고는 생각해 본 적이 없었다. 그러나 이제는 분명히 알게 되었다. 통속적으로 표현하자면 레이드너 부인에 대한 증오 때문에 그녀가 결국 이런 무서운 긴장 속에 빠지게 되었다는 사실을…….

그녀는 발굴현장에서 레이드너 부인을 좀 놀라게 해주고 싶었을지도 모른다. 그러나 바로 그러한 때에 레이드너 부인이 살해되어서 존슨 양은 견딜 수 없는 양심의 가책을 느꼈을지도 모른다.

자신의 잔인한 장난에 대해, 또한 자신이 쓴 편지들이 진범에게는 매우 좋은 핑계거리가 될 수도 있다는 것을 알았기 때문이리라. 분명히 그녀는 겁에 질려 있었다.

내가 알기로는 그녀는 속마음은 괜찮은 사람이었다. 그래서 '이미 엎질러진 물은 다시 담을 수 없다.'는 말에 그토록 위안을 얻었던 것이리라. 하지만 그 다음의 그녀의 불가사의한 말……, 자기 자신을 변명하는 듯한 '그녀는 결코 교양 있는 여자가 아니었어요!'라는 말은 아무래도 좀 이상했다.

문제는 내가 이 일을 어떻게 처리해야 하느냐였다. 잠깐 이리저리

뒤척이다가 결국 포와로에게 맨 처음 이 사실을 알리기로 했다.

그는 다음 날 왔지만 개인적으로 그와 이야기할 기회는 좀처럼 주어지지 않았다. 그와 잠시 단둘이 있게 되자 어떻게 말문을 열까 하고 미처 생각하기도 전에 포와로가 다가와서 내 귀에 대고 소곤소곤 말하는 것이었다.

「내가, 내가 말이오. 존슨 양과 거실에 있는 다른 사람들에게 말을 걸겠소. 당신은 레이드너 부인의 방 열쇠를 지금도 갖고 있소?」

「예.」

「좋아요. 그 방에 가서 문을 닫고는 큰 소리로 외쳐요. 비명이 아니라, 고함을. 무슨 말인지 알겠소? 내가 기대하는 것은 경악, 미칠 듯한 공포가 아니라 놀람의 소리요. 만일 해명을 해야 할 경우에는 죄다 당신에게 떠맡기겠으니 살금살금 빠져나가든지 알아서 하시오.」

그 순간에 존슨 양이 안뜰로 나와서 더는 지체할 시간이 없었다.

나는 포와로가 하는 말이 무슨 뜻인지 충분히 알 수 있었다. 그와 존슨 양이 거실에 들어가자마자 나는 곧장 레이드너 부인의 방으로 달려가 문을 열고 들어가서 꼭 닫았다.

아무도 없는 텅 빈 방에서 고함을 질러야 한다니 정말 우스운 노릇이라고 생각했다. 게다가 얼마나 크게 고함을 쳐야 하는지도 알 수가 없었다. 나는 상당히 큰 소리로 '아악' 하고, 그 다음에는 약간 더 높게, 그리고 약간 낮게 소리를 질렀다.

그러고는 방을 나와서 몰래 안에 들어간 것을 해명할 구실을 찾았다. 그러나 변명할 필요가 전혀 없다는 것을 곧 알게 되었다.

포와로와 존슨 양은 열심히 이야기를 주고받고 있어서 분명히 대화가 끊어지지 않았음을 알 수 있었다.

'잘됐어, 저절로 해결이 되었군. 존슨 양이 자기가 들었다고 한 그 고함 소리는 착각이었거나, 아니면 다른 소리일 거라고 생각할 거야.'

나는 그들의 대화에 끼어들고 싶지 않았다. 나는 현관의 휴대용 의자가 눈에 띄어 그 의자에 앉았다.

그들이 말하는 소리가 내게도 들렸다.

「사건의 상태가 미묘하죠, 아시겠지만…….」

포와로가 말하고 있었다.

「레이드너 박사는 무척이나 아내를 사랑했던 것 같습니다.」

존슨 양이 말했다.

「그녀를 아꼈어요.」

「그는 발굴단원들이 자신의 아내를 무척 좋아했다고 말했죠! 그 말에 대해 단원들이 뭐라고 할까요? 당연히 그들도 똑같은 말을 할 수밖에요. 그런 일은 고상하고 예의 바를 수도 있지요. 아니, 사실일지도 몰라요! 하지만 그렇지 않을 수도 있소! 마드무아젤, 분명히 말하지만 이 수수께끼 같은 사건의 열쇠는 레이드너 부인의 성격을 정확히 이해하는 데 있소. 만일 내가 모든 발굴단원의 감정……, 정직한 감정을 들을 수만 있다면 그 전체의 의견에서 나는 사건의 실마리를 찾아낼 수 있을 거요. 솔직히 말해서, 이것이 오늘 내가 여기에 온 목적이오. 레이드너 박사는 하사니에에 가 있는 줄 미리 알고 왔소. 그것이 여러분 한 사람 한 사람을 만나 이야기하고 도움을 청하는 데 좋을 것 같다는 생각이 들었기 때문이오.」

「좋아요.」

존슨 양이 말을 시작하다가 멈췄다.

「영국식의 상투적인 문구는 쓰지 마시오.」

포와로가 부탁했다.

「죽은 사람을 칭찬하는 말, 그런 충성심을 보이지 않는다고 해서 비열하다고 욕먹을 일은 없습니다. 충성심, 그것은 범죄 사건에서 해로운 요소라서 사건의 진상을 흐리게 할 뿐이오.」

「전 레이드너 부인에게 특별한 충성심은 없어요.」

존슨 양은 냉담하게 말했다.

정말 그녀의 목소리에는 매섭고 심술궂은 색채가 감돌았다.

「레이드너 박사와는 별개의 문제죠. 어디까지나 그녀는 그의 아내이니까요.」

「옳은 말씀! 그럼요. 난 당신이 상사의 부인을 험담하고 싶지 않다는 것을 잘 이해하오. 하지만 이것은 당신이 무슨 상을 받을 문제가 아니오. 이 사건의 문제는 졸지에 당한 수수께끼 같은 죽음이오. 만일 살해 당한 사람이 천사 같은 여자라고 믿어야 한다면 내 일에는 아무런 도움이 되지 않소.」

「전 맹세코 그녀를 천사라고 부를 수는 없어요.」

존슨 양이 말했다. 신랄한 목소리가 더욱 분명해졌다.

「당신의 감정을 솔직히 말해주시오. 레이드너 부인에 대한 여자로서의 감정을 말이오.」

「음! 좋아요, 포와로 씨. 하지만 이것만은 미리 말씀드려 두어야겠어요. 제겐 편견이 있을지도 모른다는 거죠. 저는 아니, 우리 모두는 레이드너 박사님에게 헌신적이에요. 그래서 추측하건대, 레이드너 부인이 왔을 때 우리는 질투했던 것 같아요. 우린 그녀가 그분의 시간과 관심을 빼앗아 가는 것을 싫어했어요. 아내에 대한 그의 애정이 우리를 짜증나게 했죠. 전 사실, 포와로 씨, 썩 좋은 기분은 아니었어요. 그녀가 여기에 온 것을 원망했죠. 예, 그랬어요. 하지만 그런 감정을 나타낸 적은 한 번도 없었죠. 아시다시피 우리에겐 어울리지 않는 짓이었으니까요.」

「우리라니, 우리가 누굽니까?」

「캐어리 씨와 저죠. 아시다시피 우리는 둘 다 고참이거든요. 그래서 일이 새로운 상태로 변하는 것을 좋아하지 않았죠. 당연한 일이라고 생각해요. 비록 어쩌면 우리가 시시해 보이겠지만, 확실히 차이가 있어요.」

「어떤 차이 말입니까?」

「음, 모든 면에서요. 우린 재미있게 지내고 있었어요. 굉장히 즐거웠죠. 좀 지나친 농담까지도 한 걸요. 함께 일하는 사람들이 다 그렇듯이 레이드너 박사님은 매우 밝았어요. 마치 어린애 같았어요.」

「그런데 레이드너 부인이 오자 모든 것이 몽땅 바뀌었단 말이죠?」

「하지만 그것이 그녀 탓이라고는 생각하지 않아요. 작년에는 그리 심하지 않았으니까요. 제발 믿어주세요, 포와로 씨. 그녀가 어떤 일을 저질렀다는 뜻은 아니에요. 그녀는 항상 저에겐 매력적인 여자였어요. 너무나 매력적이었지요. 그래서 전 가끔 열등감을 느꼈어요. 그녀가 말했던 사소한 것, 그리고 저를 그릇된 방향으로 빠지게 했던 것이 결코 그녀의 잘못은 아니었죠. 정말 그 누구도 그녀보다 더 매력적일 수 없었어요.」

「그런데 올해 들어 상황이 바뀌었나요? 뭔가 다른 분위기가 감돌았나요?」

「예, 그랬어요. 왠지 모르지만. 만사가 잘못되어 가는 것처럼 보이더군요. 일이 아니라 우리들이 말이에요. 모든 사람들의 기분과 신경이 마치 벼랑에 선 것 같았어요. 천둥이 칠 때의 그런 기분이었죠.」

「그러면 당신은 그것이 다 레이드너 부인의 영향 때문이라는 건가요?」

「그렇죠. 그녀가 오기 전에는 결코 그런 적이 없었으니까요.」

존슨 양은 냉담하게 말했다.

「정말 저는 까다롭고 불평 많은 여자예요. 보수적인 경향의 사람이 대개 그렇잖아요. 포와로 씨, 제 말을 그냥 흘려버리세요.」

「레이드너 부인의 성격과 인품에 대해서 말씀해주시겠습니까, 존슨 양?」

존슨 양은 잠시 머뭇거리다가 천천히 말했다.

「음, 사실 그녀는 꽤 변덕스러웠어요. 항상 이랬다저랬다 했죠. 사람들에게 하루는 아주 잘 해주다가도 그 다음 날에는 한마디 말도 하지 않는 경우가 허다했죠. 제 생각에 그녀는 대개는 매우 친절했어요. 그리고 다른 사람들에게 인정이 많았죠. 하지만 그녀가 버릇없이 굴면서 살아왔다는 것은 당신도 잘 알 수 있었을 거예요. 그녀는 레이드너 박사님이 항상 자기의 시중을 들도록 했어요. 그것도 매우 당연하다는 듯이요. 게다가 그녀는 매우 훌륭한 사람과 결혼했다는 사실을, 그분이 얼마나 훌륭한 사람이었는지를 전혀 몰랐던 것 같아요. 그런 점이 종종 저를 화나게 하곤 했죠. 그리고 그녀는 몹시 심할 정도로 과민하고 신경이 날카로웠어요. 이상한 망상에 사로잡혀 사람들을 놀라게 하고! 저는 레이드너 박사님이 레서런 간호사를 여기로 데려왔을 때 얼마나 고마웠는지 몰라요. 그분은 발굴 작업과 아내의 불안을 둘 다 겪어내야 했으니 무척 힘들었을 거예요.」

「당신은 그녀가 받은 익명의 편지에 대해서 어떻게 생각하시오?」

사실은 내가 그것을 물어보아야 했다.

존슨 양이 그의 질문에 대답하려고 포와로 쪽으로 얼굴을 돌렸을 때, 나는 그녀의 얼굴을 자세히 보려고 의자에서 몸을 일으켜 세웠다.

그녀는 매우 차갑고 침착해 보였다.

「미국에 있는 어떤 사람이 그녀에게 악의를 품고 놀랍게 해주거나 괴롭히려고 그랬던 것이라고 생각해요.」

「그 이상은 아니었나요?」

「그런 것 같아요. 그녀는 매우 괄괄한 여자였으니까 적도 쉽게 만들었을 거예요. 편지는 심술궂은 여자의 짓이에요. 신경쇠약에 걸린 레이드너 부인이 편지를 심각하게 받아들였던 거죠.」

포와로가 말했다.

「그럴지도 모르죠. 하지만 마지막 편지는 우체국을 통하지 않고 직접 전달되었다는 점을 염두에 두어야 해요.」

「음, 누구든지 마음만 먹으면 가능한 일이라고 생각해요. 여자들은 분을 풀기 위해서라면 무슨 짓이라도 할 수 있으니까요, 포와로 씨.」

여자들은 정말로 그럴 것이라고 나는 혼자 생각했다.

「그럴지도 모르겠군요, 마드무아젤. 당신도 말했다시피 그녀는 괄괄한 여자였어요. 그런데 의사 선생의 딸 레일리 양을 아시오?」

「실러 레일리 말인가요? 물론 알지요.」

포와로는 무슨 비밀 얘기같이 말을 건넸다.

「레이드너 박사의 발굴단원 중 한 사람과 그녀가 열애 중이라는 소문이 들리던데……. 물론 레일리 박사에게 확인하고 싶지는 않아요. 그게 사실인가요? 당신도 알고 있나요?」

존슨 양은 좀 재미있는 모양이었다.

「그럼요, 콜먼 총각과 데이비드 에모트가 그녀 뒤를 따라다녔죠. 클럽에 가서는 누가 그녀의 파트너가 되느냐 때문에 두 사람이 신경전을 벌이기도 했는걸요. 두 남자는 대개 토요일 저녁마다 클럽에 갔지요. 하지만 그녀가 누굴 좋아했는지는 모르겠어요. 그녀는 이곳에서 유일한 처녀였으니까요. 그래서 그녀는 클럽의 여왕으로 통했지요. 그녀는 공군 장교들과 어울리기도 했어요.」

「그 점에는 아무런 문제가 없었다고 생각합니까?」

존슨 양은 생각에 잠겨서 말했다.

「글쎄요, 모르겠는데요. 그녀가 자주 이곳 발굴지까지 온 것은 사실이지만 그 이상의 일은 없었어요. 사실 레이드너 부인은 그 일 때문에 데이비드 에모트를 놀렸어요. 처녀가 에모트의 꽁무니만 따라다닌다고 하면서요. 듣기에 좀 민망한 말이어서 그가 꽤 언짢아했을 것 같아요.

물론 그녀는 종종 여기에 왔죠. 그 끔찍한 사건이 있었던 날 낮에도 그녀가 발굴현장으로 차를 몰고 가는 것을 보았으니까요.」

그녀는 열린 창을 향해 머리를 끄덕였다.

「그런데 데이비드 에모트나 콜먼은 모두 그날 오후에는 근무하지 않았어요. 리처드 캐어리 씨가 당번이었어요. 아마도 그녀는 그 젊은이 중 한 사람에게 관심이 있었던 모양이에요. 하지만 그녀는 너무나 현대적인 데다 철없이 행동해서 무슨 생각을 하는지 통 알 수가 없었어요. 그 둘 중 누구를 더 특별하게 생각하는지 알 수가 없어요. 빌은 좋은 청년이죠. 일부러 어리석은 체하지만 실은 그렇지 않아요. 데이비드 에모트는 사랑스러운 사람이고, 괜찮은 사람이에요. 속이 깊고 조용해요.」

그녀는 묘하게 포와로를 쳐다보면서 말했다.

「그런데 그것이 이번 사건과 무슨 관계라도 있나요, 포와로 씨?」

포와로는 프랑스인 특유의 태도로 양손을 치켜세우며 말했다.

「그렇게 말씀하시니 내가 부끄럽군요, 마드무아젤. 사실은 당신을 통해서 이곳 소문을 좀 알아보려고요. 하지만 당신이 뭐라고 하더라도 나는 젊은이들의 연애 사건에 관심이 많답니다.」

「그러세요?」

존슨 양은 약간 한숨을 쉬며 말했다.

「진실한 사랑의 과정이 평탄할 때가 정말 보기 좋은 법이죠.」

포와로도 응답하듯 한숨을 내쉬었다.

존슨 양은 처녀 시절 자신의 연애 경험을 회상하는 듯한 표정이었다. 한편 나는 포와로에게 아내가 있는지, 그리고 외국인들이 항상 그렇다고들 이야기하는 대로 그도 내연의 처라든지 정부를 거느린 생활을 했는지 궁금했는데, 사실은 생각만 해도 우스웠다.

존슨 양이 말했다.

「실러 레일리는 다양한 성격을 지녔죠. 그녀는 어리고 버릇이 없지만, 성품은 꽤 곧아요.」

포와로가 말했다.

「이야기 고맙소, 마드무아젤.」

그는 일어서며 물었다.

「집에 다른 단원들이 있습니까?」

「마리 머캐도가 주위 어딘가에 있을 거예요. 오늘은 발굴단원 전원이 발굴지에 나가 있어요. 그 사람들은 마치 이 집에서 빠져나가고 싶어하는 것 같았어요. 나무랄 수 없는 일이지요. 당신도 발굴지에 가보고 싶으시다면…….」

그녀는 베란다로 나와서 나에게 미소를 보내며 말했다.

「아마 레서런 간호사가 당신과 함께 가줄 거예요.」

「아, 그렇게 하죠, 존슨 양.」 내가 말했다.

「그럼, 점심식사를 할 때는 돌아오실 거죠, 포와로 씨?」

「고맙소, 존슨 양.」

존슨 양은 목록을 만들고 있던 거실로 돌아갔다.

내가 말했다.

「머캐도 부인은 옥상에 있어요. 우선 그녀를 만나보시겠어요?」

「그러는 게 좋을 것 같소. 올라갑시다.」

우리가 2층으로 올라가면서 내가 말했다.

「선생님이 말씀하신 대로 했어요. 무슨 소리가 들리던가요?」

「아무런 소리도 못 들었는데.」

내가 말했다.

「아마도 존슨 양의 심경에서 무거운 짐을 하나 덜어주게 된 것 같아요. 그녀는 자신이 이 사건과 어떤 관련이 있지 않을까 하고 내내 걱정해 왔으니까요.」

머캐도 부인은 머리를 푹 수그린 채 난간에 앉아 생각에 잠겨 있었다. 그러다가 포와로가 맞은편에 가서 인사를 하자 그제야 고개를 들었다. 그녀는 놀란 모습으로 쳐다보았다.

그녀는 오늘 아침 몸이 편치 않아 보였고, 작은 얼굴은 괴로움으로 꽤 야위어 보였으며, 두 눈 아래에는 커다란 검은 점이 나 있었다.

포와로가 말했다.

「여기 계셨군요. 오늘은 볼일이 좀 있어서 왔습니다.」

그리고 존슨 양에게 했던 것과 똑같은 방법으로 많은 것을 물어보고서, 레이드너 부인의 참모습을 파악하는 것이 사건 해결에 어떻게 필요한 것인지를 설명했다.

그러나 머캐도 부인은 존슨 양만큼 정직하지 못했다. 분명히 확신하지만, 그녀의 진실한 감정과는 전혀 거리가 먼 지나친 칭찬만 늘어놓았다.

「사랑스런, 정말로 사랑스런 루이즈! 그녀를 몰랐던 사람에게 그녀를 설명하기란 무척 힘든 일이에요. 그녀는 몹시 특이한 사람이었으니까요. 보통 사람들과는 달랐어요. 당신도 분명히 그렇게 생각하죠, 레서런 간호사? 신경쇠약으로 끊임없이 시달린 사람이었죠. 물론 변덕쟁이이기도 했고요. 그렇지만 그녀의 심성이 너무 좋아 사실 그런 건 별문제가 안 됐어요. 그녀는 우리 모두에게 굉장히 친절했죠. 안 그래요? 게다가 그렇게 겸손할 수도 없었고요. 그녀는 고고학에 대해서는 아무것도 몰랐으면서도 굉장히 진지하게 배우고 싶어했어요. 발굴된 금속 물건들의 화학적 처리법에 대해서 늘 우리 집 양반에게 물어보고, 또 존슨 양이 토기를 다룰 때 도와주기도 했어요. 정말, 우리 모두는 그녀를 좋아했어요.」

「부인, 내가 듣기론 일종의 긴장감 같은 게 있었다고 하던데, 그 얘기와는 너무 다르군요. 뭐랄까, 좀 불편한 분위기였다고 할까…….」

머캐도 부인은 시커먼 두 눈을 더욱 크게 떴다.

「아니! 누가 그런 말을 하던가요? 레서런 간호사? 아니면 레이드너 박사님? 그분은 결코 그런 걸 느끼지 못했을 텐데. 가엾은 사람.」

그리고 그녀는 아주 못마땅한 눈초리로 나를 쳐다보았다.

포와로는 피식 웃었다.

「나에게는 첩자가 여러 명 있소, 부인.」

그는 명랑하게 말했다.

그때 난 잠깐 동안 그녀의 눈꺼풀이 떨리고 깜박이는 것을 보았다.

그녀는 무척이나 상냥한 태도로 말했다.

「하지만 늘 사건이 일어나면 모든 사람들이 전혀 없었던 일들을 마치 실재했던 것처럼 가장하는 법 아닌가요? 당신도 아시죠…… 사실 뭐, 긴장감이 감돌았다느니, 분위기가 무슨 일이 일어날 것 같았다든지 하고 말들 하잖아요? 나는 사람들이 소 잃고 외양간 고치는 식으로 그런 말들을 지어내고 있다고 생각해요.」

포와로가 말했다.

「부인은 말이 많으시군요.」

「그러면 사실이 아니란 말씀인가요! 우린 상당히 화목하고 가족적인 분위기였어요.」

「그 여자는 이 세상에서 가장 지독한 거짓말쟁이예요.」

포와로와 내가 그 집을 빠져나와 발굴지로 향하여 걸어갈 때 나는 화가 나서 말했다.

「정말 전 그녀가 레이드너 부인을 무척 미워했다는 것을 확신한다고요!」

「그녀는 어느 누구에게도 결코 진실을 이야기할 유형의 사람이 아니오.」

포와로가 말했다.

「그녀와 얘기해 봤자 시간 낭비예요.」

나는 탁 쏘아붙이듯이 말했다.

「아니, 결코 그렇지만은 않지요. 사람들은 입으로는 거짓말을 하면서도 눈으로는 진실을 말하는 법이라오. 몸집이 작은 머캐도 부인은 무엇을 두려워하고 있을까요? 난 그녀의 두 눈에서 두려움을 보았어요. 그래요, 그녀는 무엇인가를 두려워하고 있었어요. 그것은 정말 흥미 있는 일이오.」

나는 말했다.

「말씀드릴 게 있어요, 포와로 씨.」

나는 전날 저녁에 돌아왔을 때 일어났던 일들과, 존슨 양이 그 익명의 편지를 썼던 장본인이라는 확신에 넘친 내 추측을 털어놓았다.

「역시 그녀도 거짓말쟁이예요! 바로 자신이 쓴 편지를 놓고 오늘 아침 선생님에게 그토록 냉랭하게 대답을 하다니!」

포와로가 말했다.

「오, 그래요? 그것 역시 그럴듯하군요. 왜냐하면 그녀가 그 편지에 대해서 죄다 알고 있다는 사실을 털어놨거든. 지금까지 발굴단원의 코앞에서 편지 이야기가 거론되었던 적은 없었지만 말이오. 물론 레이드너 박사가 어제 그녀에게 편지에 관해 말했을지도 모르는 일이지. 그 양반과 그녀는 오랜 친구 사이니까. 그러나 그가 말하지 않았다면……. 자, 그렇다면 정말 재미있게 되어가는 것이 아니겠소, 응?」

그에 대한 나의 존경심은 한층 깊어졌다. 그가 그녀를 적당히 구슬려서 편지에 관하여 언급하도록 만든 방법은 실로 교묘한 것이었기 때문이다.

「그 편지 문제에 대해 그녀에게 추궁하실 거예요?」

포와로는 그 말에 다소 놀라는 것 같았다.

「아니, 아니오. 죄다 아는 체하고 다니는 것은 현명치 못한 일이오.

마지막 순간까지 여기서 말한 모든 것을 비밀로 해두겠소.」

그는 자기 이마를 탁 쳤다.

「적절한 순간에……, 내가 덮치겠소. 마치 표범처럼 날쌔게! 기절초
풍하게!」

나는 표범 흉내를 내는 작은 몸집의 포와로를 상상해 보면서 웃음을
터뜨리지 않을 수 없었다.

우리가 막 발굴현장에 도착했을 때 맨 처음 레이터가 눈에 띄었는
데, 그는 어떤 벽의 사진을 찍느라고 분주했다. 땅을 파고 있는 사람들
을 바라보니, 그들은 닥치는 대로 흙벽을 내리치고 있다는 생각이 들
었다. 물론 그렇게 보였다는 얘기다.

캐어리 씨는 실제로 곡괭이를 쳐보면 각각 다른 느낌을 당장 알 수
있다고 설명하고 시범을 보였지만, 나는 도무지 구별할 수 없었다. 그
가 '리본(진흙 벽돌)'을 가르쳐 주었지만 내가 보기에는 그저 평범한 진
흙 같은 것에 불과했다.

레이터는 사진을 다 찍고서 하인에게 카메라와 감광판을 건네주고는
집으로 가지고 가라고 일렀다. 포와로가 그에게 노출과 필름 포장 등
등에 대해 몇 가지 물어보자 레이터는 흔쾌히 대답해주었다.

그는 자기 일에 대해서 누가 물으면 기꺼이 대답해주곤 했다. 포와
로가 다시 한 번 여러 번 계속했던 한결같은 질문을 하자 레이터는 매
우 쉽게 대답해주었다. 그는 자기 일에 관해 얘기하는 것을 무척 좋아
하는 듯했다.

포와로가 다시 한 번 판에 박힌 듯한 질문을 던지자 레이터는 이젠
자리를 떠야겠다고 부드럽게 변명했다. 사실 그는 상대방을 헤아려 보
아 적절한 질문을 던지기 때문에 그의 질문이 판에 박힌 것이라고 말
할 수는 없지만, 나는 그의 질문 내용을 모두 상세히 적지는 않겠다.

포와로는 존슨 양 같은 사리판단이 분명한 사람에게는 곧장 요점을

물었고 다른 사람들에게는 넌지시 떠보는 방법을 사용했는데 결과는
모두 마찬가지였다.

레이터가 말했다.

「예, 예, 무슨 말씀인지 알겠습니다. 그러나 사실 선생님에게 큰 도
움이 될 수는 없겠군요. 올해 처음 와서 레이드너 부인과 이야기를 많
이 못 했거든요. 유감스럽지만, 아무것도 도와드릴 수가 없군요.」

그가 심한 미국식 사투리를 써서 그랬는지는 모르지만, 그의 말에는
어딘지 외국적이고 딱딱한 느낌이 배어 있었다.

「당신이 그 부인을 좋아했는지 싫어했는지도 말해줄 수 없을까요?」

포와로는 웃으며 말했다.

레이터는 얼굴을 붉히며 말을 더듬었다.

「그녀는 매우 매력적인, 정말로 매력적인 사람이었어요. 그리고 지적
이었죠. 두뇌가 매우 명석한 여자였어요. 그럼요.」

「오! 당신은 그녀를 좋아했군요! 그럼, 그녀도 당신을 좋아했나요?」

레이터의 얼굴은 더욱 붉어졌다.

「오, 전, 저는 그녀가 제게 관심을 두었는지조차도 모르는걸요. 게다
가 저는 운이 없는 편이었어요. 그녀에게 뭔가를 좀 해주려고 할 때마
다 으레 재수가 없었거든요. 제가 서툴게 행동한 것이 그녀를 괴롭히
지나 않았는지 모르겠군요. 의도적인 것은 결코 아니었지만, 좀 더 잘
해줄 수 있었는데…….」

포와로는 더듬거리는 그의 모습을 긍정적으로 받아들이는 것 같았
다.

「됐어요, 됐어. 자, 이젠 다른 문제로 넘어갑시다. 이 집의 분위기는
괜찮았나요?」

「예?」

「모두들 재미있었느냐고요. 웃고 거리낌없이 지냈다고 하는 것 같던

데?」

「아, 아니요, 절대로 그렇지 않았어요. 딱딱했지요.」

그는 말을 멈추고 잠시 생각해 보다가 입을 열었다.

「아시겠지만, 저는 남들하고 잘 사귀는 편이 못 돼요. 서툴다고 할까. 아니면 부끄러움을 탄다고 할까요. 레이드너 박사님, 그분은 항상 저에게 친절하셨죠. 그러나 어리석게도 저는 늘 쑥스럽더군요. 전 항상 어울리지 않는 말을 해대곤 하죠. 물병을 엎지르기도 하고, 여하튼 전 재수가 없나 봐요.」

그는 정말 크고 서툰 아이처럼 보였다.

「누구나 젊을 때엔 그렇기 마련이오.」 포와로가 웃으면서 말했다.

「나이가 들면 요령이 생기는 법이오.」

수고하라는 인사를 하고 우리는 계속 걸었다. 그가 입을 열었다.

「아가씨, 저 친구는 극히 단순한 젊은이이거나, 아니면 매우 뛰어난 위험인물일 거요.」

냉혹한 살인범이라는 끔찍한 생각에 나는 다시 한 번 몸서리를 쳤다. 이처럼 조용하고 화사한 아침에는 있을 법하지 않은 상상이었던 것이다.

제21장 머캐도 씨와 캐어리

「저 사람들, 두 파트로 나누어서 일하고 있군요.」

포와로가 걸음을 멈추고 말했다.

레이터는 주요 출토품의 외곽 부분 사진을 찍고 있었지만 조금 떨어진 곳에서는 몇몇 사람들이 떼를 지은 채 들통을 들고 오가고 있었다.

「저곳이 아마 깊이 파들어 가는 지점인 것 같아요.」

나는 설명했다.

「먼지투성이의 부서진 토기밖에는 별로 발견된 것이 없는데도, 레이드너 박사님은 그렇게 좋아할 수가 없어요.」

「저기로 가봅시다.」

햇살이 따가워서 우리는 천천히 걸었다.

머캐도가 지휘를 하고 있었다. 그는 우리가 서 있는 곳 아래에서 긴 줄무늬가 새겨진 면 가운 위에 트위드 코트를 걸친 거북이처럼 생긴 늙은 십장에게 무슨 이야기인가를 하고 있었다. 좁은 통로와 사다리가 하나뿐인 데다, 들통을 든 소년들이 계속해서 그곳을 오르내리고 있었고, 더군다나 그들은 마치 장님이라도 된 듯 비켜줄 생각을 하지 않았기 때문에 발굴지 아래로 내려가는 것은 꽤 어려웠다.

내가 포와로 바로 뒤를 따라 내려가는데 갑자기 그가 어깨너머로 말했다.

「머캐도 씨가 오른손잡이요, 왼손잡이요?」

참으로 엉뚱한 질문이었다!

잠시 생각하다가, 「오른손잡이예요.」 하고 나는 또렷이 대답했다.

포와로는 아무런 설명도 하지 않았다. 그는 잠자코 내려갔고, 나는 묵묵히 그를 뒤따랐다.

머캐도는 우리를 보더니 꽤 기뻐하는 듯했다. 기다랗고 우울한 그의 얼굴이 밝아졌다. 포와로는 고고학에는 관심도 없으면서 내심 고고학에 상당한 관심이 있는 체했고, 머캐도는 즉각 대답을 해주었다.

그는 자기들이 이미 열두 단계의 고대 주거 유적지를 하나하나 발굴해, 거의 끝내가고 있다고 설명했다.

「우린 지금 4천 년 전의 유적지를 발굴하고 있어요.」

그는 열을 올리며 말했다.

나는 항상 천 년이란 말을 미래에 대해서만 생각해 왔다. 모든 것이 잘되어 가는 미래에 대해서 말이다.

머캐도는 사람의 뼈가 묻혀 있는 지층을 가리키며 토기들의 특징이 변천하는 과정과 매장법에 대해 설명해주었다. 그때 그의 손이 얼마나 떨렸는지 나는 그가 혹시 말라리아에 걸리지 않았나 하고 생각할 정도였다.

어떻게 해서 그들이 온통 어린애들만 매장되어 있는 아장(兒葬)을 발견했으며, 그 가엾은 어린것들……, 그리고 아마도 그 유해들이 묻혀 있었던 방법을 말해주는 듯한 관절이 구부러진 상태와 배치 방향에 대해 설명해주었다.

그러다가 그는 한쪽 구석에 토기들과 함께 놓여 있는 부싯돌 칼 같은 것을 주우려고 몸을 숙이다가 갑자기 비명을 지르며 펄쩍 뛰었다. 그는 아파서 펄쩍 뛰다가 깜짝 놀라서 바라보고 있는 포와로와 나를 쳐다보았다.

그는 손바닥으로 왼팔을 톡톡 쳤다.

「뭔가가 찌르는 것 같았는데, 바늘처럼 따끔하게.」

포와로는 갑자기 활기를 띠었다.

「자, 빨리 봅시다. 레서런 간호사.」

내가 앞으로 다가갔다.

그는 머캐도의 팔을 잡고 솜씨 좋게 그의 카키색 셔츠의 소매를 어깨까지 말아 올렸다.

「거깁니다.」

머캐도가 손으로 가리키면서 말했다. 어깨에서 3인치(8cm)쯤 아래에 피가 스며 나오고 있는 조그마한 상처가 있었다.

「이상한데.」

포와로가 말했다.

그는 접어 올린 소매를 들여다보았다.

「아무것도 안 보이는데요. 혹시 개미가 물었나요?」

내가 말했다.

「소독약을 좀 발라야겠어요.」

난 항상 소독약을 가지고 다녔기 때문에 재빨리 꺼내어 발라주었다. 그런데 약을 발라줄 때 내 눈길을 끄는 다른 것이 있어서 나는 바싹 긴장했다.

머캐도의 팔은 팔뚝에서 팔꿈치까지 온통 작은 구멍투성이였다.

나는 그것들이 무엇을 의미하는지 금방 알아차렸다. 그것은 다름 아닌 피하주사 바늘 자국이었다.

머캐도는 소매를 내리고 다시 설명을 계속했다.

포와로는 그의 말을 듣기만 하고서 레이드너 부부의 이야기 쪽으로 화제를 돌리지 않았다. 사실 그는 더 이상은 머캐도에게 아무것도 묻지 않았다. 곧 우리는 머캐도 곁을 떠나 그 통로를 다시 기어올랐다.

그가 물었다.

「정말 감쪽같았습니다, 안 그래요?」

내가 물었다.

「감쪽같다니요?」

포와로는 자기 코트의 접힌 옷깃 속에서 뭔가를 꺼내어 대견한 듯이 살펴보았다. 놀랍게도 그것은 길고 날카로운 바늘 끝에 봉랍(封蠟)을 발라 핀처럼 만든 바늘이었다.

「포와로 씨, 선생님이 그 사람을 찔렀나요?」

내가 외치듯이 물었다.

「내가 바로 그 벌레였다오……. 맞아요, 아주 멋지게 해냈지. 안 그래요? 당신도 눈치 채지 못했으니까.」

정말 그랬다. 난 그가 그렇게 하는 것을 전혀 보지 못했다. 게다가 머캐도도 전혀 눈치 채지 못했다.

그는 번갯불에 콩 구워 먹듯 잽싸게 그 일을 해치웠던 것이다.

「그런데, 포와로 씨. 왜 그러셨어요?」

내가 물었다.

그는 다른 질문으로 대답을 대신했다.

「뭘 좀 알아냈소, 레서런 양?」

그가 물었다.

나는 머리를 천천히 끄덕였다.

「피하주사 바늘 자국.」

포와로가 말했다.

「이제 머캐도에 대해서 약간은 알 것 같군. 대충 낌새는 챘지만 확신하지는 못했소. 모든 건 항상 확인할 필요가 있는 법이오.」

그런 일을 위해서는 수단 방법을 가리지 않는군! 나는 그렇게 생각했지만 말을 하지는 않았다.

포와로는 갑자기 호주머니에 손을 찔러 넣었다.

「아, 참. 거기에 내 손수건을 떨어뜨리고 왔군요. 그 속에 바늘을 감춰뒀는데.」

「내가 갖다 드리죠.」

나는 그렇게 말하고 급히 되돌아갔다.

이제 독자 여러분들은 포와로와 내가 어떤 하나의 사건을 담당하고 있는 의사와 간호사라는 느낌을 갖게 됐을 것이다. 사실 그는 이제 막 수술을 하러 들어가려 하는 외과의사처럼 보였다.

이런 말을 해서는 안 되겠지만, 이상하게 나는 서서히 흥미를 느끼기 시작했다. 간호사 교육을 마친 직후의 일이 생각난다. 어떤 가정집에 환자를 보러갔는데, 즉시 수술을 해야만 할 정도로 위급했다.

하지만 환자의 남편이 병원에 대해 좋지 않게 생각하여 그의 아내를 병원에 옮겨야 한다는 말을 들으려고 하지 않았다. 자기 집에서 수술을 해달라는 것이었다. 물론 나에게는 더할 나위 없이 좋은 기회였다! 나밖에는 다른 간호사가 없었으니까 내가 모든 걸 떠맡아야 했다.

나는 신경이 몹시 예민해졌다. 의사에게 필요한 것들을 꼼꼼히 다 준비해 놓은 것 같은데도 혹시 잊고 빠뜨린 것이 없는지 걱정스러웠다. 보통 사람들은 의사에 대해서 잘 모른다. 의사들은 절대적으로 완벽한 것을 요구한다! 그러나 모든 일이 잘 진행되었다!

의사가 요구할 만한 걸 완벽하게 갖추었던 것이다. 의사는 수술이 끝난 뒤에 아주 잘했다고 칭찬해주었다. 의사들은 웬만해서는 그런 말을 잘 하지 않는 법인데. 그 의사의 솜씨도 훌륭했지만, 나 역시 혼자서 모든 일을 처리했던 것이다! 환자는 나중에 완쾌되어 모두 행복을 느꼈다.

글쎄, 지금 내가 꼭 그런 기분이다. 포와로가 나에게 그 의사를 생각나게 한 것이다. 옛날 그 의사도 왜소한 사람이었다. 못생기고 키가 작고 생김새가 원숭이 같아 보였지만, 뛰어난 외과의사였다.

그는 직감적으로 어디서부터 일을 시작해야 할지 알았다. 많은 외과의사를 만나보았지만, 다른 의사들과는 달랐다. 점차적으로 나는 포와로에게 일종의 신뢰감 같은 걸 느끼기 시작했다.

그도 역시 무엇을 해야 하는지를 정확히 알고 있다는 생각이 들었다. 그래서 그를 돕는 것이 내가 할 일이라고 생각하게 되었다. 의사가 원할 때 핀셋과 스펀지, 그리고 모든 것을 사용할 수 있게 준비해 두는 건 당연하다. 그렇기 때문에 내가 달려가서 그의 손수건을 주워오는 것은 의사가 마룻바닥에 던진 수건을 줍는 것처럼 당연했다.

내가 그것을 주워왔을 때, 그를 금방 찾을 수는 없었지만 마침내 발견했다. 그는 흙더미에서 조금 떨어진 길에서 캐어리 씨와 이야기를 하며 앉아 있었다.

캐어리 씨의 조수가 눈금이 새겨진 매우 큰 막대기를 가지고 가버렸다. 그는 잠시 일을 마치고 쉬는 것처럼 보였다. 난 사실 좀 더 정확히 알고 싶었다.

포와로가 내게 무엇을 바라고, 무엇을 하지 않기를 원하는지 나로서는 알 수 없었다. 손수건을 가지고 오라고 나를 보낸 것은 어쩌면 일부러 그랬을지도 모른다. 나더러 자리를 비켜달라는 뜻으로 말이다.

이 일은 마치 수술과 같았다. 의사가 원하는 것을 정확히 의사에게 건네주어야만 한다. 만일 필요하지 않을 때에 동맥 핀셋을 건네주었다면, 그것이 필요한 때에는 어떻게 할 것인가!

다행히도 나는 때와 장소에 맞춰 알맞게 처신하는 법을 알고 있었다. 여기서 실수하고 싶지 않았다. 나는 이런 일에서는 너무나도 보잘것없는 견습생이었다. 따라서 어떠한 바보 같은 실수도 저지르지 않도록 각별히 신경을 써야 한다.

물론 포와로는 내가 그들의 이야기를 엿듣는다고 해서 싫어하지는 않을 것이다. 그러나 내가 그곳에 없었기 때문에 캐어리 씨가 더 쉽게 말을 할 수 있을지도 모른다. 비밀 얘기나 엿듣는 그런 여자라는 인상은 주고 싶지 않았다. 그래서 나는 한순간이라도 의심받을 만한 행동은 하지 않았다. 비록 아무리 엿듣고 싶을지라도 말이다.

이 말은 만일 그것이 개인적인 대화였다면 나는 결코 엿듣지 않았을 것이라는 뜻이다.

사실 나는 그 당시에는 어떤 특권 의식 같은 걸 가지고 있었다. 환자가 마취에서 깨어났을 때 간호사는 많은 것을 듣게 된다. 환자는 간호사에게 그런 이야기를 하려 하지 않지만, 또한 그런 이야기를 간호사들이 들었다고 생각하지도 않는다. 그러나 간호사가 많은 이야기를 듣게 되는 것은 사실이다.

나는 캐어리 씨를 환자로 생각한다. 그렇다면 내가 엿듣는다는 걸 그가 모르는 게 훨씬 나았다. 만일 누군가 내가 호기심이 강한 여자라서 그런다고 말한다면 나는 기꺼이 인정하겠다.

나는 이 사건에 도움이 될 수 있는 것이라면 어떤 것이라도 놓치고 싶지 않았다. 이러한 사실로 인해서 나는 그들이 있는 곳에서 1피트(30㎝)쯤 떨어진 곳에 있는 커다란 흙무더기 뒤에 숨었다.

만일 누군가가 나의 행동이 불명예스러운 짓이라고 말한다면 나는 항변할 것이다. 환자를 맡고 있는 간호사에게 어떤 것도 숨겨서는 안 된다. 물론 치료를 지시하는 사람은 의사지만.

포와로가 어떤 방법을 써서 얘기를 끌어냈는지는 모르지만, 내가 그들 가까이 다가갔을 때쯤 그는 사건의 핵심을 곧장 겨냥하고 있었다.

「레이드너 박사가 부인을 끔찍이 사랑했던 사실은 익히 잘 알고 있습니다.」

포와로는 이렇게 말하고 있었다.

「그러나 친구에게보다 적에게 그 속사정을 더 많이 알게 되는 경우가 허다한 법이죠.」

「인간의 결점이 장점보다 더 중요하다는 말씀입니까?」

캐어리 씨가 말했다. 그의 목소리는 비꼬는 투가 역력했다.

「물론이죠. 살인에 대해서는 더욱 말입니다. 심성이 너무나 완벽했던 탓에 살해당했다는 소리를 나로서는 들어본 적이 없으니 말이오! 게다가 그 '완벽'이라는 것이 내게는 오히려 수상한 존재지요.」

캐어리 씨가 말했다.

「내가 당신에게 도움이 될 수 있을지 모르겠군요. 한 점 부끄럼 없이 정직하게 말해서, 나는 레이드너 부인과 그리 각별한 사이는 아니었어요. 뭐 굳이 적대관계였다는 뜻은 아니지만, 그렇다고 친구도 아니었다는 말입니다. 아마 레이드너 부인이 자기 남편과 나의 오랜 우정을 은연중 시기했을지도 모르죠. 내가 보기에 그녀는 괜찮은 여자 같았고, 또 상당히 매력적이기도 했지요. 그러나 그녀가 남편에게 안 좋은 영향을 미치는 것 같아서 기분은 좀 언짢았죠. 그래서 우리는 서로 깍듯이 예의를 갖추었지만 친근감은 없었어요.」

포와로가 말했다.

「아주 멋지게 설명하는군요.」

나는 그들의 머리를 볼 수 있었는데, 포와로의 차분한 어조 속의 무엇인가가 그를 화나게 만들었는지 몰라도, 갑자기 캐어리 씨가 머리를 획 돌렸다.

캐어리 씨는 말하기 전에 약간 머뭇거렸다.

「레이드너는……, 글쎄요, 잘 모르겠군요. 그는 아무런 말도 하지 않았거든요. 난 항상 그가 눈치 채지 않기를 바랐지요. 당신도 아시다시피, 그는 자신의 일에만 신경을 썼거든요.」

「당신 말에 따르면, 당신은 레이드너 부인을 별로 좋아하지 않았다는 말인데, 그게 사실입니까?」

「만일 그녀가 레이드너의 아내가 아니었다면 우린 매우 좋아했을 겁니다.」

그는 자신의 말이 재미있다는 듯이 웃었다.

포와로는 부서진 질그릇 조각 더미를 만지작거리고 있었다. 그는 꿈꾸듯이 나지막한 목소리로 말했다.

「나는 오늘 아침에 존슨 양과 이야기를 했습니다. 그녀는 자신이 레이드너 부인에게 편견을 가지고 있으며, 부인을 별로 좋아하지 않았다고 고백하더군요. 비록 레이드너 부인이 자기가 보기에는 항상 매력적이었다고 급히 덧붙이긴 했지만요.」

「그럴 것이라고 생각합니다.」

캐어리 씨가 말했다.

「나도 그렇게 믿소. 그 다음, 머캐도 부인과 대화를 했지요. 그녀는 자기가 레이드너 부인에게 얼마나 잘 대해주었는지, 또 얼마나 그녀를 좋아했는지에 대해 장황하게 늘어놓더군요.」

캐어리 씨는 이 말에 대해서는 한마디도 언급하지 않았다.

포와로는 잠깐 기다렸다가 말을 계속했다.

「그 말을 사실, 난 믿지 않소! 그래서 당신에게 왔는데, 당신이 하는 말 역시 믿지 않습니다.」

캐어리 씨는 굳어진 목소리로 말했다. 나는 그의 목소리에서 분노의 감정을 느낄 수 있었다. 억눌린 분노의 감정 말이다.

「당신이 내 말을 믿든 안 믿든 그건 어쩔 수 없는 일이오, 포와로 씨. 당신은 진실을 들었으니까, 그것을 받아들이든지 팽개치든지 마음대로 하십시오.」

포와로는 화를 내지 않았다. 오히려 부드럽고도 우울하게 말했다.

「믿고 안 믿고는 다 내 탓이란 말이지요? 당신도 아시다시피 내 귀는 항상 민감합니다. 세상일에는 늘 숱한 이야기들이 떠도는 법인데, 소문은 누군가 듣기 마련이죠. 그리고……, 누군가는 진상을 알게 되죠. 그래요, 숱한 이야기들이 떠돌더군요.」

캐어리 씨는 벌떡 일어섰다. 그의 관자놀이가 뛰는 것을 나는 분명히 볼 수 있었다. 그는 정말 멋있었다. 후리후리한 키에 갈색 피부, 그리고 튼튼하고 네모진 잘생긴 턱, 여자들이 그런 남자에게 반하는 것은 조금도 이상한 일이 아니었다.

그가 핏대를 올리며 물었다.

「무슨 이야기 말입니까?」

포와로는 곁눈질로 그를 쳐다보았다.

「당신도 알 텐데요. 흔히 있을 수 있는 소문 말이오. 당신과 레이드너 부인 사이의 일.」

「더러운 놈들 같으니!」

「그렇지 않았나요? 사람들은 개와 같은 속성이 있지요. 당신이 아무리 불쾌한 일을 땅속 깊숙이 파묻더라도 개는 그걸 송두리째 파내는 법이지요.」

「그럼, 당신도 그런 이야기들을 믿습니까?」

「난 기꺼이 믿으려 합니다, 진실을.」

포와로가 진지하게 말했다.

「듣기만 하고서 어떻게 진실이라는 걸 알겠습니까?」

캐어리 씨가 거칠게 웃었다.

「그렇지 않았나요?」

포와로는 그를 쳐다보면서 말했다.

「그렇다면 말하죠! 이제 당신도 모든 걸 알게 될 겁니다! 나는 루이즈 레이드너를 미워했습니다. 이것은 진실이오! 난 그녀를 지독히 미워했단 말입니다!」

제22장 데이비드 에모트, 라비뉴이 신부, 그리고 한 가지 사실

캐어리 씨는 홱 돌아서서 성난 발걸음으로 성큼성큼 걸어가 버렸다. 포와로는 앉아서 그의 뒷모습을 쳐다보며 혼자서 중얼거렸다.

「그래, 이젠 알겠어.」

고개도 돌리지 않은 채 그는 약간 큰 소리로 말했다.

「캐어리가 고개를 돌릴지도 모르니 당분간 그 모퉁이에서 움직이지 마시오, 레서런 양. 자, 이젠 됐어요. 내 손수건 가져왔소? 고맙소. 당신은 정말 친절해요.」

그는 내가 엿듣고 있었던 일에 대해서는 아무런 말도 하지 않았다. 그런데 나로서는 그가 어떻게 내가 엿듣고 있었던 것을 알았을까 궁금했다. 그는 내가 있었던 방향으로는 한 번도 눈길을 주지 않았다. 그가 아무런 말도 하지 않은 것이 나로서는 오히려 다행이었다. 물론 나로서는 켕기는 것이야 없지만, 그래도 설명하기가 그리 수월치는 않았을 것이다. 따라서 그가 묻지 않은 것이 나로서는 매우 다행스러웠다.

「저분이 그녀를 미워했다고 생각하세요, 포와로 씨?」

그는 얼굴에 묘한 표정을 지으면서 천천히 고개를 끄덕이며 말했다.

「그래요, 미워했다는 생각이 드는군요.」

그러고는 벌떡 일어나 사람들이 작업하고 있는 흙더미를 향해 걷기 시작했다. 나는 그를 뒤따랐다. 처음에 우리는 아랍인 몇 명밖에는 아무도 볼 수 없었지만, 마침내 고개를 숙인 채 이제 막 발견한 두개골의 먼지를 불어내고 있는 에모트를 발견했다.

그는 우리를 보자 밝고 진지한 미소를 지었다.

「구경 좀 하시겠습니까?」 그가 물었다.

「잠깐 기다리십시오.」

그는 칼을 꺼내 들고 앉아서, 뼈에 묻어 있는 흙을 조심스럽게 긁어내기도 하고, 풀무를 사용하거나 혹은 입으로 불어내기도 했다.

나는 입으로 불어내는 것이 매우 비위생적인 방법이라고 생각했다. 내가 안쓰러워서 말했다.

「당신 입 속에 온갖 종류의 세균이 들어갈 거예요, 에모트 씨.」

그는 진지하게 말했다.

「세균이 내 주식인걸요. 하지만 고고학자에겐 세균이 아무렇지도 않아요. 세균이 두 손 들고 마는걸요.」

그는 대퇴골에서 흙을 계속 긁어냈다. 그러고는 감독을 불러서 일을 지시했다.

「점심식사 뒤에 레이터 씨에게 사진을 찍으라고 해야겠어요. 이 여자의 무덤에 함께 묻혀 있었는데, 상당히 멋진 겁니다.」

그는 자그마한 녹청색 구리 주발 하나와 핀 몇 개를 우리에게 보여주었다. 금과 푸른 구슬로 만들어진 목걸이도 있었다. 많은 뼈들과 장신구들이 깨끗이 닦여져서 사진을 찍을 수 있게 가지런히 정돈되어 있었다.

포와로가 물었다.

「어떤 여자입니까?」

「기원 전 1,000년 전에 살았던 귀부인이었던 것 같아요. 두개골이 약간 이상해 보이는데, 머캐도 씨에게 보여드려야겠어요. 타살된 유해 같은 생각이 드는군요.」

포와로가 말했다.

「이천 년 전의 레이드너 부인인가 보군.」

에모트가 말했다.

「그렇겠군요.」

빌 콜먼은 곡괭이를 가지고 벽면에서 작업을 하고 있었다.

데이비드 에모트는 나로서는 무슨 말인지 모를 말로 콜먼에게 지시하고 포와로를 안내하기 시작했다. 에모트는 간단하게 안내를 한 다음에 자기 시계를 들여다보며 말했다.

「10분만 있으면 일이 끝날 겁니다. 집까지 가시겠습니까?」

포와로가 말했다.

「오, 물론입니다.」

우리는 잘 닦인 길을 따라 천천히 걸었다.

포와로가 말했다.

「다시 일을 시작하게 되어 기쁘겠소?」

에모트는 조심스럽게 대답했다.

「예, 잊는 것이 가장 좋더군요. 집 안에서 빈둥거리며 잡담하는 것도 쉬운 노릇은 아니지요.」

「당신들 중에서 한 사람이 살인자인 걸 알고서 서로를 대해야 하니까 그럴 거요.」

에모트는 대꾸하지 않았다. 그는 부정하는 몸짓도 하지 않았다. 포와로가 하인들에게 이것저것 캐물었을 때부터 그 사실을 의식하고 있었음을 나는 그제야 깨달았다.

잠시 뒤에 그가 조용히 물었다.

「어느 정도 방향이 잡혔습니까, 포와로 씨?」

「아, 물론이지요.」

포와로는 그를 뚫어지게 쳐다보다가 말했다.

「사건의 핵심은 레이드너 부인입니다. 레이드너 부인에 관해 알고 싶군요.」

데이비드 에모트는 천천히 말했다.

「그녀에 대해 알고 싶다는 것이 무슨 뜻이죠?」

「그녀의 고향이 어디며, 이름이 무엇인지, 그리고 얼굴 모습이 어떠하며, 눈동자가 무슨 색인지를 알고 싶은 것이 아니라 그녀의 내면에 대해 알고 싶소.」

「이 사건에서 그게 꼭 필요합니까?」

「분명히 그렇다고 확신하오.」

에모트는 한동안 말이 없더니 입을 열었다.

「어쩌면 당신 말씀이 옳겠군요.」

「그럼, 당신은 나를 돕겠다는 뜻이오? 그렇다면 그녀가 어떤 여자였는지 말해주시오.」

「제가요? 그건 오히려 제가 궁금했던 문제인데요.」

「그 문제에 대해서 생각해 본 적은 없소?」

「제 개인적인 견해에 불과한데…….」

「아, 좋습니다.」

그러나 에모트는 한동안 말이 없다가 한참만에야 입을 열었다.

「레서런 간호사는 그녀를 어떻게 생각했습니까? 여자들은 다른 여자들을 빨리 알아본다고 하던데요. 더군다나 간호사는 여러 유형의 여자들에 대해서 폭넓은 경험이 있지 않습니까?」

나는 말하고 싶었지만 포와로가 말할 기회를 주지 않았다.

그가 재빨리 나선 것이다.

「내가 알고 싶은 것은 남자가 그녀를 어떻게 생각했느냐 하는 겁니다.」

에모트는 약간 웃었다.

「남자나 여자나 모두 똑같다고 생각하는데요.」

그가 멈추었다가 말했다.

「그녀는 젊지는 않았지만, 제가 만났던 여자들 중에서는 가장 아름다운 여자였던 것 같아요.」

「그런 말은 아무런 대답이 안 돼요, 에모트 씨.」

「그것은 지금까지는 대답이 될 수 없었겠지요, 포와로 씨.」

그는 잠시 묵묵히 있다가 이야기를 계속했다.

「내가 어렸을 때 읽었던 동화에 이런 이야기가 있었습니다. 눈의 여왕과 어린 소년 케이에 관한 동화였지요. 레이드너 부인이 마치 그 여왕 같다는 생각이 드는군요. 여왕은 케이를 데리고 먼 곳까지 말을 타고 나가곤 했지요……..」

「아, 그래요. 한스 안데르센의 동화가 아닌가요? 어떤 소녀가 등장하지요, 게르다……. 그게 맞지요?」

「아마 그런 것 같군요. 기억이 잘 나지 않습니다.」

「좀 더 이야기해주겠소, 에모트 씨?」

데이비드 에모트는 고개를 저었다.

「제가 그녀를 제대로 보았는지 모르겠습니다. 그녀는 파악하기가 쉽지 않은 여자더군요. 어떤 날에는 악마 같은 짓을 하다가, 또 어떤 날에는 천사가 되는 겁니다. 당신이 그녀가 이 사건의 핵심이라고 했을 때 나는 그 말이 옳다고 생각했습니다. 그녀는 항상 모든 일의 중심이 되고 싶어했지요. 그래서 모든 사람들을 자기 손아귀에 넣고 싶어했죠. 다시 말하자면 그녀는 땅콩버터가 발린 빵을 건네받는 것에 만족하지 않고, 그녀가 직접 그것을 집으려고 해서 건네주던 사람의 마음이 싹 달아나 버리게 만드는 여자였어요.」

포와로가 물었다.

「만일 누군가가 그녀에게 그러한 만족을 충족시키지 못했다면?」

「그러면 그녀는 심술궂게 변했지요!」

나는 그의 입술이 굳게 닫히면서 턱 부분이 굳는 것을 보았다.

「에모트 씨, 누가 그녀를 살해했는지에 대해서 개인적인 의견을 말쓸해주시겠습니까?」

에모트가 대답했다.

「모르겠는데요. 정말 막연한 생각조차 들지 않아요. 제가 칼 레이터였다면 그녀를 죽이려고 했을지도 모르죠. 그녀는 레이터에게 끔찍하게 굴었어요. 하지만 사실은 그의 성격이 지나치게 예민해서 사서 고생을 했던 셈이지요. 일을 만들어 핀잔을 들었던 셈이니까.」

포와로가 물었다.

「그럼, 레이드너 부인이 그를 놀려댔단 말인가요?」

에모트는 갑자기 이를 드러내고 웃었다.

「아니요, 수예 바늘로 쿡쿡 찔렀을 뿐이지요. 그게 그녀의 수법이었어요. 레이터는 이를 박박 갈았지요. 꼭 엉엉 울고 있는 겁 많은 아이 같았어요. 바늘은 고통을 주는 무기이지 않습니까?」

나는 포와로를 훔쳐보았는데 그의 입술에 가벼운 경련이 이는 것을 알아차렸다.

「당신은 실제로 칼 레이터가 살해했다고 생각합니까?」

그가 물었다.

「천만에요, 식사 때마다 여자가 놀려댄다고 해서 그 여자를 죽였다고는 생각하지 않습니다.」

포와로는 생각에 잠긴 채 머리를 흔들었다.

에모트의 말투에는 레이드너 부인이 꽤 비인간적인 여자라는 의미가 담겨 있었는데, 그에 반하여 그의 태도에는 좀 다른 면이 풍기고 있었다. 사실 레이터의 태도에는 몹시도 짜증스러운 데가 있었다. 그녀가 말을 걸면 깜짝 놀라기도 하고, 엉뚱한 짓도 저지르곤 했던 것이다. 심지어 그녀가 오렌지 잼을 먹지 않는다는 것을 알면서도 계속해서 그것을 건네주었다.

그럴 때에는 내가 뺨이라도 한 대 갈겨주고 싶을 정도였다. 남자들은 자기들의 판에 박힌 행동이 여자들의 신경을 얼마나 자극하는지 이해하지 못하는 듯하다. 그런 장면을 볼 때마다 나는 울화통이 치밀어 오르곤 한다. 언젠가 포와로에게도 그런 말을 한 적이 있다.

우리가 다시 집으로 돌아오자 에모트는 포와로에게 씻을 물을 갖다준 뒤, 그를 자기 방으로 데리고 갔다. 나는 뜰을 지나 서둘러 내 방으로 갔다. 내가 방에서 나오자 에모트와 포와로도 마침 나오는 길이어서 함께 식당으로 가려고 하는데, 라비뉴이 신부가 방에서 나와 포와로를 자기 방으로 불러들였다.

에모트가 서성거리고 있기에 나는 그와 함께 식당으로 갔다. 존슨 양과 머캐도 부인은 이미 와 있었고, 몇 분 뒤에 머캐도 씨, 레이터, 그리고 콜먼이 우리와 합석했다. 우리는 모두 자리에 앉았고, 머캐도 씨가 아랍 소년에게 라비뉴이 신부 방에 가서 점심식사가 준비되었다고 알려주라고 지시를 했다.

그때 희미하게 들려오는 둔탁한 비명 소리에 모두 깜짝 놀라고 말았다. 우리는 모두 바짝 긴장했다. 놀라기도 했거니와, 존슨 양마저 새파랗게 질린 얼굴로 소리를 질렀기 때문이다.

「저게 무슨 소리죠? 무슨 일이 벌어졌나요?」

머캐도 부인은 그녀를 쳐다보며 말했다.

「아니, 왜 그러세요? 바깥 들판에서 들리는 소리일 뿐인데.」

바로 그 순간에 포와로와 라비뉴이 신부가 들어왔다.

존슨 양이 물었다.

「누가 다치기라도 했나요?」

포와로가 말했다.

「대단히 죄송하오, 마드무아젤. 다 내 잘못이오. 라비뉴이 신부가 나에게 서판을 몇 개 주기에 자세히 살펴보려고 하나를 창가로 가져가다가, 바보스럽게도 앞을 바라보지 않은 탓에 발가락을 다쳤다오. 그 순간 너무나 아파서 고함을 질렀던 거요.」

머캐도 부인이 웃으면서 말했다.

「또 살인사건이 일어난 줄 알았잖아요.」

그녀의 남편이 소리쳤다.

「마리!」

그의 음성은 꾸짖는 투여서 그녀는 얼굴을 붉히며 입술을 깨물었다.

존슨 양은 발굴지에서 그날 아침 성과를 올렸던 흥미로운 유물들에 관한 대화로 재빨리 화제를 돌렸다.

점심을 먹는 내내 대화는 고고학에 관련된 것이었다. 나는 그런 이야기가 우리 모두에게 가장 안전한 것이라고 생각했다. 커피를 마신 뒤 우리는 거실에 잠시 머물렀다가 라비뉴이 신부를 제외한 남자들은 다시 발굴지로 나갔다.

라비뉴이 신부가 포와로를 데리고 골동품실로 가기에 나도 따라갔다. 나는 나날이 미적 안목이 높아지고 있었다. 그래서 유물들이 내 것이라도 된 양 일종의 자부심을 느꼈다.

라비뉴이 신부가 황금잔을 내려놓자, 포와로가 찬탄과 기쁨의 환호성을 질렀다.

「이렇게 아름다울 수가! 기가 막힌 예술 작품이로군!」

라비뉴이 신부도 맞장구를 치며 정말 열심히, 그리고 해박하게 그 아름다움을 설명하기 시작했다.

내가 말했다.

「오늘은 촛농이 묻어 있지 않군요.」

포와로가 나를 쳐다보았다.

「촛농이라니요?」

나는 이 말의 의미를 설명했다.

「오, 알겠어요.」

라비뉴이 신부가 말했다.

「예, 그 촛농 말이군요.」

그 말로 인해 화제는 한밤중에 나타났던 불청객에게로 옮겨갔다.

내가 있다는 사실도 잊은 채 두 사람은 불어로 이야기하기 시작했고, 보다 못해 나는 거실로 돌아왔다.

머캐도 부인은 남편의 양말을 꿰매고 있었고, 존슨 양은 책을 읽고 있었다. 존슨 양이 책을 다 읽다니 이상했다. 여느 때처럼 할 일이 많은 것처럼 보였는데 말이다.

잠시 뒤에 라비뉴이 신부와 포와로가 돌아왔는데, 신부는 할 일이 있다면서 나갔고, 포와로는 우리와 함께 자리에 앉았다.

「매우 재미있는 사람이더군요.」

포와로는 이렇게 말하면서 지금까지 라비뉴이 신부가 무슨 일을 했느냐고 물었다. 존슨 양은 서판이나 질그릇 인장, 글이 새겨진 벽돌 등 얼마 되지 않는다고 이야기했다. 하지만 라비뉴이 신부는 발굴지에서 일을 하면서 매우 빨리 구어체 아랍어를 배웠다고 덧붙였다.

그래서 화제는 원통형 질그릇 인장으로 넘어갔고, 존슨 양은 찬장에서 세공용 점토 위에 그 인장을 굴려서 만든 탁본 한 장을 가져왔다.

우리 모두 생동감 넘치는 무늬에 감탄하며 탁본을 들여다보고 있을 때, 나는 그 탁본이 비극이 일어났던 그날 낮에 그녀가 작업하고 있었던 것임을 깨달았다.

우리가 이야기를 나누고 있을 때, 포와로는 작은 세공용 점토를 공처럼 만지작거리고 있었다.

「세공용 점토를 많이 사용하시는군요, 마드무아젤?」

그가 물었다.

「예, 아주 많아요. 올해도 많이 쓴 것 같아요. 그런데 그게 글쎄, 우리가 사들인 양의 절반 정도가 없어져 버린 것 같아요.」

「그것을 어디에 보관하십니까, 마드무아젤?」

「여기, 이 찬장에요.」

그녀는 탁본 종이를 제자리에 갖다 두면서 점토 뭉치, 듀로팍스, 감광판, 그리고 다른 문구용품들이 있는 선반을 보여주었다.

포와로가 안을 들여다보았다.

「그런데 이게……, 이게 뭡니까, 마드무아젤?」

그는 뒷짐을 지고 살펴보다가 이상하게 찌그러진 물건을 끄집어냈다. 물건을 펼치자, 그제야 그것이 가면이라는 사실을 알아차릴 수 있었다. 두 눈과 입술이 인디언 잉크로 거칠게 채색되어 있었고, 주변 전체가 점토로 엉성하게 덧발라져 있었다.

존슨 양이 외쳤다.

「이럴 수가! 여태까지 본 적이 없는 것인데, 어떻게 여기에 들어 있었을까요? 이게 뭐죠?」

「이것이 여기 있는 이유는 숨겨두기에 가장 최적의 장소이고, 발굴이 끝날 때까지는 어느 누구도 이 찬장을 뒤지지 않을 거라고 생각했기 때문이죠. 그리고 이것이 무엇이냐 하면……, 음, 내 생각에는 간단합니다. 이것은 레이드너 부인이 얘기했던 바로 그 얼굴입니다. 어두운 날, 창밖으로 봤다던 유령 같은 얼굴, 그 몸뚱이가 없다던 얼굴 말이죠.」

머캐도 부인은 비명을 질렀다.

존슨 양은 입술이 새하얗게 질리면서 중얼거렸다.

「그렇다면 그것은 터무니없는 망상이 아니었군요. 끔찍해요, 정말 끔찍해! 그런데 누가 그런 짓을?」

머캐도 부인이 소리쳤다.

「그래요! 누가 그런 끔찍한 짓을 저지른 거죠?」

포와로는 대답하지 않았다. 그는 옆방에 가서 빈 상자를 들고 왔다.

그리고 찌그러진 가면을 넣을 때까지 굳은 표정으로 말했다.

「경찰에 넘겨서 조사해 달라고 해야겠습니다.」

존슨 양이 낮은 목소리로 말했다.

「끔찍해요. 정말이지 끔찍해!」

「다른 것들도 이 집에 숨겨놨을까요?」

머캐도 부인이 날카로운 목소리로 외쳤다.

「그녀를 살해할 때 사용했던 곤봉. 그 흉기가 지금까지도 온통 피투성이가 되어 있다고 생각해 보세요. 오! 무서워요. 무섭다고요!」

존슨 양이 그녀의 어깨를 움켜쥐며 날카롭게 말했다.

「조용히 해요. 레이드너 박사님이 오세요. 그분을 괴롭혀서는 안 돼요.」

정말 바로 그 순간에 차가 안뜰로 미끄러져 들어왔다. 레이드너 박사가 차에서 나와 뜰을 지나 곧장 거실로 들어섰다. 그의 얼굴은 피로로 주름이 많이 생겨 사흘 전보다 나이가 두 배나 많아 보였다.

그는 조용한 목소리로 말했다.

「장례식은 내일 11시입니다. 딘 소령이 장례식에서 조사(弔詞)를 읽을 겁니다.」

머캐도 부인은 뭐라고 중얼거리더니 그 방을 빠져나갔다.

레이드너 박사는 존슨 양에게 말했다.

「올 거요, 앤?」

그녀는 대답했다.

「물론이죠, 박사님. 우리 모두 갈 겁니다. 당연히.」

그녀는 그렇게밖에 말하지 않았으나, 그녀의 표정에는 말로 표현할 수 없는 뭔가가 담겨 있었다.

레이드너의 얼굴이 감동과 안도의 빛으로 가득 찼기 때문이다.

그가 말했다.

「앤, 당신은 정말 내게 위안과 힘을 주는군요. 오랜 친구답게.」

그가 그녀의 팔을 잡자 그녀의 얼굴이 달아올랐다.

존슨 양이 여느 때처럼 「아니요, 뭐 새삼스럽게.」 하고 탁한 목소리로 중얼거리는 것을 나는 보았다.

내가 그녀의 표정을 흘끗 쳐다보니 존슨 양은 매우 행복한 여자의 표정을 짓고 있었다. 그러자 또 다른 생각이 내 머릿속을 스치고 지나갔다. 아마도 곧, 그러나 자연스런 결과로서 그의 오랜 친구에게 동정심을 느낀다면 어떤 새롭고 행복한 일이 일어날 것만 같았다. 나는 중매쟁이도 아니며, 물론 장례식을 치르기도 전에 그런 추측을 한다는 것은 불경스럽기 짝이 없는 일이라는 것을 알고 있다. 그러나 결국 그것은 가장 좋은 해결책이 될 것이다.

그는 존슨 양을 매우 좋아했으며, 분명 그녀도 절대적으로 그에게 헌신했다. 또 그녀라면 자신의 남은 인생을 그에게 바치는 일에 적극적일 게 틀림없었다. 만일 그녀가 루이즈의 총명함에 대해 회상하는 레이드너 박사를 참고 인내하는 법만 깨우친다면 충분히 가능한 얘기였다. 대개의 여자들은 자기들이 원하는 바를 얻었을 때는 잘 참아낼 수 있는 법이다. 그 다음에 레이드너 박사는 포와로와 인사를 나누며 무슨 진전이 있느냐고 물어보았다.

존슨 양은 레이드너 박사 뒤에 서서 포와로의 손에 들려 있는 상자를 뚫어지게 쳐다보고는 머리로 저었는데, 그것은 포와로에게 그 가면에 대해서 말하지 말라고 간청하는 뜻이었다. 그녀는 분명히 그가 하루 정도는 참아줄 것이라고 생각했던 것이리라.

포와로는 그녀의 부탁을 들어주었다.

「진척이 잘 안 되는군요, 박사님.」

포와로는 몇 마디 단편적인 이야기를 하고는 방을 나갔다. 나는 그의 자동차가 있는 곳까지 따라 나갔다. 그에게 묻고 싶은 것이 여섯 가지나 있었지만, 그가 뒤돌아서서 나를 쳐다보았을 때는 결국 한마디도 입 밖으로 꺼내지 못했다. 나는 외과의사에게 수술을 잘 해냈다고 생각하는지 묻고 싶은 심정이었지만, 그저 가만히 서서 다음 지시만 기다렸을 뿐이다.

그의 말은 다소 나를 놀라게 했다.

「조심해요, 철부지 아가씨.」

그리고 덧붙여 말했다.

「이곳에 남아 있는 것이 정말 괜찮겠소?」

나는 대답했다.

「레이드너 박사님께 떠나야겠다고 말씀드려야겠어요. 하지만 장례식이 끝날 때까지는 기다릴 생각입니다.」

그는 허락하듯 고개를 끄덕이며 말했다.

「당분간은……, 너무나 많이 알아내려고 하지 마시오. 난 아가씨가 너무나 똑똑한 것을 원치 않으니까!」

그리고 그는 미소를 지으며 덧붙였다.

「약솜을 쥔 사람은 당신이고, 수술은 내가 하는 거요.」

그가 정말로 그런 말을 하다니 이 얼마나 재미있고 놀랄 만한 일인가! 그런 다음 그는 뜻밖의 말을 꺼냈다.

「재미있는 사람이오, 라비뉴이 신부는.」

내가 말했다.

「신부가 고고학자라니 전 이상한걸요.」

「아, 그러고 보니 당신은 개신교군. 난, 나는 독실한 가톨릭 신자요. 나는 목사와 신부의 차이를 알고 있어요.」

그는 얼굴을 찡그리고 머뭇거리다가 말했다.

「명심해요, 그는 마음만 먹으면 당신의 속마음도 뒤집을 만큼 현명한 사람이니까.」

만일 그가 날보고 떠들어대지 말라고 주의를 주고 있는 거라면, 나는 그런 주의를 받을 이유가 없었다!

그 말은 나를 화나게 했다. 이제 더 이상 궁금한 것을 하나도 묻고 싶지 않았지만, 왜 내가 한마디도 말을 해서는 안 되는지 이해할 수 없었다.

나는 말했다.

「저에게 사과하셔야 해요, 포와로 씨. 그건 선생님의 억측이지, 제가 소문을 퍼뜨리고 다니거나 고자질을 한 것은 아니었어요」

「오! 고맙소, 아가씨.」

「천만에요. 그렇지만 적절한 문구를 사용하는 게 좋을 거예요」

그는 매우 부드럽게 말했다.

「명심하겠소」

그리고 그는 차를 타고 떠났고, 난 천천히 뜰을 지나가며 여러 가지를 생각했다.

머캐도의 팔에 있는 피하주사 바늘 자국과 그가 어떤 약을 복용하는지의 여부에서, 무시무시한 노란색 점토 가면, 그날 아침 포와로와 존슨 양이 거실에서 내 고함 소리를 듣지 못한 사실까지…….

참 이상한 일이었다. 하지만 우리 모두는 점심시간에 포와로의 소리를 식당에서 분명히 들었다. 라비뉴이 신부의 방과 식당, 레이드너 부인의 방과 거실은 거리상 비슷했다.

하지만 나는 포와로라는 의사에게 영어 문구 하나를 정확하게 가르쳐 준 듯해 매우 기분이 좋았다! 비록 그가 훌륭한 탐정이긴 하지만 모든 것을 다 알지는 못하는 것 같았다.

제23장 심령 작용을 일으키다

장례식은 매우 애처로웠다는 생각이 든다. 우리뿐만 아니라, 하사니에에 있는 모든 영국인들이 참석했다. 심지어 실러 레일리도 검은 코트와 스커트를 입고 조용히, 그리고 차분하게 지켜보고 있었다.

나는 그녀가 죽은 부인을 험담했던 것을 뉘우쳤으면 하고 바랐다. 우리가 다시 집으로 돌아왔을 때, 나는 레이드너 박사를 따라 그의 연구실로 들어가서 이젠 그만 떠나야겠다는 이야기를 꺼냈다.

그는 내 뜻을 흔쾌히 승낙하고 내가 한(했다니! 나는 통 쓸모가 없었는데!) 일에 대해서 감사하다고 말하면서 나에게 1주일분의 급료를 받아달라고 했다.

나는 그것을 받을 만한 일을 하나도 하지 않았다고 생각했기 때문에 사양했다.

「정말 레이드너 박사님, 전 어떤 돈도 받을 수 없어요. 돌아가는 여행비만 지불해주시면 됩니다.」

그러나 그는 내 말을 들으려 하지 않았다.

「아시다시피, 전 그 돈을 받을 만한 일을 하지 못했어요. 레이드너 박사님. 음, 말하자면 전 실패했잖아요. 제가 왔던 것이 부인에게 도움이 되지 못했으니까요.」

그는 진심으로 말했다.

「레서런 양, 그런 생각은 하지 마시오. 난 당신을 여자 탐정으로 고용하지는 않았소. 난 아내의 생명이 위험에 처해 있으리라고는 꿈에도 생각하지 못했소. 그녀가 심한 신경과민에 걸려, 다소 기묘한 정신상태 속에서 자신을 자학하고 있다고만 생각했지. 당신은 모든 사람이 할 수 있는 일을 다 했소. 집사람은 당신을 믿고 좋아했소. 집사람이 죽기 전까지 난 당신이 이곳에 있어서 그녀가 더 즐겁고 안전하다고 생각했소. 당신은 스스로를 자책할 필요가 전혀 없소.」

그의 목소리가 미세하게 떨려서 나는 그가 생각에 잠겨 있다는 사실을 알아차렸다. 그는 레이드너 부인의 공포를 진지하게 생각하지 않던 것에 대해 책임을 져야 할 사람이었다.

「레이드너 박사님, 익명의 편지에 대해 어떤 결론을 내렸나요?」

그는 한숨을 쉬며 말했다.

「누구의 말을 믿어야 할지 모르겠소. 포와로 씨가 어떤 명확한 결론을 내리기라도 한 거요?」

「어제까지는 별다른 결론을 못 내렸어요.」

나는 재치 있게 거짓말을 섞어가며 말했다.

내가 존슨 양에 관한 이야기를 꺼낼 때까지 그는 아무 말도 하지 않았다. 사실 나는 레이드너 박사에게 어떤 암시를 주어 그의 반응을 떠보고 싶었다.

그 전날 그와 존슨 양이 함께 있었던 것과 그녀에 대한 그의 애정과 신뢰를 구경하는 일이 재미있어서 나는 그 익명의 편지에 대해서는 까맣게 잊고 있었다. 심지어 새삼 그 편지에 대해 들추는 것도 이상할 것 같다는 생각이 들었다. 비록 존슨 양이 편지를 쓰긴 했지만, 그의 부인이 죽은 뒤 그녀는 늘 불안한 시간을 보냈다. 하지만 레이드너 박사가 그런 일에 대해 어느 정도 생각하고 있는지 알고 싶었다.

「익명의 편지는 대개 여자들의 소행이라더군요.」

내가 말했다. 그가 이 말을 어떻게 받아들이는지 알고 싶었다.

「그럴 수도 있죠.」 그가 한숨을 쉬며 말했다.

「그러나 레서런 양, 당신은 그 편지들이 단순한 협박이 아니라는 걸 잊은 모양이군요. 그 편지들은 프레드릭 보스너가 썼을 거요.」

「아니에요, 그런 걸 잊을 리가 있나요. 하지만 아무래도 진짜 같지는 않아요.」

「난 믿어요. 그가 발굴단원의 일원이라는 것은 터무니없는 소리요. 그것은 포와로 씨의 개인적인 의견에 불과해요. 진상은 훨씬 더 간단하리라고 난 믿고 있소. 그는 미친 사람이오. 그는 이 주변을 어슬렁거리며 다녔소. 아마 적당히 변장을 했겠지. 그러다가 끔찍한 날 오후를 택했던 것이오. 하인들이 졸았는지도 몰라요. 그들이 뇌물을 먹은 게 틀림없어요.」

나는 의심스러운 듯이 말했다.

「그럴 수도 있겠군요.」

레이드너 박사는 신경이 날카로워져서 계속해서 말했다.

「포와로 씨가 내 발굴단원을 의심하는 것도 사실은 당연해요. 하지만 그들 중의 어느 누구도 이 일과 전혀 관련이 없다는 것을 난 절대적으로 확신하오! 난 그들과 함께 일해 왔소. 난 그들을 잘 알아요!」

그는 갑자기 입을 다물었다가 이어서 말했다.

「레서런 양, 그것은 당신의 경험이오? 여자들이 보통 그런 익명의 편지를 쓴다는 것이?」

「항상 그렇지는 않아요. 하지만 그런 식으로 위안을 찾으려는 악의에 찬 여자들도 있긴 하거든요.」

「머캐도 부인을 생각하면서 말을 하는 거요?」

그렇게 말하고서 그는 머리를 저었다.

「비록 그녀가 루이즈를 죽이고 싶어할 정도로 사악했다고 하더라도 그 편지의 내용에 관해서는 전혀 몰랐을 텐데.」

나는 조그만 손가방에 들어 있던 편지들을 기억해냈다. 만일 레이드너 부인이 손가방을 잠그지 않은 채 두었다면, 또 머캐도 부인이 토기들을 만지면서 집에 하루 종일 혼자 있었다면, 그녀는 쉽게 편지들을 발견하고는 읽었을 것이다. 남자들은 그런 간단한 가능성에 대해서도 결코 생각해 본 적이 없는 듯했다.

「그렇다면 그녀를 제외하곤 존슨 양이 있죠.」

그를 바라보며 내가 말했다.

「그건 더욱 가능성이 없는 얘기요!」

그가 이 말을 했을 때 지었던 미소는 매우 단정적이었다.

존슨 양이 그 편지들을 썼을 것이라는 생각을 그는 전혀 해본 적이 없단 말인가! 난 잠깐 머뭇거렸다.

그러나 아무 말도 하지 않았다. 동료 여성을 들춰내는 것은 좋지 않지만, 난 존슨 양의 마음에서 우러나오는 감동적인 후회를 직접 들은 목격자가 아닌가. 끝난 것은 끝난 거야. 나는 왜 모든 문제에 대해 레이드너 박사에게 속 시원히 말해주지 못하는 것일까?

다음 날 나는 떠날 준비를 마쳤다. 그리고 레일리 박사에게 부탁하여 하루나 이틀쯤 그 병원의 간호사 원장실에서 묵었다가 바그다드를 거쳐 영국으로 돌아가느냐, 아니면 자동차나 기차로 니시빈을 거쳐 직접 가느냐를 놓고 고심하고 있었다. 레이드너 박사는 아내의 물건 가운데 기념이 될 만한 것을 하나 골라 가라고 말할 정도로 친절을 베풀었다.

내가 말했다.

「오, 아니에요. 레이드너 박사님. 그럴 순 없어요. 너무 송구스러워요.」

그래도 그는 자꾸만 권했다.

「그래도 꼭 가지고 가세요. 루이즈도 분명히 그렇게 하길 원하고 있을 거요.」

그는 거북 등껍질로 만든 자기 아내의 화장품 상자를 가져가라고 권했다.

「아, 아니에요. 레이드너 박사님! 이건 굉장히 값비싼 건데요. 정말 사양하겠어요.」

「아내에게는 여동생이 없어요, 아는지 모르겠지만……. 그러니 이것을 가지려 할 사람은 아무도 없을 거요. 아무도 말이오.」

나는 그가 아내의 유품이 머캐도 부인의 욕심 많은 조그만 손에 들어가는 것도, 더욱이 존슨 양에게 주기도 꺼림칙했을 거라고 생각했다.

그는 친절하게 계속 말했다.

「그저 모든 일이 끝났다고 생각하시오. 여기 루이즈의 보석함 열쇠가 있어요. 아마 당신이 갖고 싶은 것이 있을 거요. 그리고 그녀의 옷을 몽땅 챙겨준다면 고맙겠소. 하사니에의 가난한 기독교인의 가정에 이런 것들을 갖다 주라고 레일리 박사에게 부탁 좀 해야겠소.」

그를 위해 내가 할 수 있는 일이 있다는 걸 기뻐하며, 나는 기꺼이 하겠다고 했다.

나는 즉시 일에 착수했다. 레이드너 부인에게는 작은 옷장 하나가 전부였기 때문에 나는 얼른 분류해서 두 개의 옷가방에 챙겨 넣었다. 그녀의 편지는 모두 조그만 손가방에 들어 있었다.

보석함에는 자질구레한 장신구가 몇 개 들어 있었는데, 진주 반지, 다이아몬드 브로치, 진주를 꿰맨 목걸이, 안전핀 형식으로 된 두어 개의 간단한 금 브로치, 그리고 큰 호박을 꿰맨 것 등이었다.

나는 진주나 다이아몬드를 가질 생각은 없었으나 호박과 화장품 상자를 놓고 잠시 망설였다. 그러다가 결국 화장품 상자를 택하게 되었는데, 그 이유는 나로서도 알 수 없었다.

레이드너 박사의 마음을 어느 정도 짐작했기 때문이기도 하지만, 그보다는 그것은 누구에게서 선물받은 게 아니라, 그녀가 직접 샀을 거라는 생각이 들어 집어 들었던 것이다. 아마도 나는 그녀를 많이 좋아했나 보다. 하여튼 이제 모든 것이 끝났다. 옷가방도 꾸려두었고, 보석함은 다시 잠갔고, 레이드너 박사에게 주려고 부인의 아버지 사진과 한두 가지 작은 소지품도 따로 챙겨두었다.

일을 모두 마치고 나자 그 방은 텅 비어 보였고, 모든 장식품들이 사라져 쓸쓸해 보였다. 이제 내가 할 일은 아무것도 없었다. 그러나 어찌 된 일인지 그 방을 떠나려니까 몸이 움츠러들었다. 마치 여전히 할 일이 남아 있는 듯한 기분이었다.

내가 알아야 할, 내가 정말로 꼭 알아야 할 것이 남아 있는 듯했다. 나는 미신을 믿지는 않지만, 어쩌면 부인의 망령이 이 방을 떠돌면서 나와 만나려 한다는 생각이 불쑥 머리를 스쳤다.

병원에서 어떤 간호사가 플랑세트(작은 바퀴 두 개와 연필이 하나 달린 심장 모양의 판, 여기에 한 손을 얹고 움직이는 궤적으로 치는 점)를 가지고 주문을 외는 걸 본 적이 있는데, 정말로 그녀는 그 위에 놀랄 만한 것을 썼다. 비록 그런 것에 대해서 생각해 본 적은 없지만, 어쩌면 내가 영매일지도 모른다는 느낌이 들었다. 사람들은 어리석은 일을 상상하는 데에 뛰어난 법이다.

나는 방 안 여기저기를 기웃거리며, 이런 것 저런 것을 만져보았다. 그러나 텅 빈 가구밖에는 방에는 아무것도 남아 있지 않았다. 서랍 뒤에 빠진 것이나 감추어진 것도 없었다. 그런 종류의 것은 사실 바랄 수도 없었다. 다소 얼떨떨하게 들리겠지만, 나는 서서히 흥분되기 시작했다.

그래서 마침내 나는 다소 이상한 짓을 하게 되었다. 나는 침대에 누운 채 눈을 감았다. 그리고 내가 누구인지, 직업이 무엇인지를 어떻게든 잊으려 해보았다. 그 끔찍했던 낮을 생각하려고 애썼다.

나는 침대에 누워 평화롭게 휴식을 취하고 있는 레이드너 부인이었다. 애써 정신을 통일시켜 나 자신을 다른 인물로 만들려 하다니 참 이상한 일이었다.

나는 가장 정상적인 사람이어서 신들린 기분 같은 건 거의 느껴보지 않았지만, 약 5분 동안 거기에 누워 있어 보니 어쩐지 신들린 기분이 들었다.

난 저항하지 않았다. 일부러 그 느낌을 자극하며 혼자서 중얼거렸다.

「난 레이드너 부인이야. 레이드너 부인이야. 난 여기에 누워 있어. 반쯤 잠이 든 채로. 곧, 지금 곧……, 문이 열릴 거야.」

스스로에게 최면을 걸고 있는 것처럼 계속해서 같은 말을 되풀이했다.

「지금 1시 30분이야, 바로 그 시간이야……. 문이 열릴 거야……, 누가 들어오는지 봐야지.」

나는 문을 뚫어지게 쳐다보았다.

곧 문이 열릴 것이다. 문이 열리는 것을 봐야 한다.

그리고 누가 문을 여는지 봐야 한다.

나는 그런 식으로 수수께끼 같은 사건을 해결할 수 있다고 믿으며, 그날 오후 그런 무모한 짓을 했다. 어쨌든 나는 믿었다. 이내 등에 소름이 오싹 끼치고, 다리가 뻣뻣해졌다. 온몸에 마비가 일었다. 감각이 사라졌다.

「너는 몽롱해질 거야. 그리고 몽롱한 상태에서 보게 될 거야…….」

그리고 다시 또 한 번 단조롭게 반복했다.

「문이 열릴 것이다. 문이 열릴 것이다…….」

으스스하고 마비되는 느낌이 점점 더 강해졌다.

바로 그때, 천천히 문이 열리기 시작하는 것을 나는 보았다.

무서웠다. 그전에는 이렇게 무서운 것을 체험한 적이 없었다.

나는 마비되었다. 온몸에 소름이 오싹 끼쳤다.

움직일 수 없었다. 평생 동안 움직일 수 없을 것만 같았다. 그러고는 공포에 덜덜 떨었다. 무서움으로 전신이 마비되고 앞이 캄캄하고 무감각해졌다.

천천히 문이 열리고 있었다, 조금도 소리가 나지 않게.

'이제 나는 봐야 해……'

천천히, 천천히, 점점 더 활짝.

빌 콜먼이 조용히 들어왔다.

그는 꽤 많이 놀랐을 것이다!

난 공포의 비명을 지르며 침대에서 튀어나와 방바닥에 몸을 뒹굴었다.

그는 돌처럼 굳었고, 그의 무뚝뚝한 붉은 얼굴이 더 붉어졌다.

그의 입은 경악으로 더 크게 벌어졌다.

「이봐요, 이……, 이런!」

그가 말했다.

「무슨 일이에요, 간호사?」

나는 침대에서 떨어지면서 현실로 돌아왔다.

「어머나, 콜먼 씨. 당신이 날 얼마나 놀라게 한 줄 아세요!」

「미안합니다.」

그는 얼른 웃으며 말했다.

그때서야 그가 진홍색 아재비꽃 한 다발을 손에 들고 있는 것이 보였다. 매우 자그마한 꽃으로, 텔야리미아 부근에서 피는 꽃이었다. 레이드너 부인이 생전에 몹시 좋아하던 꽃이었다.

그는 쑥스러운지 얼굴을 붉히며 말했다.

「하사니에에서는 꽃을 구할 수가 없어서 무덤이 너무 쓸쓸해 보이더군요. 그녀가 테이블 위의 작은 화병에 꽃을 꽂아두던 것이 생각나서 조금이나마 꽂아두려고 들른 겁니다. 그녀는 그것만은 아주 철저했죠. 아, 물론 고집이 좀 세긴 했지만…… 음, 그러니까…….」

나는 그가 매우 훌륭하다고 생각했다. 영국인들은 감상적인 일을 할때면 얼굴을 붉히곤 한다. 내 눈에는 그마저도 멋지게 보였다.

「그래요. 정말 멋진 생각이에요, 콜먼 씨.」

나는 작은 화병에 물을 담아 그 꽃을 꽂아두었다.

이 일로 인해 나는 콜먼을 다시 보게 되었다. 그는 매우 인정 많고 다정다감한 사람임에 틀림없었다. 그리고 내가 왜 비명을 질렀는지 그가 물어보지 않은 것도 고마웠다. 아마 그 이유를 설명하려면 꽤 곤혹스러웠을 것이다. 설명하기가 힘든 일을 묻지 않아준 그에게 정말로 고마웠다.

'이젠 정신 좀 차려, 이 여자야.'

나는 속으로 중얼거리며 소매 단추를 잠그고 앞치마를 바로 폈다.

'너는 이런 일에는 어울리지 않아, 이 바보야.'

나는 짐을 꾸리느라 부산을 떨면서 반나절을 보냈다.

라비뉴이 신부는 내가 떠난다고 하자 몹시 섭섭하다고 말했다. 그는 나의 쾌활함과 해박함이 모든 사람들에게 큰 도움이 되었다고 말했다.

해박함이라니! 내가 레이드너 부인의 방에서 저질렀던 백치 같은 행동을 그가 모르는 것이 천만다행이었다.

그가 한마디 했다.

「오늘은 포와로 씨를 못 뵈었는데.」

나는 들은 대로 포와로는 전보를 치느라고 하루 종일 바쁠 것이라고 전해주었다.

「전보? 미국으로?」

「그럴 거예요. 그는 '전 세계로'라고 말했어요! 그렇지만 그것은 외국인들이 흔히 쓰는 허풍이라고 생각해요.」

그렇게 말하고 나는 다소 얼굴을 붉혔는데, 라비뉴이 신부도 역시 외국인이라는 것이 생각난 것이다. 그는 매우 호탕하게 웃을 뿐, 화난 것처럼 보이지 않았다. 그러면서 그는 사팔뜨기 사나이의 소식을 못 들었느냐고 나에게 물었다. 나는 아무것도 듣지 못했노라고 말했다.

라비뉴이 신부는 레이드너 부인과 내가 그 남자를 보았던 시간과 그가 발끝으로 서서 어떻게 창문을 들여다보았는지를 또다시 물었다.

「그 사나이가 레이드너 부인에게 굉장한 관심을 갖고 있었던 모양이오.」

그가 생각에 잠긴 표정으로 말했다.

「나는 그때 이후로 그 사람이 이라크인처럼 변장을 한 유럽인은 아니었나 하고 추측하고 있어요.」

나에게는 정말 새로운 생각이어서 조심스럽게 그 가능성을 따져보았다. 지금까지 그 사람이 이라크인이라는 것을 당연하게 생각했는데, 그 말을 듣고 보니 사나이의 옷자락과 누르스름한 피부가 생각났다.

라비뉴이 신부는 레이드너 부인과 내가 그 사나이를 봤던 곳으로 가서 확인해 보고 싶은 게 있다고 말했다.

「그 사람이 뭔가 떨어뜨렸을지도 모릅니다. 추리소설에서 보면 그런 일이 종종 있거든요.」

내가 말했다.

「진짜 범인은 좀 더 신중할 거예요.」

나는 방금 꿰매놓은 양말을 가지고 와서 거실의 탁자 위에 올려놓았다. 남자들이 가져가기 쉽게 준비해 놓고는 더 이상 할 일도 없어서 옥상으로 올라갔다. 존슨 양이 옥상에 있었다. 그러나 그녀는 내 발소리를 듣지 못한 듯했다.

나는 그녀가 고개를 돌리기 전에 먼저 다가갔다. 곧이어 나는 그녀에게 뭔가 근심거리가 있음을 직감했다. 그녀는 똑바로 앞을 바라보며 옥상 한가운데 서 있었는데, 표정에는 두려움이 가득했다. 무엇인가를 보긴 했지만, 도저히 믿을 수 없다는 표정이었다.

나는 깜짝 놀랐다. 어제저녁 그녀는 조금 괴로워하는 모습이기는 했으나, 이번은 경우가 달랐다.

나는 그녀에게 급히 다가서며 말했다.

「나 좀 보세요. 무슨 일이 있나요?」

그녀는 고개를 돌리고 나를 쳐다보며 그대로 서 있었다. 마치 나를 보지 못한 얼굴이었다.

「무슨 일이에요?」

내가 또 한 번 물었다.

그녀는 매우 기묘하게 인상을 찡그렸다. 침을 삼키고 싶지만 목이 너무 말라 있어 괴로워하는 사람 같았다.

그녀는 쉰 목소리로 말했다.

「방금 이상한 것을 봤어요.」

그녀는 정신을 가다듬으려고 애를 쓰면서도 여전히 몹시 떨고 있었다.

그녀는 겁에 질려 숨이 넘어갈 듯한 목소리로 말했다.

「범인이 어떻게 안으로 들어갈 수 있었는지 알았어요. 아무도 상상할 수 없을 거예요.」

나는 그녀의 눈길을 뒤쫓았지만 아무것도 볼 수 없었다.

레이터가 사진실 문에 서 있었고, 라비뉴이 신부가 막 정원을 가로지르고 있었다. 그밖에는 아무것도 없었다.

난 다시 당황해하면서 그녀가 매우 이상한 표정을 지은 채 내 눈을 뚫어지게 쳐다보고 있다는 사실을 깨달았다.

「정말, 무슨 말인지 모르겠군요. 설명해주지 않을래요?」

그러나 그녀는 머리를 저었다.

「지금은 안 돼요. 나중에 조사해 봐야겠어요. 그래, 조사해 봐야지!」

「어휴, 얼른 말 좀 해보세요.」

그러나 그녀는 또 고개를 저었다.

「먼저 좀 생각해 보고요.」

그러고서 내 곁을 지나 계단을 쿵쾅거리며 내려가 버렸다. 그녀가 나와 함께 있고 싶어하지 않는 것 같아서 나는 따라가지 않았다. 그 대신 난간에 앉아서 무슨 일인가 알아내려고 애를 썼다. 그러나 도통 이해할 수 없었다.

정원으로 가는 길은 큰 아치문을 통하는 길, 딱 하나만 있을 뿐이었다. 큰 아치문 바로 앞에서 물 긷는 소년과 그의 말(馬), 그리고 인도인 요리사가 이야기하고 있는 것이 보였다. 어느 누구도 그들을 지나치지 않고서는 들어올 수 없었다.

나는 어지러워서 머리를 흔들고는 다시 아래층으로 내려왔다.

제24장 살인은 습관이다

그날 밤 우리는 일찍 잠자리에 들었다. 존슨 양은 저녁식사 시간에 모습을 드러냈고, 평소와 다름없이 행동했다. 그러나 그녀는 멍청히 앉아 있어서 다른 사람이 부르는 것을 한두 번 알아듣지 못했다.

하여튼 그렇게 편안한 식사는 아니었다. 막 장례식을 치렀으므로 당연한 일일 수 있지만, 나는 지금의 서먹한 분위기가 무엇을 의미하는지 알 것 같았다. 어쩌면 동료 의식일 수 있었다. 최근 들어 식사시간은 처음부터 끝까지 조용하고 침울했다. 모두 레이드너 박사의 슬픔에 조의를 표하면서 한 배를 타고 있다는 일종의 동지 의식을 느끼고 있었다. 그러나 오늘 밤 문득 나는 이곳에서의 첫 식사시간이 생각났다.

그때에도 머캐도 부인은 흘끔흘끔 나를 쳐다보고 있었고, 금방이라도 무슨 일이 터질 것 같은 긴장감이 감돌았다. 예전에 포와로와 식탁 윗자리에 함께 앉아 있었을 때도 그보다 심한 긴장감을 느낀 적이 있다. 그러던 것이 오늘 밤은 특히 더 심했다.

모든 사람들이 깜짝깜짝 놀라고 조바심을 치고 있었다. 누군가 물건을 하나 떨어뜨리기라도 한다면 모두 비명을 지를 것만 같았다. 저녁식사를 마치고 우리 모두는 뿔뿔이 흩어졌다. 나는 곧바로 잠자리에 들었다. 막 잠이 들려고 하는데, 머캐도 부인이 존슨 양에게 바로 내 방문 밖에서 잘 자라고 인사하는 소리가 들렸다.

나는 금방 잠이 들었다. 일을 많이 하기도 했고, 더욱이 레이드너 부인의 방에서 한 바보 같은 행동 때문에 더욱 피곤했던 탓이다. 몇 시간 동안 꿈도 꾸지 않고 곤하게 잠을 잤다. 그러다가 문득 어떤 위기감 같은 것을 느끼면서 깜짝 놀라 깨어났다.

아마도 무슨 소리를 들었던 모양인데, 침대에서 일어나 앉아 귀를 기울여 보니 다시 소리가 들렸다. 고통에 싸여 질식할 듯한 무서운 신음 소리였다.

나는 촛불을 들고 소리 없이 침대에서 나왔다. 그리고 촛불이 꺼질 경우를 대비해서 급히 횃불도 준비했다. 나는 문을 열고 나와서 두 귀를 곤두세운 채 서 있었다.

멀리서 들리는 소리가 아니었다. 소리가 다시 들려왔다.

바로 옆방, 존슨 양의 방이었다. 급히 방으로 들어가 보았다. 존슨 양은 침대에 누운 채 고통으로 몸부림치고 있었다.

촛불을 내려놓고 존슨 양을 쳐다보니 그녀는 입술을 달싹이며 뭔가 말하려고 안간힘을 쓰고 있었다. 하지만 그저 무서운 신음 소리만 새 나올 뿐이었다. 입 언저리와 턱 밑은 창백하게 변해 있었다.

그녀의 눈이 나를 향했다가 바닥을 뒹굴고 있는 컵을 가리켰다. 그녀의 손에서 떨어진 게 분명했다. 원래는 밝은 색이었던 양탄자가 컵이 떨어진 부분만 유독 검붉은 얼룩을 띠고 있었다.

나는 얼른 컵을 집어 들고 그 안을 손가락으로 만져보다가 비명을 지르며 재빨리 손가락을 빼냈다. 그리고 가엾은 여자의 입 안을 살펴보았다. 무시무시한 일이 벌어진 게 분명했다. 자의든 타의든 그녀는 다량의 부식성 산, 수산이나 염산을 집어삼킨 듯했다.

나는 얼른 달려가 레이드너 박사를 깨웠다. 박사는 다른 사람을 깨워서 우리가 할 수 있는 힘을 다해 그녀를 구하려고 했다. 하지만 끝내 아무 소용이 없을 것이라는 무서운 생각이 들었다.

진한 탄산소다 용액을 먹이고, 올리브유도 먹어보았다. 그러다가 나는 고통을 덜어주기 위해 모르핀 황산염 피하주사를 놓아주었다. 데이비드 에모트는 하사니에로 레일리 박사를 모시러 갔다.

하지만 그가 도착하기도 전에 존슨 양은 숨지고 말았다. 더 이상 상세한 것은 설명하지 않겠다. 진한 염산 용액으로 독살하는 것(나중에 그 사실이 입증되었다)은 가장 고통스러운 죽음을 강요하는 것이나 다름없었다.

몸을 구부려 모르핀 주사를 놓으려는 순간, 그녀는 무슨 말인가를 하려고 안간힘을 쓰고 있었다. 하지만 그것은 입 밖으로 나오기 무섭게 헐떡이는 소리와 섞여버렸다.

그녀가 말했다.

「저 창문……, 간호사, 저 창문.」

그것이 전부였다. 그녀는 더 이상 말을 잇지 못하고 완전히 숨을 거두고 말았다.

나는 그날 밤을 결코 잊지 못할 것이다.

레일리 박사가 도착했다. 메이틀랜드 서장도 왔다. 마지막으로 에르 퀼 포와로가 새벽녘에 달려왔다. 포와로는 나를 부드럽게 감싸서 식당으로 데려가 앉혀놓고, 진하고 따끈한 차를 준비해주었다.

그가 말했다.

「자, 마드무아젤. 이것을 마시면 괜찮아질 거요. 당신은 지쳤어요.」

그 말을 듣자 나는 왈칵 눈물이 쏟아졌다.

「너무 무서워요.」

나는 울었다.

「아, 악몽이었어요. 그 끔찍한 고통! 그리고 그녀의 두 눈. 아, 포와로 씨. 그녀의 그 눈은…….」

그는 내 어깨를 토닥여 주었다. 그가 만일 여자였다 해도 더 이상 친절할 수 없었을 것이다.

「그래, 그래요. 생각하지 마시오. 당신은 최선을 다했으니까.」

「부식성 산 중의 하나였어요.」

「진한 염산 용액이었소.」

「도자기에 사용하는 거 말이에요?」

「그래요. 존슨 양은 잠결에 그것을 마셨나 봐요. 일부러 마시지 않았다면…….」

「오, 포와로 씨. 정말로 끔찍해요! 누가 그녀에게!」

「아니, 꼭 그렇다는 건 아니고. 그럴 가능성도 있다는 것뿐이오. 당신은 어떻게 생각하시오?」

나는 잠시 생각해 본 뒤 단호하게 머리를 흔들었다.

「전 믿을 수 없어요. 조금도 믿을 수 없어요.」

나는 망설이다가 다시 입을 열었다.

「어제 오후 그녀가 사건의 전모를 알아냈나 봐요.」

「그게 무슨 말이오? 그녀가 전모를 알아냈다니?」

나는 그 이야기를 그에게 말해주었다.

포와로는 낮고 부드러운 휘파람 소리를 내며 말했다.

「참 불쌍한 여자로군! 그녀가 한 번 더 생각해 보고 싶다고 말했단 거요? 분명 그것이 그녀의 죽음과 무슨 관련이 있을 거요. 그때 거리낌 없이 말해줬더라면……, 그때, 즉시!」

그가 말했다.

「그녀가 한 말을 다시 한 번 말해주겠소?」

나는 그 말을 반복했다.

「다른 사람은 아무도 모르는데, 그녀는 밖에서 사람이 들어오는 방법을 어떻게 알았을까? 자, 마드무아젤. 옥상으로 올라가서 그녀가 서 있었던 그곳을 가리켜 주시오.」

함께 옥상으로 가서 나는 존슨 양이 서 있었던 바로 그 지점을 포와로에게 알려주었다.

포와로가 물었다.

「이렇게 말이지요? 자, 무엇이 보이는지 내가 한번 볼까요? 안뜰이 반쯤 보이고, 그리고 아치문……. 또 제도실 문과 사진실과 실험실이 보이는군. 안뜰에 사람이 있었나요?」

「라비뉴이 신부가 막 아치문으로 가고 있었고, 레이터 씨가 사진실 문간에 서 있었어요.」

「바깥에서 아무도 모르게 들어오는 방법을 통 알 수가 없군. 그런데도 그녀는 알아냈단 말이지?」

그는 마침내 포기하고 머리를 흔들었다.

「제기랄, 그것 참! 그녀가 무엇을 보았을까?」

해가 막 떠오르고 있었다. 동쪽 하늘 전체가 장밋빛과 오렌지빛, 그리고 창백한 진주 같은 회색으로 물들었다.

포와로가 부드럽게 말했다.

「아, 아름다운 일출이군요.」

강은 왼편으로 굽이굽이 흐르고 있었고, 텔야리미아는 황금빛에 싸인 채 누워 있었다. 남쪽으로 꽃이 만발한 나무와 평화로운 경작지가 펼쳐져 있었다. 물레방아가 희미하고 신비롭게 돌아가는 소리가 들렸다. 북쪽에는 아름다운 사원의 탑들과 하사니에의 아름다운 흰색 건물들이 줄지어 있었다. 눈이 부실 정도로 아름다운 광경이었다.

그때 내 가까이에서 포와로가 길고 깊은 한숨을 내쉬는 소리가 들렸다.

「바보 같으니라고.」

그가 중얼거렸다.

「진상이 이토록 명백한데, 이토록 명백한데.」

제25장 자살인가, 타살인가

메이틀랜드 서장이 내려오라고 소리치는 바람에 나는 포와로가 무슨 뜻으로 그런 말을 했는지 물어볼 시간이 없었다.

우리는 급히 계단을 내려갔다.

「이것 좀 보십시오, 포와로 씨.」

그가 말했다.

「복잡한 문제가 생겼어요. 그 신부란 작자가 없어졌습니다.」

「라비뉴이 신부?」

「그래요. 지금까지 아무도 몰랐답니다. 그런데 단원 중 한 사람이 그가 없다고 말하는 바람에 모두 그의 방으로 가보았지요. 그랬더니 침대에는 사람이 잔 흔적이 없고, 그도 보이지 않더군요.」

사건 전체가 마치 악몽과도 같았다.

존슨 양의 죽음, 그 다음에는 라비뉴이 신부의 행방불명.

하인들을 불러 취조했지만, 그들은 이 수수께끼 사건에 아무런 도움도 주지 못했다. 신부를 마지막으로 본 것은 전날 밤 약 8시쯤이라고 했다. 그때 그는 자기 전에 산책하러 나가겠다고 말했다고 했다. 아무도 그가 산책 뒤에 돌아오는 것을 보지 못했다.

아치문은 보통 때처럼 9시에 닫혔고, 빗장이 걸렸다. 그리고 아무도 아침이 될 때까지 문을 열지 않았다고 진술했다. 두 명의 하인은 서로 상대방이 문을 연 모양이라고 말했다.

라비뉴이 신부는 전날 밤 돌아왔을까? 혹시 아침 일찍 산책하러 나갔다가 길에서 의심스러운 것을 발견하고는 조사하러 나갔다가 제3의 피해자가 된 건 아닐까?

메이틀랜드 서장은 레일리 박사가 머캐도를 데리고 들어오는 모습을 보고 그에게 다가갔다.

「어서 오십시오, 레일리 박사님. 뭐 좀 알아내신 것이라도 있습니까?」

「예, 그 용액은 이곳 실험실에서 나온 겁니다. 머캐도 씨와 방금 분량을 조사해 봤죠. 실험실의 염산이었소.」

「실험실이라고? 실험실을 잠가두지 않았나요?」

머캐도가 고개를 저었다. 그의 손은 부들부들 떨렸고, 얼굴은 일그러졌다. 그는 금방이라도 쓰러질 것 같았다.

「늘 그랬는걸요.」 그는 더듬거렸다.

「아시다시피 지금 이 순간에도……, 항상 실험실을 사용하고 있거든요. 나는……, 아니, 어느 누구도 꿈에도 생각지 못했던 일입니다.」

「밤에는 문을 잠그나요?」

「물론이죠. 모든 문을 다 잠그죠. 열쇠는 거실 안에 걸어둡니다.」

「그럼, 누구든지 실험실 열쇠만 있으면 거기에 들어갈 수 있겠군요?」

「그렇죠.」

「그런데 그 열쇠는 매우 흔한 것인가 보죠?」

「아, 예.」

「그녀가 실험실에서 직접 염산을 가져갔는지를 증명해주는 것은 없습니까?」

메이틀랜드 서장이 물었다.

「그녀가 가져가지 않았어요.」

나는 크게, 그리고 확실하게 대답했다.

누군가가 내 팔을 붙들어 주의를 주었다. 포와로가 바로 뒤에 서 있었다. 바로 그때 몹시 달갑지 않은 일이 생겼다. 그 자체로는 언짢은 게 없었지만, 그곳의 분위기와는 너무도 달라서 모든 이들의 마음이 불쾌해졌던 것이다.

차 한 대가 정원으로 미끄러져 들어오더니 조그마한 사람이 뛰어내렸다. 그는 헬멧을 쓰고, 두꺼운 트렌치코트를 입고 있었다.

그 사람은 레일리 박사 옆에 있는 레이드너 박사에게 곧장 다가가서는 손을 덥석 잡았다.

「아이고, 오랜만입니다.」

그가 외쳤다.

「만나게 되어 기쁘군요. 토요일 오후 이곳을 지나서 후지마에 있는 이탈리아인들을 찾아갔지요. 발굴현장으로 찾아가 보았지만 유럽인이 한 명도 보이지 않지 뭡니까! 난 아랍어를 모른답니다. 이곳으로 찾아올 시간도 없었고요. 오늘 아침 5시에 후지마를 떠났습니다. 두 시간이나 걸렸군요. 길 안내자의 도움을 받아 간신히 도착했습니다. 그런데 이번 발굴 작업은 어떻습니까?」

정말 난처한 일이었다.

명랑한 목소리, 다른 사람들을 의식하지 않는 태도, 유쾌하고 명랑한 모습이 그때의 분위기와는 너무나 어울리지 않았다.

하필 이럴 때 아무것도 모르는 사람이 불쑥 나타나서 부산을 떨다니! 그것도 요란법석을 떨면서 말이다.

레이드너 박사가 숨도 제대로 못 쉬고 어쩔 줄 몰라 하며 레일리 박사를 쳐다보는 것도 무리가 아니었다.

레일리 박사가 얼른 나섰다. 그는 자그마한 사람을 구석으로 데리고 가서 그에게 이곳에서 일어난 사건을 설명해주었다. 그는 프랑스인 고고학자 베리에 씨인데, 그리스 섬에서 유적 발굴 작업을 했다고 한다.

베리에는 공포에 질리고 말았다. 그는 지난 며칠 동안 이곳에서 멀리 떨어진 이탈리아 발굴현장에 가 있었기 때문에 아무것도 듣지 못했던 것이다.

그는 매우 미안해하며 사과를 하면서 레이드너 박사에게 성큼 다가
가 따뜻하게 두 손을 잡았다.

「이게 무슨 비극입니까! 세상에, 이럴 수가! 무슨 말을 해야 좋을지
모르겠군요. 그저…….」

그는 어떻게 말을 해야 좋을지 몰라서 쩔쩔매다가 자기 차를 타고
떠나버렸다. 비극 속에 끼어든 그 우스꽝스런 사건은 여태껏 있었던
일보다 더 지독해 보였다.

레일리 박사가 말했다.

「자, 아침식사 시간이오. 억지로라도……. 자, 레이드너 박사, 뭘 좀
먹어야 되지 않소?」

가엾은 레이드너 박사는 거의 피골이 상접해 보였다. 그는 우리와
함께 식당으로 갔다. 내키지 않지만, 식탁에는 아침밥이 차려져 있었
다. 비록 아무도 먹고 싶은 생각이 없었지만, 뜨거운 커피와 달걀 프라
이가 우리 모두에게 작은 위안이 되었다고 생각한다.

레이드너 박사는 커피 몇 모금과 빵을 조금 먹었을 뿐이다. 그의 얼
굴은 고통과 좌절로 잿빛이 되어 있었다.

아침식사 뒤, 메이틀랜드 서장은 조사를 시작했다.

나는 이상한 소리에 잠이 깨어 존슨 양의 방에 들어갔던 경위를 설
명했다.

「마룻바닥에 컵이 떨어져 있었다고 했죠?」

「예, 그녀가 마신 뒤 떨어뜨린 게 분명했어요.」

「깨어졌던가요?」

「아니요, 그냥 양탄자 위에 떨어져 있었어요(그런데 나는 그 염산이
양탄자를 태웠을까 봐 걱정스러웠다). 내가 컵을 집어서 탁자 위에 다
시 올려놓았어요.」

「말해줘서 고맙소. 그 컵에 딱 두 가지의 지문 자국이 있었는데, 하

나는 분명히 존슨 양의 것이오. 다른 하나는 당신 것이 분명하겠군.」

그는 잠시 동안 가만히 있다가 다시 말했다.

「자, 계속해 봐요.」

난 내가 한 행동에 대해 조심스럽게 말해 나가면서 레일리 박사의 얼굴을 약간은 마음을 졸이며 쳐다보았다.

그는 고개를 끄덕였다.

「당신은 최선을 다한 거요.」

그가 말했다. 비록 나도 분명히 그랬다고 확신은 하고 있었지만, 내 확신이 입증되자 비로소 마음이 놓였다.

「그녀가 무엇을 먹었는지 정확하게 기억하시오?」

메이클랜드 서장이 말했다.

「아니요. 하지만 그것이 부식성 산의 일종이라는 건 알 수 있었어요.」

메이틀랜드 서장은 조심스럽게 물었다.

「당신의 의견입니까, 레서런 간호사? 존슨 양이 타의에 의해 이 약을 먹었다는 것이?」

「아, 아니에요.」

나는 소리치다시피 했다.

「나는 그런 생각을 해본 적이 없어요!」

사실 내가 왜 그런 생각을 하게 되었는지 모르겠다. 아마도 포와로의 암시 때문은 아니었을까?

그가 '살인은 일종의 습관이야'라고 한 말이 인상 깊게 남아 있었다. 게다가 어떤 사람이든지 그렇게도 끔찍한 방법으로 자살을 기도하리라고는 도무지 믿을 수가 없기 때문이었다.

내가 그렇게 말하자, 메이틀랜드 서장은 생각에 잠긴 채 고개를 끄덕였다.

「스스로 선택한 일이 아니라는 의견에는 나도 동감이오. 그러나 만일 극도로 마음이 침울한 상태였다면 약을 쉽게 먹을 수도 있겠지.」

나는 의심스럽게 물었다.

「그녀가 극도로 침울했다고요?」

「머캐도 부인이 그렇게 말하더군요. 존슨 양은 지난밤 식사시간 내내 그녀답지 않게……, 사람들이 그녀에게 하는 말에 거의 대답하지 않았다고요. 존슨 양은 무엇인가로 몹시 고민을 하고 있었는데, 그 때문에 진작 자살을 생각하고 있었을 거라고 장담하더군요.」

나는 퉁명스럽게 말했다.

「흥, 난 조금도 그 말을 믿을 수 없어요.」

머캐도 부인은 정말 끔찍한 여자야! 꼴 보기 싫게 기어 다니는 고양이 같으니라고!

「그렇다면 당신은 어떻게 생각하시오?」

「그녀는 살해당했다고 봐요.」

나는 퉁명스럽게 말했다.

그는 다음 질문을 예리하게 내뱉듯이 말했다.

나는 내가 마치 취조실에 와 있다는 느낌이 들었다.

「어떤 이유에서죠?」

「그것이 가장 그럴듯한 해답이라고 생각해서요.」

「단지 당신의 개인적인 의견일 뿐이잖소. 그녀가 정말로 살해되었다고 인정할 만한 이유는 없잖소?」

나는 말했다.

「아니에요. 이유가 있어요. 그녀는 이 사건에 관해 뭔가를 알고 있었어요.」

「뭔가를 알았다고? 그녀가 뭔가를 알아냈단 말인가요?」

나는 옥상 위에서 나누었던 그녀와의 대화를 다시 생각해 보아야겠다고만 말했다.

「하지만 그녀는 그것 때문에 매우 흥분했을 텐데?」

「물론이에요.」

「바깥에서 집 안으로 들어오는 기막힌 방법이라……..」

메이틀랜드 서장이 이리저리 생각하면서 눈썹을 치켜세웠다.

「그녀가 무슨 생각을 하고 있었는지 전혀 몰랐습니까?」

「전혀. 나는 그 말을 여러 가지로 생각하고 또 생각해 보았지만 도무지 알 수가 없었어요.」

메이틀랜드가 말했다.

「분명 거기에 중요한 단서가 있을 거라 생각하오.」

「살인에 대해서요?」

「살인에 대해서.」

메이틀랜드 서장이 얼굴을 찡그렸다.

「그녀가 죽기 전에 뭔가 말했을 텐데?」

「아니오. 그녀는 겨우 두 마디만을 했을 뿐이에요.」

「어떤 말을 했소?」

「저 창문.」

「저 창문?」

메이틀랜드 서장이 반복했다.

「그것이 무슨 뜻이었는지 아십니까?」

난 고개를 저었다.

「그녀의 침실에 창이 몇 개나 있소?」

「하나뿐이에요.」

「안뜰로 향한 창인가요?」

「예.」

「열렸던가요, 아니면 닫혔던가요? 열려 있는 걸로 알고 있는데. 혹시 여러분 중에서 누가 열었습니까?」

「아니요, 그 창은 항상 열려 있어요. 혹시…….」

난 입을 다물어 버렸다.

「계속해요, 레서런 양.」

「내가 창문을 조사해 보았지만, 아무것도 이상한 점은 없더군요. 그래서 누군가가 혹시 잔을 바꾸어 놓은 것은 아닌지 생각해 보았어요.」

「잔을 바꾸어 놓았다니?」

「예, 보통 존슨 양은 항상 침대 머리맡에 물 잔을 두었거든요. 물 잔을 치우고 대신 그 자리에 산이 든 잔을 놓아둔 것은 아닐까요?」

「어떻게 생각하시오, 레일리 박사님?」

「만일 타살이라면 아마 그런 식으로 범행이 일어났을 것이오.」

레일리 박사가 얼른 대답했다.

「관찰력이 아무리 둔한 사람이라도 물 잔으로 잘못 보고 산이 들어 있는 잔을 마시지는 않았을 것이오. 만일 온전히 정신이 깨어 있었다면 말이오. 하지만 자다가 습관적으로 물을 마시는 사람이라면 무심코 팔을 뻗어서 늘 놓아두던 곳에 있는 잔을 집어 들고 반수면 상태에서 단숨에 들이켜고는 미처 위험을 깨닫기도 전에 생명이 위태롭게 될 겁니다.」

메이틀랜드 서장은 잠시 생각에 잠겼다.

「내가 다시 가서 창문을 살펴보겠습니다. 창문과 침대 머리맡 사이의 거리는 어느 정도입니까?」

나는 생각해 보았다.

「아주 길게 팔을 뻗치면 침대 머리맡에 있는 작은 탁자에 손이 닿아요.」

「그 탁자 위에 물 잔이 있었습니까?」

「예.」

「문은 잠겨 있었나요?」

「아니요.」

「그렇다면 누구든지 문으로 들어가서 잔을 바꿔놓을 수 있었겠군요?」

「오, 그렇죠.」

「그런 식으로 했다면 좀 위험했을 거요.」

레일리 박사가 말했다.

「아주 깊이 잠든 사람도 발자국 소리에 잠이 깰 수 있는 법이니까. 만일 탁자가 창문에서 닿을 수 있는 거리에 있다면 그것이 더 안전한 방법이 아니겠소.」

「나는 그 잔만 생각하고 있는 것이 아닙니다.」

메이틀랜드 서장이 말했다.

그는 몸을 일으키며 다시 내게 물었다.

「그 가엾은 존슨 양이 자기가 죽어간다는 것을 알고서는, 누군가가 열린 창을 통해 물 잔을 치우고 산이 든 잔으로 바꾸어 놓았다는 것을 당신에게 알리려고 안간힘을 쓴 게 아닐까요? 그 사람의 이름을 확실히 말했다면 좋았을 텐데요?」

내가 말했다.

「그녀는 그 사람을 몰랐을지도 모르죠. 아니면 어제 그녀가 발견한 것이 무엇인지를 암시해주려고 했던 건 아닐까요?」

레일리 박사가 말했다.

「사람이 죽어갈 때는, 메이틀랜드. 정상이 아니오. 십중팔구 한 가지 특정한 사실만이 마음속에 꽉 차 있었을 거요. 살인범의 손이 창문으로 들어왔다는 것이 그 순간 그녀를 사로잡은 생각이었는지도 모르오. 그녀는 어떻게든 사람들에게 이 사실을 알리려고 했을 것이오. 내가 보기에는 그녀의 생각이 틀리지 않았어요. 그것이 중요한 문제입니다! 아마 그녀는 사람들이 자살 행위라고 판단할지도 모른다고 생각했겠지. 그녀가 마음대로 말을 할 수만 있었다면 그녀는 이렇게 말했을 거요. '자살이 아니에요. 내가 스스로 이 잔을 마신 것이 아니었어요. 누군가가 그것을 내 침대 옆의 저 창문을 통해 놓아둔 게 틀림없어요.'」

메이틀랜드 서장은 잠시 대답하지 않고 손가락을 오므렸다 폈다 했다. 그러다가 그가 말했다.

「이것은 분명히 두 가지 측면에서 해석할 수 있습니다. 자살이냐, 아니면 타살이냐입니다. 레이드너 박사님, 당신은 어떻게 생각하십니까?」

레이드너 박사는 잠시 침묵을 지키다가 조용히, 그리고 단호하게 말했다.

「타살이오. 앤 존슨 양은 자살할 여자가 아니었소」

메이틀랜드가 말했다.

「그렇겠죠. 정상적인 상태라면 말입니다. 하지만 자살을 할 수밖에 없는 상황도 있지 않습니까?」

「어떤 상황 말이오?」

그는 조금 전 자기 의자 곁에 놓아두었던 꾸러미에 몸을 구부리고서 힘들게 탁자 위에 그것을 올려놓았다.

「어느 누구도 알지 못했던 것이 여기 있어요.」

그가 말했다.

「그녀의 침대 밑에서 찾아냈습니다.」

그가 끈을 풀고 꾸러미를 펼치자 그 안에서 무겁고 커다란 맷돌이 나왔다. 그것은 그다지 신기한 것도 아니었다. 이미 열두 개 정도가 발굴되었으니까.

맷돌이 우리의 시선을 끈 이유는 그 위에 묻어 있는 거무스름한 얼룩과 머리카락처럼 보이는 물체가 붙어 있다는 사실 때문이다.

「당신이 이것을 조사해주셔야겠습니다, 레일리 박사님.」

메이틀랜드 서장이 말했다.

「그러나 맷돌이 레이드너 부인의 살해에 사용된 흉기라는 점은 의심할 여지가 없을 겁니다!」

제26장 다음에는 내 차례다!

오오, 세상에! 레이드너 박사는 마치 금방이라도 쓰러질 것 같아 보였고, 나도 좀 어찔어찔했다.

레일리 박사는 맷돌을 전문가적인 솜씨로 살펴보며 말했다.

「지문 자국이 없는 것 같군.」

「지문은 없소.」

레일리 박사는 핀셋을 꺼내어 세밀하게 조사했다.

「음, 인체 조직의 일부, 그리고 머리카락……. 여자의 머리카락 같군. 하지만 아직 확실치는 않소. 정식으로 검사를 해 봐야 할 거요. 혈액형이나 기타 등등을. 그러나 거의 확실한 것 같군요. 존슨 양의 침대 밑에서 발견됐다고요? 음, 그렇다면……, 놀라운 사실인데! 그녀가 사람을 죽이고 나서 양심의 가책을 받은 끝에 스스로 목숨을 끊은 거란 말이지? 그럴듯한 생각이기도 하지만…….」

레이드너 박사는 힘없이 머리만 저었다.

「앤이 그럴 리가 없어, 앤이.」

그는 중얼거렸다.

「그녀가 처음에 이것을 어디에 숨겨두었는지 모르겠단 말이오.」

메이틀랜드 서장이 말했다.

「첫 범행 때 모든 방을 샅샅이 수색했거든요.」

갑자기 어떤 것이 내 머릿속을 스쳐서 나는 문구용 찬장을 떠올렸지만, 아무런 말도 하지 않았다.

「맷돌이 어디에 있었든지 간에 그녀는 숨겨둔 장소가 불안해서 자기 방으로 옮겼을 거요. 아마도 수색이 끝난 다음에 옮겼을 가능성이 크오. 그렇지 않다면 자살하기로 결심한 뒤에 옮겼겠지.」

나는 큰 소리로 외쳤다.

「그 말은 믿을 수 없어요.」

그렇게도 상냥하고 인정 많은 존슨 양이 레이드너 부인의 머리를 내리쳤다고는 믿을 수 없었다. 아니, 그런 생각조차 할 수 없는 일이었다! 그렇지만 지난밤에 그녀가 발작적으로 울었다든지……, 하는 일과 연결시켜 보면 어쩐지 들어맞는 것 같기도 했다.

그러나 그때는 단순한 후회 때문이라고 생각했다. 아주 하찮은 일에 대한 후회 말이다.

메이틀랜드 서장이 말했다.

「어떤 말을 믿어야 할지 모르겠군. 프랑스인 신부의 행방불명 문제도 해결해야 하오. 혹시 그가 머리를 얻어맞고 쓰러진 시체로 가까운 하수구에 굴러 떨어져 있을지도 몰라서 부하들을 시켜 수색하는 중이오.」

「아! 이제야 생각이 나는군요.」

내가 말했다. 모든 사람의 시선이 나에게 집중되었다.

「어제 오후였어요.」 나는 계속했다.

「라비뉴이 신부님이 그날 창문을 들여다보고 있었던 사팔뜨기 사나이에 관하여 나에게 물어보시더군요. 그 사나이가 길 어디쯤에 서 있었느냐고 내게 묻고 나서 밖을 둘러보러 나가겠다고 했어요. 추리소설에서 범인은 늘 단서를 남겨놓는다고 하면서요.」

「내가 찾는 범인들이 죄다 그렇다면 좋겠는데, 젠장.」

메이틀랜드 서장이 말했다.

「그러니까 그가 무엇인가를 찾아 나섰단 말이죠? 아, 정말로 그가 무엇을 찾아냈는지 궁금하군요. 만일 그와 존슨 양이 동시에 살인범의 정체를 밝혀내는 단서를 발견했다면 이거야말로 우연의 일치인데요.」

그는 성급하게 덧붙였다.

「사팔뜨기 사나이라고? 사팔뜨기? 사팔뜨기라면 눈에 띄고도 남을 텐데. 도대체 내 부하들은 왜 사팔뜨기를 못 잡는지 알 수가 없군.」

「아마 사팔뜨기가 아니기 때문일 거요.」

포와로가 조용히 말했다.

「그럼, 사팔뜨기로 가장을 했다는 말인가요? 사팔뜨기로 가장하기가 얼마나 힘든지 모르십니까?」

포와로가 계속 말했다.

「사팔뜨기도 쉽게 흉내 낼 수 있는 사람이 있지요.」

「빌어먹을! 그 녀석이 사팔뜨기든 아니든 지금 어디에 있는지 좀 알았으면 좋겠군!」

포와로가 말했다.

「내 생각으로는 그는 이미 시리아 국경 지역을 지났을 겁니다.」

「사실은 텔 체크와 이브 케말 같은 모든 변경 초소에도 통고해 두었는데요.」

「아마도 산길을 택했을 겁니다. 밀수품을 운반할 때는 트럭이 산길로도 달리거든요.」

메이틀랜드 서장이 투덜거렸다.

「그렇다면 데이르 에 조르에 전보를 쳐야겠군.」

「내가 어제 전보를 쳐두었소. 완벽한 여권을 가진 두 사람이 탄 차를 찾으라고 통고를 했습니다.」

메이틀랜드 서장은 그를 쳐다보면서 궁금한 듯이 말했다.

「당신이 전보를 쳤다고요? 당신이? 그리고 두 사람이라니요?」

포와로는 고개를 끄덕였다.

「이 사건에는 범인이 두 사람이오.」

「이거 놀라운 일입니다, 포와로 씨. 그렇게 여러 가지를 알고서도 숨기고 있었다니.」

포와로는 머리를 저으며 말했다.

「아, 아니오. 사실은 그렇지 않아요. 일출을 바라보고 있었던 오늘 아침에야 사건의 진상이 떠오른 겁니다. 매우 아름다운 일출이었죠」

아무도 머캐도 부인이 방에 들어온 것을 알아차리지 못했다.

우리가 끔찍스러운 피 묻은 맷돌의 출현에 정신을 못 차리고 있었을 때 살짝 들어온 모양이었다.

그녀가 느닷없이 돼지 멱따는 소리로 마구 지껄이기 시작했다.

「어머나, 세상에! 이젠 모든 걸 알겠어요. 모든 걸 알겠다고요. 범인은 라비뉴이 신부였어요. 그는 미쳤어요. 광신자예요. 그는 여자들을 더럽다고 생각해요. 그가 모두 죽인 거예요. 처음에는 레이드너 부인, 그 다음에는 존슨 양을! 그리고 다음은 내 차례일 거예요!」

미친 듯이 비명을 지르며 그녀는 방을 가로질러 레일리 박사의 옷자락을 움켜쥐었다.

「여기에 못 있겠어요, 정말이지! 단 하루도 여기에는 있을 수 없다고요. 위험해요. 도처에 위험이 도사리고 있어요. 그가 여기 어딘가에 숨어 있어요. 때를 기다리면서, 그가 나에게 덤벼들 거예요!」

그녀는 입을 벌리고 다시 비명을 지르기 시작했다.

나는 그녀의 손목을 쥐고 있는 레일리 박사에게 달려갔다. 그리고 양쪽 뺨을 찰싹 때리고는 레일리 박사와 함께 그녀를 의자에 앉혔다.

나는 말했다.

「아무도 당신을 죽이지 않을 거예요. 우리가 맡아서 처리하겠어요. 앉아서 진정해요」

그러자 또 다른 방해물이 나타났다.

문이 열리더니 실러 레일리가 들어온 것이다. 그녀의 얼굴은 창백하고 심각했다.

그녀는 곧장 포와로에게 다가서며 말했다.

「아침 일찍 우체국에 갔어요, 포와로 씨. 그런데 선생님께 전보가 왔더군요. 그래서 이것을 가져왔어요.」

「고맙소, 아가씨.」

그는 전보를 받은 다음, 그녀가 자기 얼굴을 뚫어지게 쳐다보는 가운데 그것을 뜯어보았다. 그의 얼굴색은 변하지 않았다. 그는 전보를 읽고 나서는 그것을 잘 펴서, 반듯하게 접어 호주머니에 넣었다.

머캐도 부인은 그를 지켜보고 있다가 숨이 넘어갈 듯한 소리로 말했다.

「미국에서 온 것인가요?」

그는 고개를 저으며 말했다.

「아니요, 부인. 튀니스에서 온 겁니다.」

그녀는 이해할 수 없다는 듯이 잠시 동안 그를 쳐다보다가 긴 한숨을 내쉬며 다시 의자에 등을 기대고 앉았다.

「라비뉴이 신부가 보낸 거죠?」 그녀가 말했다.

「내 생각이 옳았어요. 그에게는 뭔가 이상한 점이 있다고 항상 생각해 왔거든요. 그가 한 번은 나에게 이상한 말을 하더군요. 아마도 미쳤나 보다고 생각했죠.」

그녀는 잠시 침묵을 지키다가 다시 말문을 열었다.

「이제부터는 좀 조용히 있겠어요. 여기를 떠날 거예요. 남편과 레스트 하우스에 가서 묵겠어요.」

포와로가 말했다.

「참아요, 부인. 내가 모든 것을 설명할 테니까.」

메이틀랜드 서장이 호기심 어린 눈초리로 쳐다보며 물었다.

「당신이 진상을 정확하게 알고 있다는 말인가요?」

포와로는 고개를 끄덕였다. 그것은 매우 과장된 행동이었다.

아마도 서장은 은근히 약이 올랐을 것이다.

「좋아요.」

그가 소리치듯이 말했다.

「그럼 어디 한번 들어봅시다.」

그러나 그렇다고 곧장 말을 꺼낼 에르큘 포와로가 아니었다.

그는 일단 분위기를 가라앉히려고 그런 말을 했으리라. 그가 정말로 진상을 알고 있는지, 아니면 그저 과시하고 있는 건지 나로서는 알 수 없었다.

그는 레일리 박사를 쳐다보았다.

「레일리 박사, 다른 사람들을 불러주시겠소?」

레일리 박사가 벌떡 일어나서 묵묵히 밖으로 나갔다.

잠시 뒤 다른 발굴단원들이 줄지어 방으로 들어왔다. 레이터와 에모트, 그 뒤에 빌 콜먼, 리처드 캐어리, 그리고 머캐도가 뒤따라 들어왔다. 가엾은 사람, 그는 정말이지 송장처럼 보였다. 그는 위험한 약품을 방치해 두었던 자신의 부주의함 때문에 비난의 화살이 쏟아질까 봐 두려워하는 것 같았다.

포와로가 도착했던 그날처럼 모든 사람들이 테이블 주위에 빙 둘러 앉았다. 빌 콜먼, 데이비드 에모트는 앉기 전에 머뭇거리면서 실러 레일리를 흘끔 쳐다보았다.

그녀는 그들과 등을 지고 창을 쳐다보며 서 있었다.

빌이 권했다.

「앉으시죠, 실러?」

데이비드 에모트는 낮고 명랑한 목소리로 느릿느릿 말했다.

「앉으시죠.」

그때서야 그녀는 몸을 돌려 그들을 마주 보았다. 두 사람 모두 의자를 권하고 있었다. 나는 그녀가 누구의 의자에 앉을지 궁금했다. 하지만 그녀는 아무 의자에도 앉지 않았다.

「난 여기 앉겠어요.」

그녀가 퉁명스럽게 대답했다. 그리고 창가의 테이블 모서리로 가서 앉았다.

「저…….」 그녀가 덧붙였다.

「내가 여기 있어도 메이틀랜드 서장님이 싫어하지 않으시겠죠?」

메이틀랜드 서장이 무슨 말을 할지 궁금해하고 있는데, 포와로가 먼저 말을 꺼냈다.

「반드시 여기 있어야 합니다, 아가씨. 정말 당신이 여기에 함께 있을 필요가 있어요.」

그녀는 눈썹을 치켜세웠다.

「필요라고요?」

「난 그렇게 표현한답니다, 아가씨. 당신에게 물어봐야 할 것이 있지요.」

또다시 그녀는 눈썹을 치켜세웠지만 더 이상 아무 말도 하지 않았다. 그리고 그녀는 무슨 일이 생기더라도 무관심하기로 작정한 사람처럼 창 쪽으로 얼굴을 돌렸다.

메이틀랜드 서장이 말했다.

「자, 이제……, 어쩌면 사건의 진상을 알게 될지도 모르겠군요!」

그는 성급하게 말했다.

그는 본래 행동파인 모양이었다. 바로 이 순간에도 밖으로 나가서 사건을 지휘하고 싶어 안달을 하고 있음을 여실히 느낄 수 있었다. 라비뉴이 신부의 시체를 찾으라고 지시하든지, 아니면 그를 체포하라고 수사반을 보내는 일들 말이다.

그는 포와로를 탐탁지 못한 눈으로 쳐다보았다.

「다 알고 있다면서, 왜 말하지 않는 거요?」

그 말은 빈정거리는 투가 역력했다.

포와로는 천천히 우리 모두를 감상하듯이 둘러보고는 일어섰다.

그가 무슨 말을 할지 알 수 없었다. 분명히 극적인 말일 텐데 말이다. 그는 그러고도 남을 사람이었다. 하지만 그가 아랍어로 말머리를 끄집어낼 줄은 정말이지 생각하지 못했다.

그는 아랍어에 꽤 능숙했다.

그는 천천히 엄숙하게 말했는데, 어쩐지 종교적인 분위기가 풍겼다.

「비스밀라히 아르 라흐만 아르 라힘!」

그런 다음 그는 말뜻을 영어로 번역했는데, '자비롭고 은혜로우신 알라신의 이름으로'라는 뜻이라고 했다.

제27장 여행의 시작

「비스밀라히 아르 라흐만 아르 라힘. 이 말은 여행을 시작하기 전에 사용하는 아랍어입니다. 그러니까 우리 또한 여행을 떠나는 겁니다. 과거로의 여행, 인간의 마음이라는 이상한 곳으로의 여행을 말이죠.」

그때까지만 해도 나는 소위 '동양의 마력'이라는 것을 전혀 의식하지 못하고 있었다. 솔직히 말해서, 나를 놀라게 한 것은 도처에 널려 있는 지저분한 광경뿐이었다.

그런데 갑자기 포와로의 몇 마디 말 때문에 이상한 환상이 눈앞에 펼쳐지는 듯했다. 사마르칸드와 이스파한이라는 말이 생각났다.

긴 수염의 상인들과 무릎을 꿇고 앉아 있는 낙타들, 이마에 줄을 맨 채 비틀거리며 무거운 짐짝을 나르는 짐꾼들, 적갈색으로 머리를 물들인 여인들과 티그리스 강가에 엎드려서 옷을 빠는 문신을 새긴 사람들, 여인들의 야릇하고 구슬픈 찬송 소리와 멀리서 들려오는 물레방아의 신음하는 듯한 소리까지…….

이러한 것들은 내가 여태껏 보고, 듣고, 생각해 왔으나 대수롭지 않게 여겼던 것들이다. 그러나 지금은 왠지 달라 보였다. 마치 낡아빠진 물건을 불빛에 비춰보고 갑자기 오래된 수예품의 아름다운 색상을 깨달은 듯한 기분이었다.

이윽고 우리들이 앉아 있는 방을 둘러보고 포와로가 말한 것이 맞다는 기묘한 느낌이 들었다.

우리 모두 여행을 시작하고 있다는 말의 의미는, 아마도 우리는 지금 이곳에 함께 있지만 각자 다른 길을 가고 있다는 뜻이리라.

약간 어리석은 소리로 들릴지 모르지만, 나는 이들을 처음 만난 사람처럼, 그리고 오늘이 마지막 만남인 것처럼 하나씩 돌아보았다. 시시하게 들릴지 모르지만 그때의 내 기분은 정말로 그랬다.

머캐도는 신경질적으로 손가락을 꼬고 있었는데, 팽창된 눈동자에 기묘한 빛을 담은 그의 두 눈은 포와로를 주시하고 있었다.

그의 부인은 남편만 쳐다보고 있었다. 머캐도 부인은 봄을 기다리는 암벌처럼 초조한 표정을 짓고 있었다.

레이드너 박사는 약간 이상하게 움찔하는 것처럼 보였다. 계속되는 혼란으로 기진맥진한 모양이었다. 그는 이 방과는 상관없는 사람처럼 아득히 먼 곳에 있는 것 같았다.

콜먼은 포와로를 똑바로 쳐다보고 있었다. 그의 입은 반쯤 벌어져 있었고, 두 눈은 멀거니 뜨고 있었다. 그 모습이 꼭 바보 같았다.

에모트는 자신의 발끝만을 쳐다보고 있어서 나는 그의 얼굴을 자세히 볼 수 없었다. 레이터는 당황한 것 같았다. 그의 입이 부루퉁하게 나와 있어서 잘생긴 돼지처럼 보였다.

레일리 양은 계속 창밖만 내다보고 있었다. 그녀가 무엇을 생각하며 느끼고 있는지 알 수 없었다. 그 다음에는 캐어리 씨를 쳐다보았는데, 어쩐지 그의 얼굴에서 불쾌함이 느껴져서 고개를 돌려버렸다.

우리 모두는 그 자리에 모여 있었다. 그러나 포와로의 말이 끝나고 나면 각자 뿔뿔이 흩어져야 할 운명을 지고 있다는 생각이 들었다. 그 것은 실로 기묘한 느낌이었다.

포와로의 목소리는 차분히 계속되었다. 그것은 마치 출렁거리지 않고 제방 사이로 어우러져 바다로 흘러 들어가는 강물 같았다.

「처음부터 나는 이 사건을 해결하기 위해서는 외적인 흔적이나 단서가 아니라, 개인 간의 충돌과 마음속의 비밀에서 단서를 찾아야 한다고 생각했습니다. 그러한 결과, 현재 나는 이 사건의 결말에 나름대로 도달했지만 물적 증거를 잡지 못했다고 솔직히 털어놔야겠군요. 하지만 그것은 오히려 당연한 일입니다. 그 밖의 다른 어떠한 사실도 제

위치에 들어맞지 않기 때문이지요. 따라서 나는 범행이 분명히 그러한 식으로 이루어졌다고 확신합니다.」

그는 잠시 쉬었다가 다시 계속했다.

「이 사건이 해결된 순간에……, 즉, 사건의 전모를 알게 된 순간부터 나의 여행은 시작되었습니다. 모든 사건에는 일정한 형식과 양상이 있지요. 이 사건의 양상은, 내가 보기에는 레이드너 부인의 성격을 중심으로 일어났습니다. 따라서 그녀가 어떤 여자였는지 정확하게 알지 않고서는 그녀가 왜 살해되었는지, 그리고 누가 그녀를 살해했는지를 알 수 없게 된 겁니다.

그렇기 때문에 레이드너 부인의 성격을 파악하는 것이 이 사건 해결의 출발점이 되는 것이지요. 또 하나의 다른 심리적인 측면이 있었습니다. 발굴단원 사이에 흐르는 기묘한 긴장 상태 말입니다. 이것은 사람들이 말한 바 있는데—그들 중 일부는 외부인들이지만—, 나는 수사를 해 나가면서 이러한 긴장 상태 역시 설명되리라 생각했습니다.

세상 사람들은 이 사건이 레이드너 부인의 성격이 발굴단원에게 미친 영향의 결과라고 할지 모르지만, 나중에 여러분에게 설명할 몇 가지 이유 때문에 나는 이것을 전적으로 수긍할 수 없습니다. 우선 난 오직 레이드너 부인의 성격에만 초점을 두었다는 걸 밝히고 싶습니다.

나는 그녀의 성격을 평가하기 위해 여러 가지 방법을 동원했죠. 그녀가 많은 사람에게 보여준 행동은 그 기질과 성격이 제각각이었기 때문에, 나 자신의 입장에서 몇 가지를 주워 모아야 했습니다. 물론 정보의 범위는 당연히 한정되어 있었지만, 그러한 가운데에서도 나는 어떤 사실을 발견할 수 있었습니다.

레이드너 부인의 취미는 소박하면서도 검소한 것이었습니다. 그녀는 분명히 사치스러운 여자는 아니었죠. 이에 비하면 그녀가 만든 수예품은 대단히 훌륭하고 아름다웠습니다. 그것은 그녀가 예민한 예술적인 기질을 가지고 있음을 의미하는 것이지요.

그녀의 침실에 있는 책들을 살펴보고서 나는 그녀의 더 깊은 면까지도 알게 되었습니다. 그녀는 머리가 뛰어났고, 또한 분명 이기주의자였을 겁니다. 레이드너 부인이 주로 몰두한 건 이성을 사로잡는 일일지도 모른다는 생각이 들었습니다. 그녀는 꽤 육감적인 여자였으니까요. 하지만 그것이 이번 사건과 관련이 있다고는 생각하지 않습니다.

그녀의 침실 선반 위에는 이런 책들이 꽂혀 있었습니다. <그리스인들은 누구인가?>, <상대성 이론 입문>, <헤스터 스탠호프 부인의 생애>, <므두셀라로 돌아가라>, <린다 콘든>, <클루 트레인>. 그녀는 문화와 현대 과학에 탁월한 면이 있었습니다. <린다 콘든>은 다소 수준이 낮았지만, <클루 트레인> 같은 소설을 볼 때, 그녀는 자유로운 여자……, 혈육도 없고 남자에게 구속받지 않는 여자에 대해 흥미와 공감을 느꼈던 것 같습니다.

그녀는 또한 헤스터 스탠호프 부인의 인간성에 관심이 있었죠. <린다 콘든>은 여자들이 자기 자신의 아름다움을 가꾸는 데에 꼭 필요한 책입니다. <클루 트레인>은 정열적인 개인주의자를 그린 내용이죠. <므두셀라로 돌아가라>는 정서적인 생활태도보다는 지적인 생활태도에 더욱 공감하던 그녀의 의식세계를 대변해 줍니다. 이렇게 해서 나는 죽은 그 여인을 이해하기 시작했습니다. 그 다음에는 레이드너 부인과 가까이 접촉했던 사람들의 반응을 조사했더니, 죽은 여인에 대한 나의 생각이 점점 더 확고해지더군요.

나는 레일리 박사와 다른 사람들의 이야기에서 다음과 같은 사실을 분명하게 깨달았습니다. 그녀는 선천적으로 뛰어난 자질을 타고났습니다. 그것은 외적인 아름다움뿐 아니라, 일종의 마력이라고 할 수 있는 매력을 지녔다는 겁니다. 그 마력은 아름다움 때문에 돋보인 것일 수도 있지만, 외모와는 무관하게 독립되게 존재할 수도 있습니다.

그런 여자들은 대개 폭풍우 같은 흔적을 남기고 가는 법이죠. 때로는 다른 사람에게, 때로는 자기 자신에게 불행을 야기합니다. 그녀는 분명히 자기 자신을 깊이 사랑했고, 어떤 다른 것보다도 지배욕을 충족시키며 살았다고 확신할 수 있습니다. 그녀는 어디에 가든지, 그 세계의 중심이 되어야 했습니다. 그래서 남자든 여자든 그녀 주변의 모든 사람들은 그녀의 지배 아래에 있어야 합니다.

어떤 사람에게는 그것이 어렵지 않았습니다. 예를 들면, 낭만적인 상상력이 풍부하고 도량 넓은 레서런 간호사는 넋을 잃고 진심으로 그녀를 존경하게 되었지요. 그런데 레이드너 부인이 자기의 자신감을 행사하는 또 다른 방법이 있었는데, 그것은 바로 두려움을 느끼게 하는 방법이었죠. 쉽게 남을 정복하고 나면 그녀의 천성 중에서 잔인한 면이 고개를 들곤 했지요. 그렇지만 그것은 의식적인 잔인함이 아니라, 마치 쥐를 입에 문 고양이의 행동처럼 천성적이고도 무심코 나오는 행동임을 강조하고 싶습니다. 제정신으로 돌아오면 그녀는 자상하게 행동했지만, 어떤 사람에게는 그 상냥하고 다정한 태도를 싹 없애버릴 때도 있었지요.

이 사건에서 해결해야 할 근본적이고도 가장 중요한 문제는 익명의 편지들입니다. 누가, 왜 그런 편지를 썼을까요? 나는 자문해 보았지요. 혹시 레이드너 부인이 직접 쓴 것은 아닐까? 이 문제를 해결하기 위해서는 상당히 멀리……, 사실상 레이드너 부인의 첫 결혼 시절까지 거슬러 올라갈 필요가 있습니다. 거기서부터 우리의 여행을 시작하는 것이 마땅합니다. 레이드너 부인의 인생 여정 말입니다.

먼저, 과거의 루이즈 레이드너는 분명히 현재와 똑같은 루이즈 레이드너라는 것을 우리 모두 인식해야만 합니다. 그녀는 그때에도 대단한 미인이었습니다. 단순히 외형적인 미인일 뿐만 아니라 남자의 마음과 호감을 사로잡는 깊이 있는 매력을 소유한 여인이었죠. 그리고 그 무렵부터 그녀는 이미 철저한 이기주의자였습니다.

그런 여자들은 당연히 결혼이라는 것에 반감을 품기 마련이지요. 이기적인 여자들은 남자들에게 마음을 송두리째 주기도 하지만, 오히려 자기 자신에게 예속되기를 더 좋아하니까요. 전설 속에 나오는 무정한 여인처럼 말이죠. 그럼에도 불구하고 레이드너 부인은 결혼을 했습니다. 그래서 나는 그녀의 남편이 강한 개성의 소유자임이 분명하다고 생각했지요.

남편의 스파이 행위를 알게 되자 그는 레서런 간호사에게 털어놓은 대로 행동했습니다. 그녀는 정부에 고발했습니다. 이러한 그녀의 행동을 볼 때, 거기에는 심리적으로 중요한 요소가 있다고 생각합니다. 그녀는 자기가 애국심에 불타는 여자여서 그런 행동을 했다고 레서런 간호사에게 말했습니다. 그러나 우리는 자기 자신의 행동 동기에 대해서 자신을 기만하기 쉽다는 것을 잘 알고 있습니다! 본능적으로 사람들은 가장 그럴듯한 동기를 선택하는 법이죠!

레이드너 부인은 그렇게 행동한 이유가 애국심 때문이라고 믿었을지도 모르죠. 그러나 사실 그것은 자기의 남편을 제거해야겠다는 결코 의식하지 못했던 욕구의 결과라고 나는 믿습니다! 그녀는 지배, 즉 어떤 사람에게 소속된다는 느낌을……, 남의 밑에 예속되는 것을 싫어했지요. 그녀는 자신의 자유를 되찾기 위해 애국적인 방법을 택한 겁니다. 하지만 그녀의 의식 밑에는 미래의 그녀의 운명을 좌지우지하게 될 괴로운 죄의식이 생겼습니다.

이제 그 편지들의 의문점을 생각해 보기로 합시다. 레이드너 부인은 남자들에게 많은 청혼을 받았습니다. 그러나 그럴 때마다 협박 편지가 끼어들어서 모두 허사로 돌아가고 말았지요. 누가 그 편지들을 썼을까요? 프레드릭 보스너나 그의 동생 윌리엄일까요? 아니면 레이드너 부인 자신이었을까요?

그 어떤 추측도 가능합니다. 분명 레이드너 부인은 남자의 영혼을 몽땅 사로잡아 버리는 여자였습니다. 따라서 프레드릭 보스너에게 그의 아내 루이즈는 이 세상의 그 무엇보다도 소중한 존재였다는 걸 나는 확신할 수 있습니다! 그녀가 그를 배신한 뒤로 그는 공개적으로 그녀에게 접근할 수 없는 처지가 되긴 했지만, 그는 그녀가 언제까지나 자기의 여자이든가 아니면 그 어느 누구의 여자도 아니어야 한다고 결론을 내렸을 겁니다. 그녀가 다른 남자의 소유가 되느니 차라리 그녀를 죽여 버리는 것이 그에게는 더 나았을 거란 얘기죠.

반면에 레이드너 부인은 결혼 생활의 속박을 몹시도 싫어한 결과, 그러한 처지에서 자신을 해방시키기 위해 편지를 썼을지도 모릅니다. 그녀는 일단 사냥감을 잡고 나면 곧 싫증을 내고 마는 사냥꾼이었으니까요! 따라서 그녀는 자기의 인생을 극화시키려고 적절한 방법을 사용한 것이지요. 즉, 죽은 남편이 다시 살아나 결혼을 허용치 않는다는 편지를 만들어내는 겁니다!

그것은 그녀의 내면 깊은 곳에 큰 만족감을 줬습니다. 그것 때문에 그녀는 낭만적인 인물, 즉 비극의 주인공이 되었고, 다시는 결혼할 수 없게 되었지요. 이런 상태의 사랑이 몇 년이나 계속되었습니다. 결혼 얘기가 나올 때마다 협박 편지가 날아든 것이지요. 그런데 여기에서 아주 흥미로운 일이 발생합니다.

레이드너 박사가 등장한 것입니다. 더 놀라운 건 이때에는 협박 편지가 전혀 오지 않았다는 사실입니다! 그녀가 레이드너 부인이 되는 길에는 아무런 방해 요소가 없었습니다. 결혼한 뒤에야 비로소 한 통의 편지가 날아왔을 뿐입니다. 지금 당장 우리 자신에게 물어봅시다.

왜 그랬을까요? 여러 가지 가능성을 차례로 생각해 봅시다. 만일 레이드너 부인이 직접 그 편지들을 썼다면 문제는 쉽게 설명이 됩니다. 그녀는 정말로 레이드너 박사와 결혼하고 싶었습니다. 그래서 그와 결혼을 했습니다.

그러면 그럴 경우, 왜 그녀는 결혼 뒤에 다시 편지를 썼을까요? 자신을 극화시키고자 하는 욕망이 억눌려지기에는 너무나 강했던 탓일까요? 그렇다면 왜 두 통만 썼을까요? 그 이후 1년 반이 지나도록 어떤 편지도 날아들지 않았습니다. 다음으로 다른 가능성을 생각해 봅시다. 즉, 그녀의 첫 남편인 프레드릭 보스너(또는 그의 동생)가 편지를 썼을 가능성에 대해서 말이죠. 그렇다면 왜 결혼 뒤에 가서야 협박 편지가 왔을까요? 프레드릭은 그녀가 레이드너 박사와 결혼하는 것을 결코 원치 않았을 겁니다.

그렇다면 왜 결혼을 방해하지 않은 걸까요? 그전의 경우에는 늘 결혼을 방해했습니다. 그런데 왜 그때만은 결혼하고 나서 협박을 했을까요? 그에 대한 대답은 만족스러운 것이 아니지만, 이렇게 한번 생각해 봅시다. 즉, 그가 협박할 수 없는 상황에 있었다고 말이죠. 감옥에 갇혀 있었거나, 아니면 해외에 나가 있었을지도 모르는 일 아닙니까? 그 다음에 가스 중독 사고를 생각해 봅시다. 그 사건은 어떤 외부인에 의하여 저질러진 것이 결코 아닙니다. 그 사건을 저지를 가능성이 있는 사람은 레이드너 박사와 부인뿐이죠. 하지만 레이드너 박사가 그런 일을 할 이유는 거의 없는 것으로 보입니다. 그렇다면 레이드너 부인이 그 일을 계획하고 직접 했다는 결론에 도달하게 됩니다.

왜 그랬을까요? 그것도 또한 연극이었을까요? 그 뒤 레이드너 박사와 그녀는 해외로 나와서 18개월 동안 아무런 위협도 받지 않고 행복하고 평화로운 생활을 누렸습니다. 그 이유를 자신들이 흔적을 감쪽같이 감추었기 때문이라고 했죠. 하지만 그런 설명은 논리에 어긋납니다. 그 시기에 해외로 나간다는 것은 그런 목적을 위해서는 매우 부적절했습니다. 특히 레이드너 부부의 경우에는 더욱 그러했죠. 그는 유물 발굴단의 단장이었습니다.

프레드릭 보스너는 박물관에 알아보면 그의 정확한 주소를 얻어낼 수 있었을 겁니다. 심지어 그가 너무나 가난해서 부부를 추적할 수 없었다 하더라도 협박 편지를 쓰는 데는 아무런 지장이 없었을 겁니다. 그토록 집요한 사람이라면 분명히 그렇게 했을 겁니다. 거의 2년이나 아무런 일이 없다가 갑자기 협박 편지가 또 날아온 겁니다.

　왜 편지가 다시 오기 시작한 걸까요? 매우 어려운 질문입니다. 레이드너 부인이 지루해져서 좀 더 극적인 사건을 원했다고 한다면 쉽게 대답이 될 수 있겠지요. 그러나 나는 이 점에는 전혀 납득이 가지 않습니다. 내가 보기에는 이 연극적인 사건은 너무나 야비하고 조잡한 면이 있어서 그녀의 까다로운 성격과 조화가 되지 않는다고 생각합니다. 따라서 이 점을 더욱 철저히 검토해 볼 필요가 있습니다.

　여기에는 세 가지 가능성이 있습니다. 첫째는 레이드너 부인이 직접 편지를 썼다는 것이고, 둘째는 프레드릭 보스너나 그의 동생 윌리엄 보스너가 편지를 썼다는 것이죠. 그리고 세 번째는 그 편지들이 처음에는 레이드너 부인이나 그녀의 첫 남편이 쓴 것일지 모르지만, 나중의 편지들은 위조된 것들로서 즉, 그전에 협박 편지들이 왔다는 사실을 알고 있는 제3의 인물이 작성했다고도 할 수 있습니다.

　이제 레이드너 부인의 주위 사람들을 거론해야겠군요. 먼저 발굴단원 중 누군가가 레이드너 부인을 살해했을 현실적인 가능성에 대해서 검토해 봅시다. 언뜻 보기에는 기회만 주어진다면 누구든지 그녀를 살해했을 가능성이 있습니다만, 여기서 세 사람은 제외됩니다. 많은 사람의 증언에 따르면, 레이드너 박사는 결코 옥상을 떠나지 않았습니다.

　캐어리 씨는 발굴현장 흙더미에서 일을 하고 있었고요. 콜먼 씨는 하사니에에 가 있었습니다. 그러나 그런 알리바이는 겉으로 드러나는 것과 정확히 일치하지는 않습니다. 물론 레이드너 박사의 알리바이는 제외됩니다. 의심의 여지없이 그는 내내 옥상에 있었고, 사건이 발생한 뒤 한 시간 15분이나 지나서야 옥상에서 내려왔으니까요. 그러면 캐어리 씨가 내내 흙더미에 있었다는 것은 정녕 사실일까요? 그리고 콜먼 씨도 사건이 발생했던 그 시간에 분명히 하사니에에 있었을까요?」

빌 콜먼은 얼굴이 붉어지고, 입을 벌렸다가 다물면서 불안스레 주위를 살펴보았다.

캐어리 씨의 얼굴 표정은 변하지 않았다.

포와로는 부드럽게 계속했다.

「나는 또 만일 마음만 먹는다면 충분히 완벽하게 살인을 저지를 수 있었던 한 여자를 관찰해 보았습니다. 레일리 양은 용기 있고, 똑똑한 두뇌와 대담한 성격까지 지녔습니다. 레일리 양이 죽은 부인에 관해 나에게 이야기할 때 나는 농담조로 알리바이를 증명해 보라고 말했습니다. 그때 그녀의 마음속에는 적어도 살해하고 싶은 욕구 같은 게 있었다고 나는 생각했습니다. 어쨌든 그녀는 매우 어리석고 무의미한 거짓말을 늘어놓더군요. 그날 오후 테니스를 치고 있었다고 말이에요. 그 다음 날 존슨 양과 평범한 대화를 나누던 중에 나는 레일리 양이 테니스를 치기는커녕, 살인사건이 난 그 시각에 사실상 이 집 근처에 있었다는 사실을 알게 되었습니다. 만일 레일리 양이 범죄 사건에 대해 조금도 거리낌이 없었다면 지금 이 자리에서 그에 대한 변명을 해줄 수 있으리라 생각합니다만……..」

그는 잠시 쉬었다가 다시 조용히 말했다.

「레일리 양, 그날 오후 무엇을 보았는지 우리에게 말해줄 수 있겠소?」

처녀는 즉시 대답하지 않았다. 고개를 돌리지도 않고 계속해서 창밖만 내다보다가 초연하고 고른 목소리로 입을 열었다.

「점심식사 뒤에 저는 말을 타고 발굴현장에 갔어요. 거기에 도착한 시각은 약 1시 45분이었어요.」

「발굴현장에 아가씨의 친구들이 있었습니까?」

「아니요, 아랍인 감독밖에는 아무도 없는 것 같았어요.」

「캐어리 씨를 못 봤나요?」

「예.」

포와로가 말했다.

「거참, 이상하군. 베리에 씨가 그날 오후 그곳에 갔을 때도 그를 못 보았다고 했는데…….」

그는 캐어리를 빤히 쳐다보았지만, 캐어리는 조금도 움직이거나 입을 열지 않았다.

「설명을 좀 해주겠습니까, 캐어리 씨?」

「산책을 나갔죠. 흥미를 끌 만한 것이 하나도 발견되지 않았기 때문입니다.」

「어느 방향으로 산책을 나갔습니까?」

「강을 따라 하류 쪽으로요.」

「집 쪽으로 오지는 않았습니까?」

「예.」 레일리 양이 말했다.

「내가 보기에는……, 누구를 기다리고 있었는데, 그 사람이 오지 않았을 거예요.」

그는 그녀를 쳐다보았으나 대답하지 않았다. 포와로는 그 점에 대해서 묻지 않았다.

그는 한 번 더 레일리 양에게 물었다.

「그 밖의 다른 것은 보지 못했나요, 아가씨?」

「보았어요. 발굴현장 사무실에서 멀리 떨어지지 않은 곳에 트럭이 강가에 세워져 있는 것을 봤죠. 참 이상하다고 생각하고 있는데 콜먼 씨가 보이더군요. 그는 마치 무엇을 찾고 있는 사람처럼 머리를 숙인 채 걸어다니고 있었어요.」

콜먼이 갑자기 입을 열었다.

「이것 봐요! 나는……」

포와로는 그의 말을 점잖게 가로막았다.

「잠깐. 그때 그에게 말을 걸었습니까, 레일리 양?」

「아니요.」

「왜 그랬나요?」

그녀는 천천히 말했다.

「저……, 사실은 그가 매우 이상한 표정으로 주위를 살폈거든요. 저는 어쩐지 거북했어요. 그래서 말을 돌려 그곳을 떠났어요. 아마 그는 저를 보지 못했을 거예요. 가까운 거리도 아니었고, 또 그는 꽤 몰두해 있는 것 같았으니까요.」

콜먼은 더 이상 참지 못하고 대꾸했다.

「이것 봐요. 그 말은 맞지만, 내가 그렇게 이상한 행동을 보인 점을 설명하겠습니다. 사실, 그 전날 아주 깜찍한 원통형 토기를 골동품실에 보관하지 않고 내 윗도리 호주머니에 넣고 다녔는데 그만 깜빡 잊어버리고 말았지요. 그래서 나중에 호주머니를 뒤져보니 그것이 없기에 근처 어딘가에 떨어뜨린 모양이라고 생각한 겁니다. 그 일 때문에 야단맞을 것 같아서 조용히 혼자서 찾으러 다녔던 겁니다. 발굴지를 오가다 그 토기를 떨어뜨렸다고 확신했거든요. 나는 하사니에로 갔다가 하인 한 명을 그곳에 보내어 일을 처리하게 하고 일찍 돌아왔어요. 자동차를 남의 눈에 띄지 않는 곳에 세워두고 한 시간이 넘도록 그걸 찾아다녔습니다. 그런데도 그 빌어먹을 것이 없잖아요! 그래서 차를 몰고 집으로 돌아왔습니다. 그러니까 당연히 사람들은 내가 금방 돌아왔다고 생각했던 거지요.」

「그러면 당신은 거짓말을 했군요?」

포와로가 부드럽게 말했다.

「그런 상황에서는 어쩔 수 없지 않습니까?」

「그렇게 생각하지 않소」

포와로가 말했다.

「오, 제기랄! 사서 고생하지 않는 것, 그게 내 좌우명이라고요! 하지만 내게 덮어씌울 수는 없을 겁니다. 난 결코 안뜰에 들어가지 않았기 때문에 아무도 나를 본 사람이 없을 겁니다.」

포와로가 말했다.

「물론, 그게 어려운 점이오. 밖에서 안뜰로 들어온 사람은 아무도 없다고 하인들이 증언했지만, 곰곰이 생각해 보니 그들의 말뜻은 그런 게 아니었다고 생각합니다. 그들은 낯선 사람이 결코 집 안에 들어온 적이 없다고 맹세했지요. 하인들에게 발굴단원이 들어왔느냐고는 묻지 않았습니다.」

「그렇다면 지금이라도 직접 그들에게 물어보시지요. 그들이 나나 캐어리 씨를 보았다고 한다면 내 목을 치겠습니다.」

「아! 그것 참 재미있는 얘기로군요. 하인들은 분명히 낯선 사람이 들어왔다면 알아보았을 겁니다. 하지만 그들이 발굴단원을 눈여겨보았을까요? 발굴단원들은 하루 종일 들락날락하는데……. 하인들은 단원들이 오가는 것에 좀처럼 주목하지 않았을 겁니다. 캐어리 씨나 콜먼 씨가 들어왔다고 해도 하인들은 그런 일을 거의 기억하지 못했을 겁니다.」

콜먼이 외쳤다.

「터무니없는 소리예요!」

포와로는 조용히 계속해 나갔다.

「두 사람 중에서도 캐어리 씨가 왕래하는 것이 훨씬 더 눈에 띄지 않았을 거라고 생각되는군요. 콜먼 씨는 그날 아침 차를 타고 하사니에로 갔기 때문에 하인들은 그가 차를 타고 돌아올 것이라고 생각했겠죠. 따라서 그가 걸어왔다면 분명 눈에 띄었을 겁니다.」

콜먼이 말했다.

「물론이죠!」

리처드 캐어리가 머리를 들었다. 그는 짙푸른 눈으로 포와로를 쏘아보았다.

「나에게 살인죄를 씌우는 겁니까, 포와로 씨?」

그가 따지듯이 물었다. 그의 태도는 매우 차분했지만 목소리는 낮고 험악했다.

포와로는 그에게 고개를 숙여 보였다.

「나는 단지 여러분과 여행을, 진실을 찾아가는 여행을 하고 있을 뿐입니다. 그리고 나는 한 가지 사실을……, 발굴단원과 레서런 간호사를 포함한 모든 사람이 살인을 저지를 수 있었다는 점을 알게 되었습니다. 그중에 어떤 사람에게 혐의가 희박한지는 이차적인 문제입니다. 나는 방법과 기회에 대해 생각해 보았습니다. 그런 뒤에 범행 동기를 살펴보았죠. 그 결과 여러분 모두가 범행 동기를 가지고 있다는 사실을 알아냈습니다!」

나는 외쳤다.

「오, 포와로 씨! 저는 아니에요! 저, 저는 낯선 사람이잖아요. 여기 온 지 얼마 되지도 않았어요.」

「이봐요, 레서런 양. 레이드너 부인이 두려워하고 있었던 것이 바로 그 점이 아니었나요? 외부에서 온 낯선 사람 말이오.」

「하지만, 하지만……, 레일리 박사님이 저에 대해 잘 알고 있는 걸요! 그분이 저에게 여기에 와달라고 하셨단 말이에요!」

「그가 사실 당신을 얼마나 잘 압니까? 당신이 그에게 한 말이 전부일 뿐이오. 지금까지 많은 사기꾼이 간호사로 신분을 속여왔어요.」

「세인트 크리스토퍼 병원에 의뢰를 해 보시면 되잖아요.」

나는 대들듯이 말했다.

「잠깐만 조용히 해주시겠소? 당신이 그런 말을 하면 일이 진행이 안 됩니다. 지금 당신을 의심한다고는 말하지 않았잖소. 내 말은 다른 사람이 당신으로 변장할 수도 있다는 말입니다. 여자로 감쪽같이 변장할 수 있는 남자도 있지 않겠소? 윌리엄 보스너라면 충분히 그럴 가능성이 있으니까.」

나는 그에게 끝까지 대들고 싶었다.

원 세상에, 내가 여자로 변장한 남자라니! 그러나 그가 더욱 목청을 높여 얘기를 해 나가는 통에 항의할 기회조차 없었다.

「지금부터 솔직하게 얘기해 나가겠습니다. 아주 철저하게 파악하는 것이 중요합니다. 이곳의 내면적인 세계를 철저하게 파헤쳐 보겠소. 나는 여기에 있는 모든 사람을 주시했습니다. 우선 레이드너 박사, 그는 아내에 대한 사랑으로 자신을 지탱해 가는 그런 사람임을 확인했지요. 그는 슬픔에 빠져 있었습니다. 레서런 간호사는 이미 언급했습니다. 그녀를 여장 남자라고 하기에는 너무나 완벽합니다. 그래서 나는 그녀가 말한 대로 분명히 간호사라는 것을 믿게 되었지요. 그녀는 매우 유능한 간호사입니다.」

나는 한마디 끼어들었다.

「고맙군요.」

「그 다음에는 즉각 머캐도 씨 부부를 주시했습니다. 두 사람은 분명 대단히 흥분하고 안정되지 못했습니다. 먼저 머캐도 부인을 생각해 보았지요. 그녀가 살인을 할 수 있을까요? 만일 그렇다면 무슨 이유에서? 머캐도 부인의 체격은 왜소합니다. 언뜻 보기에 그녀는 레이드너 부인 같은 여자를 무거운 맷돌로 내리칠 체구가 아닙니다. 그렇지만 레이드너 부인이 무릎을 꿇고 있었다면, 그 일은 적어도 육체적으로는 가능했을 겁니다. 한 여자가 다른 여자로 하여금 무릎을 꿇게 하는 방법은 몇 가지가 있습니다.

그렇다고 감정적인 방법을 말하는 건 아닙니다! 예를 들면 한 여자가 스커트 단을 올리고 있으면서 다른 여자에게 도와달라고 하는 겁니다. 그럴 경우 아무런 의심 없이 바닥에 무릎을 꿇게 되지 않을까요? 그렇다면 범행 동기는? 레서런 간호사는 내게 머캐도 부인이 증오하는 눈빛으로 레이드너 부인을 바라보는 것을 몇 번이나 본 적이 있다고 했습니다.

머캐도 씨가 레이드너 부인에게 빠져 있었던 모양입니다. 그러나 단순히 그러한 질투심만으로 살인을 저지를 수 있을까요? 솔직히 말하자면, 레이드너 부인은 머캐도 씨에게 조금도 흥미를 느끼지 못했음을 나는 확신할 수 있습니다. 그리고 분명히 머캐도 부인은 그 사실을 알고 있었을 겁니다. 물론 그녀는 한동안 레이드너 부인에게 증오를 느꼈겠지요.

그러나 살인을 하기 위해서는 그 정도의 증오로는 부족합니다. 또, 머캐도 부인은 모성애가 강한 유형의 여자입니다. 그녀가 남편을 바라보는 눈길에서 나는 다음과 같은 사실을 깨달았지요. 즉, 그녀는 남편을 사랑할 뿐만 아니라 그를 위해서라면 어느 누구와도 당당히 맞설 것이며, 필요하다면 살인할 가능성도 마음에 두고 있다는 것을 말이죠. 그녀는 늘 주위를 감시하고 불안해했습니다. 그 불안은 그녀 자신 때문이 아니라, 남편 때문이었죠.

나는 머캐도 씨를 관찰하고서 쉽게 그러한 점을 추측할 수 있었는데, 내 추측은 그가 마약 중독자라는 점에서 타당성을 얻게 됐죠. 오랫동안 마약을 복용하면 도덕적인 판단력을 상실한다는 것은 새삼 말할 필요도 없을 겁니다. 마약을 복용하기 전에는 꿈에도 생각하지 못했던 행동을 마약은 가능하게 해줍니다. 어떤 경우에는 살인을 저지를 수도 있지요. 그러한 상태에서 스스로의 행동에 대해 전적으로 책임을 질

수 있는가 하느냐의 문제는 이 자리에서 말하기 어렵습니다.

이 점에 대한 해석은 나라마다 약간씩 다릅니다만, 이들 마약 중독자들의 일반적인 특징은 자기 자신이 꽤 영리하다고 생각한다는 점입니다. 나는 그의 아내가 어떻게 잘 무마시켰는지 모르지만, 머캐도 씨가 과거에 좋지 못한 범죄 사건에 연루됐을 가능성이 크다고 믿고 있습니다. 그렇다면 그의 불안한 상태가 설명됩니다. 만일 그의 과거에 대해서 누군가 알게 된다면 그는 파멸하고 말 것입니다. 따라서 그의 아내는 항상 조심을 합니다.

그러나 여기에 레이드너 부인이 등장합니다. 그녀는 머리도 좋고 지배욕도 강합니다. 그녀는 그 불쌍한 남자를 교묘하게 유도해서 자기에게 비밀을 털어놓게 했을지도 모릅니다. 남의 비밀을 알고 있고, 또 그것을 언제라도 폭로해서 그 사람을 비참하게 만들 수 있다는 사실은 특이한 성격을 가진 그녀에게는 매우 만족스러운 것이었을 겁니다. 따라서 머캐도 씨 부부에게도 살해 동기가 있을 수 있습니다. 확신하건대, 머캐도 부인은 자기 남편을 보호하기 위해서라면 무슨 일이든지 서슴지 않았을 겁니다! 그녀와 그녀의 남편은 기회가 있었습니다. 안뜰에 아무도 없었던 그 10분 동안에 말입니다.」

머캐도 부인은 외쳤다.

「그렇지 않아요!」

포와로는 대꾸도 하지 않았다.

「그 다음에는 존슨 양을 생각해 보았습니다. 그녀가 저지를 수 있었을까요? 물론 할 수 있었죠. 그녀는 의지가 강했고, 자제력은 마치 강철 같았어요. 그런 사람들은 늘 자신의 감정을 억제합니다. 그러다가 어느 날 갑자기 터져버리는 거지요! 만일에 그녀가 범행을 저질렀다면 그것은 단지 레이드너 박사와 관련된 이유 때문이었을 겁니다.

레이드너 부인이 레이드너 박사의 인생을 망치고 있다는 생각을 했다면, 그녀의 마음속 깊이 가라앉아 있던 질투심이 그것을 핑계 삼아 격렬히 폭발해 버렸을 겁니다. 그래요, 존슨 양은 분명히 그렇게 하고도 남았을 겁니다. 그 다음은 세 젊은 남자들입니다. 첫째로 칼 레이터를 생각해 봅시다. 만일 우연히도 발굴단원 중의 한 명이 윌리엄 보스너였다면, 그가 가장 그럴듯한 사람이겠지요. 만약 그가 윌리엄 보스너였다면, 분명 그는 매우 완벽하게 행동했을 겁니다! 반면에 만약 레이터가 진짜 레이터였다면, 살인을 저지를 만한 이유가 있었을까요?

레이드너 부인의 입장에서 볼 때, 칼 레이터는 가볍게 놀려 댈 수 있는 대상이었습니다. 그는 앞뒤 가리지 않고 그녀에게 사랑을 바쳤지요. 레이드너 부인으로서는 그런 유치한 행동이 싫었을 겁니다. 게다가 남자가 지나치게 비굴한 면을 보이면 여자는 자기의 가장 나쁜 면을 드러내는 법이라서 칼 레이터를 대할 때면 레이드너 부인은 정말로 지나치게 잔인했던 겁니다. 놀리기도 하고, 감정을 건드리기도 하면서 그녀는 그 가엾은 젊은이를 가지고 놀았던 거지요.」

포와로는 갑자기 말을 중단하고 매우 부드러운 표정으로 칼 레이터에게 말을 건넸다.

「이봐요, 이 말은 당신에게 좋은 교훈이 될 거요. 당신은 남자요. 그러니 남자답게 처신하시오! 남자가 쩔쩔매다니 당치도 않은 일이오. 여자와 자연은 항상 똑같은 반응을 나타내는 법! 여자가 당신을 그런 눈으로 쳐다보면 벌레처럼 움츠러들지 말고, 차라리 큰 접시를 하나 집어 들어 그 여자의 머리에 던져버리는 것이 나을 거요!」

그의 부드러운 목소리가 다시 강연조로 바뀌었다.

「칼 레이터가 심한 고통을 받은 나머지 그녀를 죽일 수 있었을까요? 고통은 인간을 극한 상황으로 몰고 갑니다. 따라서 그러한 가능성을 전혀 배제할 수는 없지요! 다음은 윌리엄 콜먼. 레일리 양의 말에 따르면, 그의 행동은 분명히 의심스럽습니다. 만일 그가 범인이었다면 그의 명랑한 성격은 윌리엄 보스너의 정체를 숨기기 위함이라 밖에 생각할 수 없습니다. 보스너로서의 윌리엄 콜먼에게 살인자의 기질이 있다고는 생각되지 않습니다. 그를 의심해야 할 점은 다른 방향에서 찾을 수 있지요. 아, 레서런 간호사도 그 점이 무엇인지 알 수 있겠죠?」

어떻게 그 사람이 살인을 할 수 있을까? 나는 내가 조금이라도 그런 생각을 하고 있었던 것처럼 보이고 싶지 않았다.

나는 망설이며 말했다.

「아니요, 정말이에요. 사실은 콜먼 씨는 자기가 위조를 잘한다고 꼭 한 번 말했을 뿐이에요.」

포와로가 말했다.

「매우 잘 지적했소. 그가 만일 오래전에 온 협박 편지를 우연히 보았다면, 별 어려움이 없이 편지를 위조할 수 있지 않을까요?」

콜먼이 소리쳤다.

「오, 세상에! 이건 정말 억지 춘향이군.」

포와로가 계속했다.

「그가 윌리엄 보스너냐 아니냐 하는 것은 입증하기가 어렵습니다. 콜먼 씨는 보호자에 대한 이야기는 해도, 아버지에 대한 이야기는 하지 않으니 나로서는 그가 확실히 보스너가 아니라고 단언할 수는 없군요.」

콜먼이 외쳤다.

「미친 소리요. 여러분들은 왜 저 사람이 나를 모함하는 소리를 듣고만 있습니까?」

「세 명의 젊은이 가운데서 이제 에모트 씨만 남았습니다.」

포와로가 말했다.

「그도 역시 자신이 윌리엄 보스너인 것을 기가 막히게 감추고 있었는지도 모릅니다. 그가 레이드너 부인을 살해했다면 이유가 무엇이든,

나는 그에게서 그 이유를 알아낼 방법이 없다는 것을 깨달았습니다. 그는 자기의 생각을 남에게 털어놓지 않기 때문에, 그의 감정을 무너뜨리거나 어떤 순간에 비밀을 털어놓게 할 기회가 거의 없었습니다.

그는 레이드너 부인이 어떤 여자인지 정확하게 알고 있었다고 생각합니다. 그러나 그녀의 성격이 그에게 어떤 인상을 남겨주었는지는 모르겠습니다. 아마도 그의 태도가 그녀에게는 눈엣가시처럼 늘 불쾌하지 않았나 생각되는군요. 성격과 능력만을 보건대, 모든 발굴단원 가운데 에모트 씨야말로 가장 교묘하게 범죄를 저지를 수 있으리라고 보입니다.」

처음으로 에모트가 발끝에서 눈을 들었다.

「고맙습니다.」

그가 말했다. 그의 목소리에는 빈정거림이 섞여 있었다.

「마지막으로 남은 두 사람은 리처드 캐어리와 라비뉴이 신부입니다. 레서런 간호사와 다른 몇몇 사람들의 얘기에 따르면, 캐어리 씨와 레이드너 부인은 서로 싫어했다고 합니다. 그들은 애써 예의를 지키려고 했습니다. 그런데 레일리 양이 그들의 경직된 태도를 완전히 다른 각도에서 설명하더군요. 나는 레일리 양의 설명이 정확한 것임을 의심치 않았습니다. 나는 캐어리 씨의 감정을 건드려서 마구 말을 내뱉도록 했습니다. 그 방법을 썼더니 제 생각이 맞다는 확신이 들더군요. 별로 어렵지는 않았습니다.

내가 나타나자 그는 매우 신경질적인 반응을 보이더군요. 지금은 물론이고 그때 역시 그는 심한 정신적인 갈등을 겪고 있었습니다. 능력의 한계에 도달할 정도로 극심한 고통을 겪고 있는 사람은 이미 투쟁할 기력을 상실하고 있지요. 캐어리 씨에게는 더 이상 버틸 힘이 없었습니다. 그래서 그는 조금도 의심하지 않은 진지한 태도로 레이드너 부인을 싫어했다고 내게 말했습니다. 그는 분명히 진실을 말했다고 생각합니다. 그는 레이드너 부인을 정말로 싫어했습니다. 그렇다면 왜 싫어했을까요?

그는 불행의 흔적을 남겨놓고 가는 마력을 가진 여자들에 관해 이야기했습니다. 남자들 또한 그런 마력을 소유하고 있습니다. 큰 힘을 들이지 않고도 여자를 사로잡을 수 있는 남자들이 있지요. 흔히 요즘 말하는 성적 매력이라는 것이 바로 그것이죠! 캐어리 씨는 그러한 면을 매우 강하게 지닌 사람입니다. 처음부터 그는 친구이자 윗사람인 레이드너 박사를 존경했지만, 그의 아내에 대해서는 무관심했습니다.

그것이 레이드너 부인에게는 불쾌했겠지요. 그녀는 지배해야 했습니다. 그래서 그녀는 캐어리 씨를 유혹하기로 마음먹습니다. 그런데 여기에서 전혀 생각지 못했던 일이 발생합니다. 난생처음으로 그녀는 정열에 휩싸였습니다. 그녀는 정말로 리처드 캐어리를 뜨겁게 사랑하게 된 거지요! 그리고 그는……, 그녀의 사랑을 물리칠 수 없었습니다. 지금껏 그에게 고통을 주었던 끔찍한 신경쇠약의 원인은 바로 여기에서 비롯됩니다. 그는 상반되는 두 마음 때문에 괴로웠던 겁니다.

그는 루이즈 레이드너를 사랑했습니다. 그러나 또 한편으로는 그녀를 증오했습니다. 자기 친구와의 관계를 그녀가 방해했기 때문에 그녀를 싫어했던 거지요. 자신의 뜻에 어긋나는 여자를 사랑하는 남자의 증오만큼 엄청난 증오도 없습니다. 그리하여 나는 동기를 찾아낼 수 있었습니다. 리처드 캐어리는 어느 때라도 온 힘을 다해 자기의 마음을 어지럽히는 그 아름다운 얼굴을 힘껏 내리칠 수 있을 거라고 확신했습니다. 나는 처음부터 루이즈 레이드너의 살인을 치정 사건이라고 생각해 왔습니다. 그리고 캐어리 씨에게서 그 사건에 꼭 맞는 이상적인 범인 유형을 발견했습니다.

살인범의 리스트에 오를 또 한 사람이 남아 있는데……, 바로 라비뉴이 신부입니다. 창문을 들여다보고 있었다는 낯선 사람에 대한 진술이 레서런 간호사와 일치하지 않았기 때문에 나는 곧 그 신부를 주목하게 되었지요. 목격자들의 얘기에는 제각각 약간씩 차이가 있기 마련입니다만, 이것은 너무나 차이가 컸습니다. 더군다나 라비뉴이 신부는 그 사람이 사팔뜨기라고 말했는데, 그러한 특징은 누구에게나 쉽게 기억되는 법이지요. 그러나 레서런 간호사의 설명이 옳았으며, 라비뉴이 신부의 설명이 틀렸다는 것이 곧 밝혀졌습니다.

그 말인즉, 라비뉴이 신부가 의도적으로 우리를 속이려 했다는 것입니다. 마치 그 남자가 붙잡히지 않기를 바라기라도 한 것처럼요. 그게 정말이라면 그는 수상한 남자에 대해 자세히 알고 있어야 합니다. 신부가 그 남자에게 말을 건 것을 본 사람이 있지만, 그들이 무슨 말을 주고받았는지 알 길이 없었습니다. 레서런 간호사와 레이드너 부인이 그 이라크인을 보았을 때, 그는 무엇을 하고 있었던 걸까요?

창문을……, 레이드너 부인의 창문을 들여다보고 있었다고 했지만, 내가 직접 그들이 서 있었던 곳에 가보니, 그가 들여다본 곳은 골동품실의 창문일 수도 있다는 생각이 들었습니다. 바로 그 다음 날 야단법석이 일어났습니다. 누군가가 골동품실에 들어왔던 거지요. 그러나 분실된 물건은 아무것도 없었습니다. 재미있는 점은 레이드너 박사가 거기에 갔을 때 라비뉴이 신부가 있었다는 사실입니다. 라비뉴이 신부는 불빛을 보았다고 말했습니다. 하지만 그 말을 확인할 방법은 없었습니다. 이러한 사실에서 나는 라비뉴이 신부에 대해 호기심을 갖게 되었습니다.

그 전날 내가 라비뉴이 신부가 프레드릭 보스너일지도 모른다고 하자 레이드너 박사는 내 말을 들은 체도 하지 않았습니다. 라비뉴이 신부는 유명한 사람이라고 하더군요. 하지만 프레드릭 보스너가 이름을 바꾸고 20년 동안 다른 일을 해왔다면 지금쯤은 그 방면에서 유명한 사람이 되었을 수도 있지 않겠습니까! 그러나 그 세월 동안 그가 성직에 몸담아 왔다고는 생각지 않습니다. 그보다는 훨씬 간단한 대답이 있을 겁니다.

라비뉴이 신부가 이곳에 오기 전에 그의 얼굴을 알고 있었던 사람이 발굴단원 중에 있습니까? 분명히 아무도 없습니다. 그렇다면 왜 다른 사람이 신부로 변장할 수 없다는 겁니까? 발굴단에 함께 가기로 했던 버드 박사가 갑자기 병이 나서 카르타고에 전보를 쳤다는 사실을 나는 알아냈습니다. 전보를 가로채는 것쯤이야 누워서 떡먹기 아니겠습니까? 발굴단에는 비문 연구가가 없습니다. 따라서 수박 겉핥기식의 지식을 가지고도 그걸 교묘하게 이용한다면 다른 사람이 끼어들 수도 있는 거지요. 다행히 서판과 비명은 거의 나오지 않았습니다.

게다가 나는 라비뉴이 신부의 발음이 조금 이상하다고 느꼈습니다. 라비뉴이 신부가 가짜 같다는 느낌이 들더군요. 그러면 그가 프레드릭 보스너일까요? 어쩐지 일이 그렇게 된 것 같지 않더군요. 진상은 매우 다른 방향에 있는 듯했습니다. 나는 라비뉴이 신부와 오랫동안 대화를 나누어 보았습니다.

나도 꽤 열렬한 가톨릭 교인이어서 많은 신부들과 종교 단체의 사람들을 압니다. 그 결과 라비뉴이 신부가 가짜라는 생각이 굳어졌습니다. 그는 종교인과는 거리가 먼 쪽의 사람 같더군요. 나는 그런 유형의 사람들을 많이 만나보았습니다. 하지만 그런 이들은 종교 단체의 사람이 아니었습니다. 결코 아니었지요! 그래서 나는 여러 곳에 전보를 쳐보기로 한 겁니다. 그런데 우연히도 레서런 간호사가 매우 귀중한 단서를 나에게 제공해주더군요. 우리가 골동품실에 있는 황금 장식품들을 살펴보고 있는데, 그녀가 황금 잔에 촛농이 묻어 있다고 하더군요. 내가 그게 무슨 말이냐고 묻자 라비뉴이 신부가 '촛농이라고?' 하고 되받아 물을 때, 그의 목소리만으로도 심증을 굳히기에 충분했지요! 나는 순간적으로 그가 여기에서 무엇을 하고 있는지 정확히 알아냈습니다.」

포와로는 말을 멈추고 레이드너 박사에게 직접 물었다.

「이렇게 말해야 하니 참 안됐습니다만, 박사님. 골동품실에 있는 황금 잔, 황금 단도, 머리 장식구, 그리고 그 밖의 물건들은 당신이 발굴한 진품이 아니라는 사실을 여기서 밝혀야겠군요. 거기에 있는 것들은 매우 교묘한 전기 제작법으로 만들어진 가짜입니다.

라비뉴이 신부는 내가 보낸 전보의 마지막 회신에 의하면 다름 아닌 라올 메니에로 씨, 프랑스 경찰에게 가장 교활한 절도범으로 알려진 수배범 중의 한 명입니다. 그는 예술품이나 골동품을 터는 전문가입니다. 그는 터키계 혼혈인 일류 보석상인 알리 유수프와 손을 잡고 있지요. 내가 라올 메니에를 처음 알게 된 것은 루브르 박물관에 있는 어떤 진열품이 가짜라는 사실이 밝혀졌을 때인데, 수사 결과 박물관장이 얼굴은 모르지만 이름은 알고 있었던 유명한 고고학자가 그곳을 다녀간 뒤 모조품으로 바꿔치기 당했다는 사실이 밝혀졌습니다. 그런데 그 고고학자는 사건이 일어났을 때 루브르 박물관을 방문한 적이 없다고 하는 것이었습니다!

내 조사에 의하면 메니에가 튀니스에서 수도원의 그림을 훔칠 계획을 세우고 있던 중에 당신의 전보가 도착했습니다. 진짜 라비뉴이 신부는 건강이 안 좋아서 거절해야만 했는데, 마침 메니에가 그 전보를 손에 넣고서 수락한다는 전보를 쳤던 거지요. 그렇게 해도 별 위험이 없었기 때문입니다. 비록 그곳 신부들이 신문에서 라비뉴이 신부가 이라크에 있다는 기사를 읽었다고 하더라도, 그들은 잘못 보도한 모양이라고 생각했겠죠. 메니에와 그의 공범이 이곳에 도착했습니다. 그 공범이 바깥에서 골동품실을 정탐하다가 들킨 겁니다.

그들의 계획은 라비뉴이 신부가 초로 본을 뜨는 것이었습니다. 그러면 알리가 교묘한 모조품을 만듭니다. 진짜 골동품이라면 그 출처의 유무는 덮어두고 비싼 값을 지불하는 수집가들이 항상 있는 법이니까요. 라비뉴이 신부는 진짜와 가짜를 감쪽같이 바꿔두었던 겁니다. 한밤 중에 말이죠. 레이드너 부인이 바로 그 소리를 듣고 법석을 떤 날 밤, 그가 무엇을 하고 있었는지는 의심할 여지가 없습니다. 그가 무슨 행동을 할 수 있었겠습니까? 그는 골동품실에서 불빛을 보았다고 급히 거짓말을 꾸며댑니다. 그 일은 그럭저럭 잘 넘어갔습니다.

그러나 레이드너 부인은 속지 않았습니다. 그녀는 전에 보지 못했던 촛농을 보고서 사실을 알아냈던 겁니다. 이에 대해 그녀는 어떻게 행동했을까요? 혹, 아무런 행동도 취하지 않고 그냥 라비뉴이 신부에게 넌지시 암시만 하고서 재미있게 구경하는 것이 그녀의 성격이 아니었을까요? 그녀는 자기가 의심하고 있다는 것을, 그녀가 알고 있는 것이 아니라, 단지 의심하고 있다는 것을 그에게 암시했을 겁니다. 그것은 상당히 위험한 게임이 될 수 있었겠지만 그녀는 바로 그러한 게임을 즐기는 성격이 아니었던가요? 그런데 그녀는 그 게임을 너무나 오랫동안 한 겁니다. 따라서 라비뉴이 신부는 그 사실을 알아차리고서 그녀가 위험을 감지하기도 전에 내리쳤을지도 모릅니다. 라비뉴이 신부는 라올 메니에, 실은 그는 도둑입니다. 그러면 그가 정말로 살인범일까요?」

포와로는 방 안을 천천히 왔다 갔다 했다.

그는 손수건을 꺼내어 이마를 닦고서는 다시 계속했다.

「이것은 오늘 아침에 내가 추정한 결론입니다. 여덟 가지나 되는 명백한 가능성이 있지만, 그 여덟 가지 중 어느 것이 맞는지 사실 나도 몰랐습니다. 나는 그때까지도 여전히 누가 살인범인지 알 수 없었습니다. 그러나 살인은 습관이 됩니다. 한 번 살인을 하면 남자든 여자든 또다시 살인을 하게 되지요. 그러나 두 번째 살인에서 그 살인범은 내 손에 붙잡혔습니다.

나는 이곳 사람들 중 누군가는 반드시 범인에게 불리한 사실을 알고 있는 사람이 있을 거라고 마음속으로 늘 생각해 왔습니다. 그렇다면 그 사람은 위험한 것이지요. 내 걱정은 사실 주로 레서런 간호사에 대한 것이었습니다. 그녀는 대단히 적극적이고도 활발하고 호기심이 많았습니다. 그녀가 위험할 정도로 진상을 알아내려 하기에 나는 무척 겁이 났습니다. 그러던 중에 두 번째 살인이 발생했습니다. 그러나 그 희생자는 레서런 간호사가 아니라 존슨 양이었습니다. 나는 순수한 추리만으로 사건을 정확히 해결할 수 있다고 생각합니다.

그런 점에서 존슨 양의 피살은 추리를 더욱 가속시켜 주었죠. 우선 한 사람의 용의자가 제거되었습니다. 존슨 양 자신이죠. 왜냐하면 나는 자살이라는 생각은 전혀 하지 않기 때문입니다. 이 두 번째 살인을 검토해 봅시다.

첫 번째 사실은 일요일 저녁 레서런 간호사가 존슨 양이 울고 있는 것을 발견하고, 같은 날 저녁 존슨 양은 레서런 간호사가 생각하기에 익명의 편지 글씨체와 똑같은 편지 조각을 불살라 없앴습니다. 두 번째 사실은 존슨 양이 죽기 전날 저녁, 믿을 수 없을 만큼 공포에 질려서 옥상에 서 있는 것을 레서런 간호사가 보게 되었다는 사실입니다. 간호사가 물어보자 그녀는 이렇게 말했습니다. '밖에서 안으로 들어올 수 있는 방법을 알아냈는데, 어느 누구도 상상할 수 없을 거예요.' 그녀는 더 이상 말하려 하지 않았습니다.

그때 라비뉴이 신부는 뜰 안을 왔다 갔다 하고 있었고, 레이터 씨는 사진실 문 앞에 서 있었습니다. 세 번째 사실은 존슨 양이 죽어가고 있는 것이 발견된 것입니다. 그녀는 겨우 입을 달싹여서 '저 창문, 저 창문'이라고 말했습니다. 그녀의 말뜻은 뭘까요? 우선 이 문제부터 사실을 규명해야 합니다. 그러면 가장 답이 쉽게 나오는 두 번째 문제를 먼저 생각해 봅시다. 나는 레서런 간호사와 함께 존슨 양이 서 있었던 곳에 가보았습니다. 거기에서 그녀는 뜰과 아치길, 건물의 북쪽 편, 그리고 두 사람의 발굴단원을 볼 수 있었습니다.

그녀의 말이 레이터나 라비뉴이 신부와 관련된 것이었을까요? 그때 즉각 한 가지 설명이 가능하다는 생각이 떠올랐습니다. 만일 낯선 사람이 밖에서 들어왔다면 그는 변장을 했을 겁니다. 일반적인 모습으로 그 사람을 잘 분별할 수 없는 사람이 단 한 명 있습니다. 바로 라비뉴이 신부지요! 헬멧, 선글라스, 검은 수염, 그리고 신부의 긴 모직 옷으로 변장하면 낯선 사람인지 아닌지 하인들은 알아차리지 못할 겁니다.

존슨 양의 말뜻은 그런 것이었을까요? 아니면 그 이상의 것이었을까요? 라비뉴이 신부의 모든 인격이 꾸며진 것임을 그녀는 깨달았던 걸까요? 그가 가짜라는 걸 알았을까요? 나는 라비뉴이 신부에 대해 알고 있었으므로 이 사건이 해결되었다고 생각했습니다. 즉, 라올 메니에가 살인범이며, 그는 레이드너 부인이 자기의 정체를 폭로하지 못하도록 그녀를 죽여버렸고, 또한 다른 여자가 그의 비밀을 알아차려서 그녀도 역시 제거한 것이라고 말이죠. 그렇게 되면 모든 것이 설명됩니다!

두 번째 살인과 라비뉴이 신부의 도주, 신부복과 수염도 없이요! 그와 그의 동행자는 지금쯤 여행자 여권을 가지고 시리아를 향해 가는 중일 겁니다. 존슨 양의 침대 밑에 피 묻은 맷돌을 놓아두고서 말이죠.

지금까지 말한 대로 거의 모든 문제가 해결됐으나, 사실 완전히 해결된 것은 아닙니다. 왜냐하면 완전한 해답은 모든 것이 설명되어야 하기 때문입니다. 그런데 이 사건은 그렇지 않았습니다. 일부가 아직까지도 설명되지 않았는데, 예를 들면 왜 존슨 양이 숨이 넘어갈 때 '저 창문을, 저 창문을' 하고 말을 했느냐 하는 겁니다.

그녀가 편지 때문에 운 일과도 딱 들어맞게 설명되지 않습니다. 옥상 위에서 그녀의 혼란 상태, 쉽사리 믿을 수 없는 공포에 질린 표정, 그녀가 그때 눈치 챘던 것, 혹은 알았던 것을 레서런 간호사에게 말하려 하지 않은 점 등도 설명할 수 없습니다. 따라서 앞에서의 내 추리

는 외면적인 사실과는 들어맞는 해결책이지만, 심리적인 필요조건은
납득시키지 못하는 것이었습니다.

이 세 가지 문제점들을—편지, 옥상, 창문— 곰곰이 생각하며 옥상에
서 있던 바로 그때, 나는 드디어 알아냈습니다. 존슨 양이 알아차렸던
그대로를요! 그래서 이번에는 내가 파악한 바를 모두 설명해주겠습니
다.」

제28장 여행의 끝

포와로는 주위를 둘러보았다. 모든 사람들의 눈초리가 그에게 머물러 있었다. 일종의 안도감이, 긴장의 이완 상태가 감돌다가 갑자기 분위기가 긴장되었다. 서서히 긴박감이 고조되었다.

포와로의 이야기가 차분하고 냉정하게 계속되었다.

「그 편지들, 옥상, 그리고 '그 창문'. 그래요, 모든 것이 설명됩니다. 모든 것이 관련되어 있지요. 조금 전에 나는 범죄가 일어났던 그 시간에 세 명이 알리바이를 댔다고 했습니다. 그중에서 두 개의 알리바이가 허위였음을 밝혀냈습니다. 그런데 여기에서 나는 엄청난 실수를 한 것을 발견했습니다. 즉, 세 번째 알리바이 또한 거짓이었을 가능성입니다. 나는 레이드너 박사가 살인할 수 있는 가능성을 가지고 있었고, 또한 실제로 그가 범죄를 저질렀음을 확신합니다!」

당황하고 어색한 침묵이 흘렀다.

레이드너 박사는 말이 없었다. 그는 여전히 환상의 세계에 빠져 있었다.

데이비드 에모트가 불안하게 움직이며 말했다.

「포와로 씨, 난 당신이 무슨 말을 하는지 모르겠군요. 적어도 2시 45분까지는 레이드너 박사님이 옥상을 떠난 적이 없었다고 내가 말하지 않습니까? 그건 명백한 사실입니다. 엄숙하게 맹세합니다. 내가 거짓말을 하는 것이 아닙니다. 그런데도 내가 모르게 레이드너 박사님이 그런 짓을 저질렀다니 당치도 않습니다.」

포와로는 고개를 끄덕였다.

「오, 지당한 말이오. 레이드너 박사는 옥상을 떠나지 않았습니다. 그 점은 논쟁의 여지가 없는 명백한 사실입니다. 하지만 내가 파악한 바로는─동시에 존슨 양이 목격했던 것도─ 레이드너 박사가 옥상을 떠나지 않고서도 옥상에서 자기 아내를 살해할 수 있었다는 사실입니다.」

우리 모두가 그를 쳐다보았다.

「창문이죠.」 포와로가 외쳤다.

「그녀의 창문 말이오! 그것이 내가 깨달은 바이고, 바로 존슨 양이 목격했던 바입니다. 레이드너 부인의 창문은 안뜰 반대쪽에 있고, 또 옥상 바로 밑에 있죠. 그리고 레이드너 박사는 아무에게도 방해받지 않고서 혼자 옥상에 있었습니다. 무거운 맷돌을 미리 준비해 놓고서 말이죠. 그건 한 가지 사실만 제외하면 즉, 다른 누군가가 먼저 보기 전에 살인자가 시체를 치울 기회만 주어진다면 너무나도 간단한 일이었어요. 오, 정말 믿어지지 않을 정도로 간단했지요!

들어봐요, 이렇게 된 겁니다. 레이드너 박사는 토기를 만지면서 옥상에 있었습니다. 그는 에모트 씨 당신을 옥상으로 불러 이야기를 나누면, 당신이 없는 틈을 타서 하인들이 일을 하지 않고 안뜰 바깥으로 나간다는 사실을 알고 있었습니다. 그는 당신과 10분 정도 이야기를 나누다가 당신을 내려 보냅니다. 그러자 에모트 씨는 계획대로 내려가자마자 작업을 하라고 하인을 소리쳐 부릅니다. 당신은 그전에 자기 아내를 까무러치도록 놀래준 세공용 점토가 범벅이 된 가면을 호주머니에서 꺼내어 난간 끝에 매달아 놓고 자기 아내의 창문을 두드립니다. 그 창문은 안뜰 반대편에 있지요.

레이드너 부인은 반수면 상태로 침대에 누워 있었습니다. 그녀는 평화롭고 행복합니다. 그런데 갑자기 가면이 창문을 두드리는 바람에 그녀는 호기심을 갖게 됩니다. 어두운 밤이 아닙니다. 훤한 대낮이지요. 그래서 놀랄 일이 못 되지요. 그녀는 그 가면을 보고는 놀라기는커녕 '조잡한 속임수였구나!' 하고 분개합니다. 그녀는 어떤 여자라도 그녀의 입장이라면 마땅히 취할 그런 행동을 합니다. 침대에서 뛰어내려 창문을 열고 빗장 사이로 머리를 내밀고는 누가 그런 장난을 하고 있는지 보려고 얼굴을 위로 치켜듭니다.

레이드너 박사는 그 순간을 기다리고 있었습니다. 그는 무거운 맷돌을 들고서 언제든지 떨어뜨릴 준비를 하고 있었습니다. 그러다가 바로 그 운명의 순간에 맷돌을 떨어뜨린 겁니다. 존슨 양이 들었던 희미한 비명과 함께 레이드너 부인은 방바닥에 쓰러집니다. 맷돌에는 구멍이 하나 뚫려 있는데, 레이드너 박사는 이미 그 구멍 속으로 밧줄을 동여매 놓았습니다. 그는 밧줄을 끌어당겨서 맷돌을 들어 올립니다. 그리고 맷돌을 옥상에 있는 다른 출토품들 사이에 핏자국이 아래로 향하도록 정리해 놓습니다. 그런 뒤 그는 두 번째 조치를 취해야 할 순간이라고 판단할 때까지 한 시간 이상 일을 계속합니다.

나중에 그는 계단을 내려와 에모트 씨와 레서런 간호사에게 말을 걸고서, 안뜰을 지나 자기 아내의 방으로 들어갑니다. 이상이 그가 그곳에서 행한 모든 행동에 대한 설명입니다. '나는 침대 곁에 쓰러져 있는 아내의 시체를 봤지요. 한 동안 나는 움직일 수조차 없이 온몸이 마비되는 듯했습니다. 그런다가 마침내 그녀 곁에 무릎을 꿇고서 그녀의 머리를 치켜들었지요. 그녀는 죽어 있었소……. 잠시 뒤에 나는 일어났지요. 마치 술에 취하기라도 한 것처럼 어지럽더군요. 나는 간신히 문으로 가서 고함을 질렀어요.' 비탄에 빠진 한 사나이의 행동을 매우 완벽하게 설명한 말입니다. 하지만 이제 내가 사실이라고 믿는 바를 설명할 테니 들어보시오.

레이드너 박사는 방으로 들어가 서둘러 창으로 간 다음, 장갑을 낍니다. 그리고 창문을 닫고 잠급니다. 그러고 나서 아내의 시체를 들어 침대와 문 사이에 옮겨놓습니다. 만일 핏자국이 발각되면, 핏자국은 창문이 아니라―세면대와 관련이 있는데― 이 점이 매우 중요합니다. 누구나 분명 살인사건과 창문은 관련이 없다고 생각하지요. 그러고 나서 그는 문으로 와서 슬픔에 잠긴 남편처럼 행동하는데, 내 생각으로 그런 연극이 어렵지 않았을 겁니다. 그는 진정으로 자기 아내를 사랑했기 때문이지요.」

레일리 박사가 흥분하여 고함을 질렀다.

「이것 보시오. 아내를 사랑했다면 왜 아내를 죽인단 말이오? 그 동기가 어디에 있단 말입니까? 얘기 좀 해 보시죠, 레이드너. 포와로가 미쳤다고 말해 봐요!」

레이드너 박사는 말은커녕 움직이지도 않았다.

포와로가 말했다.

「내가 이번 범죄는 치정 사건이라고 말하지 않았던가요? 왜 그녀의 첫 남편인 프레드릭 보스너가 그녀를 죽이겠다고 협박했을까요? 그녀를 사랑했기 때문입니다. 그리고 결국은 그의 협박이 실현된 겁니다. 그렇습니다. 정말 그렇지요. 범인이 바로 레이드너 박사라는 걸 알게 되면 모든 것이 설명됩니다. 자, 우리 여행을 다시 시작해 봅시다.

레이드너 부인의 첫 결혼, 협박 편지들, 그녀의 재혼……. 그 편지들은 그녀가 다른 남자와 결혼하는 것을 막았습니다. 하지만 그녀가 레이드너 박사와 결혼하는 것을 막지는 못했습니다. 그렇다면 만일 레이드너 박사가 사실은 프레드릭 보스너였다면 모든 게 설명되지 않을까요? 한 번 더 우리의 여행을 시작하기로 합시다. 이번에는 젊은 프레드릭 보스너의 입장에서 말입니다.

그는 그녀 같은 여자만이 불러일으킬 수 있는 정열로써 아내에게 사로잡히게 됩니다. 그녀가 그를 배반합니다. 그는 사형선고를 받습니다. 그래서 도주합니다. 그는 기차 전복사고를 만나 젊은 스웨덴 고고학자인 에릭 레이드너라는 신분으로 변장하여 간신히 탈출합니다. 레이드너의 시체는 엉망진창이 되어 프레드릭 보스너라는 이름으로 편리하게 묻히게 됩니다. 그렇다면 그를 사형시키려 했던 여자에 대한 새로운 에릭 레이드너의 태도는 어떤 것이었을까요? 우선 가장 중요한 점은 그가 여전히 그녀를 사랑한다는 것입니다.

그는 자기의 새로운 삶을 구현할 일에 착수합니다. 그는 대단한 능력의 소유자이고, 또한 그 일이 성격에도 잘 맞아서 성공합니다. 하지만 그는 자기의 삶을 지배하는 열정을 결코 망각하지 않습니다. 그는 아내를 추적합니다. 그러다가 그는 그녀가 어떤 남자와도 결혼하지 못하게 해야겠다고 생각합니다. 레이드너 부인이 레서런 간호사에게 한 설명에 따르면 그는 상냥하고 친절했지만 잔인했다고 합니다.

필요하다고 판단될 때마다 그는 협박 편지를 보냅니다. 게다가 그녀가 그 편지들을 경찰에 제시할 경우에 대비해 그녀의 독특한 필체를 모방합니다. 선정적인 익명의 편지를 자기 자신에게 쓰는 여자들이 흔히 있어서 경찰은 필체가 유사한 것을 보고는 단순하게 넘겨버릴지도 모르니까요. 동시에 그는 생사여부에 관해 그녀가 확신을 갖지 못하는 상태 그대로 내버려 둡니다. 몇 년이 흐른 뒤, 마침내 그는 그녀의 생활 속으로 다시 침투할 시기가 도래했다고 판단합니다.

만사가 순조롭게 진행됩니다. 그의 아내는 결코 꿈에도 그의 정체를 의심치 않았습니다. 또한 그는 저명한 사람이 되었지요. 늘씬하고 잘생긴 젊은 사람이 이제는 어깨가 구부정하고 구레나룻이 더부룩한 중년의 남자가 된 겁니다. 그리고 역사는 되풀이됩니다. 예전처럼 프레드릭은 루이즈를 지배합니다. 두 번째로 그녀는 그와 결혼합니다. 그리고 결혼을 방해하는 편지는 더 이상 오지 않습니다. 그러다가 결혼 뒤에 가서야 편지가 한 통 옵니다.

왜 왔을까요? 나는 레이드너 박사가 신중을 기하느라고 그랬다고 생각합니다. 부부 관계에서 그녀는 옛날 일이 문득 떠오를지도 모르죠. 그는 에릭 레이드너와 프레드릭 보스너는 전혀 다른 사람이라는 의식을 아내에게 불어넣어 주려고 한 겁니다. 에릭 레이드너 때문에 프레드릭 보스너에게서 편지가 한 통 날아옵니다. 다소 미숙한 가스 중독 사건이 뒤이어 발생하죠. 물론 레이드너 박사에 의해 계획된 것입니다. 여전히 똑같은 목적에서 말이죠. 그 사건 이후 그는 만족해합니다. 더 이상의 편지를 쓸 필요가 없게 됩니다. 그녀와 함께 결혼 생활을 즐기기 위해 정착할 수 있게 된 거지요.

그런데 2년이 지난 뒤에 편지들이 다시 왔습니다! 이유가 무엇일까요? 나는 알 것 같더군요. 그 편지들은 진짜로 협박 편지였습니다. 그 점은 레이드너 부인이 항상 걱정했던 것입니다. 그녀는 프레드릭이 상냥하지만 잔인한 성격임을 잘 알고 있었던 거지요. 만일 그녀가 프레드릭 이외의 다른 남자와 결혼하게 되면 그는 그녀를 죽이겠다고 했습니다. 그런데 그녀는 리처드 캐어리에게 몰두해 있었습니다. 그러한 사실을 알게 되자 냉혈동물처럼 레이드너 박사는 차분히 살인이란 연극을 준비합니다. 이제 여러분들은 레서런 간호사가 담당한 중요한 역할을 이해하시겠습니까?

자기 아내에 대한 뒷바라지를 간호사에게 맡길 때 레이드너 박사가 취한 아리송한 행동(그 때문에 처음에 무척 당황했죠)이 설명됩니다. 레이드너 부인의 시체가 발견됐을 때 그녀가 무려 한 시간 이상이나 죽은 채로 방치되었다는……, 다시 말하면, 그녀가 살해되었을 시각에 그는 옥상에 있었음을 모두가 맹세할 수 있도록 하기 위해, 믿을 만한 직업적인 증인이 필요했던 겁니다. 논쟁의 여지가 없어야 하니까요. 그가 방에 들어가서 아내를 살해했을지도 모른다는 혐의를 받을 수도 있지만, 노련한 간호사는 이미 한 시간 전에 아내가 죽어 있었다는 사실을 적극적으로 주장합니다. 그러면 그는 혐의 대상에서 제외되지요.

또 한 가지 설명해야 할 점은 올해 들어서 발굴단원들 간에 기묘한 긴장감이 감돌았다는 사실입니다. 나는 애초부터 그 상태가 전적으로 레이드너 부인의 영향 탓일 수는 없다고 생각했습니다. 몇 년간 이 발굴단은 돈독한 동료 의식으로 명성이 자자했으니까요. 어떤 단체의 정신 상태는 대개는 주로, 그 단체의 장의 영향력에 의해 좌우된다고 생각합니다. 조용하긴 하지만 레이드너 박사는 훌륭한 인격의 소유자였습니다. 분위기가 항상 즐거웠던 건 바로 그의 재치, 판단, 그리고 인간적인 동료 의식 때문이었지요. 따라서 변화가 있다면, 그 변화는 단체의 장에 의해 기인하는 것이 분명합니다……. 다시 말하면 레이드너 박사 때문이라는 것입니다. 긴장감과 불안한 분위기에 책임이 있었던 사람은 레이드너 부인이 아니라, 바로 레이드너 박사였던 겁니다. 영문도 모르는 단원들이 그런 변화를 느낀 것은 조금도 이상한 일이 아닙니다. 레이드너 박사는 외부적으로는 친절하고 온화할 뿐이었습니다. 실제로 그 사람은 살인 망상에 사로잡혀 있었지요!

이제 두 번째 살인으로 넘어갑시다. 존슨 양은 살인에 대해 사무실에서 레이드너 박사의 서류를 정돈하다가 알게 되었습니다. 아마 무슨 일이든지 해주려고 생각한 끝에 부탁받지도 않은 일을 하던 중이었겠죠. 그녀는 완성되지 않은 익명의 편지 초안 한 통을 발견한 것이 분명합니다. 그녀로서는 도저히 이해할 수 없고, 몹시도 당혹스러웠겠지요! 레이드너 박사가 고의로 아내를 공포에 떨게 하다니! 그녀로서는 이해할 수 없었지요. 그 사실은 몹시도 그녀를 당혹하게 했습니다.

그런 분위기에 젖어 있는 그녀를 레서런 간호사가 발견하게 됩니다. 바로 그 순간 그녀는 레이드너 박사가 살인자라고 의심하지는 않았지만, 내가 레이드너 부인의 방과 라비뉴이 신부의 방에서 목소리를 실험한 것이 뇌리에서 떠나지 않았을 겁니다. 그녀는 자신이 들었던 비명 소리가 레이드너 부인의 소리였다면 그녀의 방 창문이 닫혀 있었던 것이 아니라, 열려 있었을 거라고 의심하지요. 그러나 그때는 그저 막연하게만 느끼고 있었을 뿐입니다. 그녀는 여러 가지로 생각해 봅니다.

사실을 파고드는 것이죠. 그녀가 레이드너 박사에게 편지 얘기를 언급하자 그의 태도가 돌변합니다. 갑자기 그녀는 레이드너 박사가 무서운 사람임을 직감합니다. 하지만 레이드너 박사가 자기 아내를 죽였을리가 없지 않은가! 그는 내내 옥상에 있었으니까. 그런데 어느 날 저녁그녀가 옥상에서 이리저리 생각에 잠겨 있을 때 섬광처럼 어떤 사실이머릿속을 스칩니다. 레이드너 부인은 열린 창문을 통해서 바로 이 옥상에서 살해된 거야!

레서런 간호사가 존슨 양을 발견한 것이 바로 그때였지요. 그러나그녀는 레이드너 박사에 대한 뿌리 깊은 애정 때문에 그 사실을 숨기려 합니다. 따라서 레서런 간호사는 존슨 양의 생각을 알아낼 수가 없었던 거지요. 그녀는 일부러 반대 방향(안뜰 쪽으로)으로 눈길을 돌려라비뉴이 신부가 안뜰을 지나가자 간호사에게 라비뉴이 신부의 외모에관한 이야기를 합니다. 그러고 나서 그녀는 더 이상 말하지 않습니다.

그녀는 이제 사건을 철저히 생각해야만 했던 거지요. 초조한 마음으로 그녀를 주시하고 있던 레이드너 박사는 그녀가 모든 사실을 알아차렸다고 판단합니다. 그녀는 레이드너에게 자신의 공포와 실망을 숨길여자가 아닙니다. 아직까지 그녀는 레이드너에게 드러내 놓고 말하지않았습니다. 그러나 그가 얼마나 오랫동안 그녀를 믿을 수 있을까요?

살인은 일종의 습관입니다. 그날 밤 레이드너는 그녀의 물잔을 염산이 든 잔으로 바꾸어 놓습니다. 그렇게 하면 그녀가 자살했다고 생각할지도 모르기 때문입니다. 심지어 그녀가 레이드너 부인을 살해한 뒤양심의 가책을 이기지 못해서 자살을 택한 것처럼 위장합니다. 이 두번째 생각을 강조하기 위해 그는 옥상에서 맷돌을 가져와서 그녀의 침대 밑에 감춥니다. 고통 속에서 죽어가는 불쌍한 존슨 양이 자기가 알아낸 사실을 알리려고 필사적으로 노력한 건 조금도 이상한 일이 아닙니다. '그 창문'이라는 말은 레이드너 부인이 살해된 방법, 즉 문을 통해서가 아니라, 창문을 통해서 살해되었다는 것을 뜻합니다. 이상으로 이 사건의 전모가 설명되었습니다. 모든 게 설명되었지요. 심리적으로는 완벽합니다. 하지만 증거가 없어요. 전혀 증거가 없습니다.」

아무도 말하지 않았다. 우리는 공포의 바다에 잠겨 있었다. 그렇다, 공포뿐 아니라 연민 또한 우리를 덮치고 있었다.

레이드너 박사는 움직이지도 말하지도 않았다. 항상 그랬던 것처럼 그냥 앉아만 있었다. 피로하고 지친 중년의 모습 그대로였다.

마침내 그가 약간 몸을 움직이며 부드럽고 피로에 찬 눈으로 포와로를 쳐다보았다.

「그래요, 증거가 없어요. 하지만 그건 문제가 안 됩니다. 당신은 내가 그 사실을 부정하지 않으리라는 걸 알고 있습니다. 나는 부정하지 않겠습니다. 이젠 정말로 홀가분한 마음입니다. 너무나 피곤하군요.」

그리고 그는 짤막하게 말했다.

「앤에게는 정말 미안합니다. 그건 나빴어요. 나답지 않은 행동이었소! 불쌍한 여자. 그래요, 그건 내가 한 짓이 아니오. 두려움이 한 짓이오.」

고통으로 일그러진 그의 입가에 엷은 미소가 번졌다.

「당신은 훌륭한 고고학자가 될 수 있을 겁니다, 포와로 씨. 당신은 과거를 재창조하는 데 천부적인 소질을 가졌으니까요. 당신이 말한 건 모두 사실입니다. 난 루이즈를 사랑했기 때문에, 그녀를 죽였소. 당신이 루이즈를 알았더라면 당신은 이해할 수 있을 텐데……. 아니, 어쩌면 당신은 이미 이해하고 있을 거요.」

제29장 맺는말

이 사건에 관해서는 더 이상 할 말이 없다.

라비뉴이 신부와 다른 공범 한 명은 베이루트에서 막 배에 오르다가 경찰에 체포되었다.

실러 레일리는 젊은 에모트와 결혼했다. 그녀에게는 잘된 일이라고 생각한다. 에모트는 결코 들러리가 아니었다. 그는 아내로 하여금 분수를 지키게 할 것이다. 실러는 가엾은 빌 콜먼을 외면했던 것이다.

1년 전 빌 콜먼이 맹장염에 걸렸을 때, 나는 그를 간호했다. 그의 집에서는 그를 남아프리카로 보내 그곳에서 농사를 짓게 했다.

나는 다시는 동양에 나가지 않았다.

물레방아 돌아가는 시끄러운 소리와 여인네들이 빨래하는 모습, 그리고 낙타가 풍기는 이상하리만큼 오만한 느낌이 머릿속에 떠오르면 나는 일종의 향수에 젖어든다. 그곳이 아무리 불결하다고 해도 생각처럼 그렇게 비위생적인 곳은 아니니까!

레일리 박사가 영국에 머물렀을 때 그는 자주 나를 찾아왔다. 앞에서도 말했지만 나에게 이 글을 쓰게 한 사람은 바로 그분이었다.

나는 말했다.

「가져가시든지 내버려 두든지 마음대로 하세요. 문법도 엉망인 데다 글도 매끄럽지 못해요. 그래도 한번 써봤어요.」

그분은 묵묵히 원고를 가지고 갔다, 한마디 말도 없이. 만일 이 책이 출판된다면 나는 이상한 기분이 들 것 같다.

포와로는 시리아로 돌아갔다가 약 1주일 뒤에 오리엔트 특급열차를 타고 귀향했는데, 그곳에서 그는 또 다른 살인사건에 휩쓸렸다고 한다.

그가 명석하다는 사실은 부정할 수 없지만, 이번 사건에서 나에게 심술궂게 행동한 점은 쉽사리 용서하지 않을 것이다.

내가 사건의 범인이기라도 한 것처럼 몰아세우고, 진짜 간호사가 아니라고 말하지 않았던가!

의사들은 이따금씩 그런 법이다. 농담을 하긴 하지만 우리 간호사들 기분은 좀처럼 염두에 두지 않는다!

나는 레이드너 부인이 정말 어떤 여자였을까 하고 곰곰이 생각해 보았다. 간혹 그녀는 정말 무서운 여자였다는 생각이 들고, 또 한편으로는 나에게 친절하게 대해준 것과 그녀의 부드러운 목소리가 생각나기도 한다.

그리고 아름다운 머릿결과 그녀가 가진 모든 것에 대해서 생각해 보고는 결국 그녀는 비난받기보다는 오히려 동정을 받아야 한다고 결론을 내렸다.

레이드너 박사에게도 연민의 정을 뿌리칠 수 없다.

그는 무려 두 번이나 사람을 죽인 살인자지만, 그 사실이 내게는 결코 문제가 되지 않는다. 그는 끔찍이도 그녀를 사랑했으니까. 하긴 그런 식으로 누군가를 사랑한다는 것은 정말 무서운 일이다.

어쨌든 점차 나이가 들어 숱한 사람들의 슬픔과 아픔, 그리고 만사를 겪다 보면 모든 사람들에 대해서 점점 더 서글퍼진다. 간혹 나는 우리 숙모님이 나를 키웠던 그 엄한 규율들이 무슨 소용이 있을까 하고 생각한다.

매우 신앙심이 두텁고 근래에 보기 힘든 멋진 분이지만, 숙모님은 모든 이웃의 결점을 죄다 알고 계셨다.

오, 그래. 레일리 박사가 한 말이 옳은 거야.

이제 적당한 말을 찾아 이 이야기를 끝맺어야겠다.

무슨 좋은 말이 없을까…….

레일리 박사에게 몇 마디 아랍어 문구를 물어봐야지.

포와로가 사용했던 것 같은 말을.

'자비롭고 은혜로운 알라신의 이름으로…….'
이와 비슷한 말을.

<끝>

■ 작품 해설 ■

애거서 크리스티(Agatha Christie, 영국, 1891~1976)는 1930년 40세 때 메소포타미아를 여행하던 중 우르의 고대 도시 발굴단에 참가한 청년 고고학자 맥스 멜로원를 만나고, 그 해 9월 그와 결혼한다.

이때 크리스티는 재치 있는 말을 한다.

「고고학자는 여자가 택할 수 있는 최상의 남편이죠. 왜냐하면 고고학자는 여자가 늙으면 늙을수록 여자에게 관심을 가지니까요.」

크리스티는 남편을 따라 시리아, 이라크 등지의 고고학 발굴단에 거의 매년 참가한다.

크리스티는 때로는 사진사가 되고, 때로는 남편의 조수 노릇을 한다.

이때의 경험이 바탕이 된 소설로 <나일 강의 죽음>, <메소포타미아의 죽음>, <죽음과의 약속>, <바그다드의 비밀>, <마지막으로 죽음이 온다> 등이 있다. 이 중 <메소포타미아의 죽음(Murder in Mesopotamia, 1936)>은 가장 뛰어난 작품으로 손꼽힌다.

이 책에서는 에르퀼 포와로가 탐정으로 등장하고, 왓슨 역은 간호사인 에이미 레서런 양이 맡는다. 간호사가 맡은 환자는 발굴단의 레이드너 박사의 아내이다.

간호사는 레이드너 부인의 상태가 분명하지 않기 때문에 알코올 중독자나 마약 중독자가 아닌가 의심한다. 그러나 알고 보니 그녀는 죽음의 공포에 사로잡혀 있었다. 그리고 결국 그녀는 피살된다.

그리하여 에르퀼 포와로가 사건을 수사하기 위해 등장한다. 포와로는 범인이 발굴단 내부에 있다고 판단을 내린다. 즉, 레이드너 박사 부인을 죽이려는 범인이 발굴단원으로 가장하고 있다는 것이다.

따라서 한 방에 모인 발굴단원 전원이 혐의자가 된다고 포와로는 공언한다. 그러던 중 두 번째 끔찍한 살인사건이 발생한다.

사건의 전말은 사건 현장에 함께 있던 간호사가 들려준다.

애거서 크리스티의 전문 연구가 낸시 불루원은 이 소설을 일급 추리소설로 평가하고 있다. 이 작품은 크리스티 여사의 26번째 추리소설이자, 19번째 장편소설이다.